弱水 著

黑白盛开

长江出版传媒 | 长江文艺出版社

古典心性与浪漫情怀

——弱水散文集《黑白盛开》中的女性意识

代序

刘剑

最早认识弱水，差不多是在十年前她的天涯博客，"弱水"这个笔名让人觉得文雅而又充满诗意。老子《道德经》里说"上善若水"，最高的善就像那水一样，是所向披靡，同时又是随物赋形的；它既有滔滔汩汩的气势又有细密温润的情怀，就像弱水的文字带给人的感觉。老子喜欢水，是因为水的品质"善利万物而不争""天下莫柔弱于水，而攻坚强者莫之能胜"，水厚德载物且沉默谦逊，善处下，善容人，就像弱水平时为人处世的样子，善于倾听、处变不惊、灵活通融、秀外慧中。古人认为是由于水羸弱而不能载舟，因此把这样的梦想的河流称之为"弱水"。生活中的作家弱水是一位端庄秀丽的才女，孔子说："仁者乐山，智者乐水"。弱水也正是这样的智者。她总能以月光一样的温柔和流水一样变通的智慧悦纳周围万物，和所有的关系、和我们自身的处境和睦相处；同时她也能在文字中坚持理想，思索人生，批判社会，做出形而上的思考，体验爱的绝望与孤独，有着山一样笃定的态度和火一样炽烈的感情。古典的心性和诗意的情怀就这样无缝对接于一身，成就了这样一位既有人文知性又有生命感性的才女作家和浪漫诗人。

一、古典的美：用知性化解生命的疼痛

弱水的作品给人的感觉和她本人给人的感觉一样，有一种古典的美。像温克尔曼说古希腊作品那样"高贵的单纯和静穆的伟大"。古典的美要求内容与形式、感情与理智的和谐，要求艺术的自由与自然的规律之间的调和。歌德在1802年写的《自然与艺术》的一首小诗中，曾经这样加以描绘：

自然与艺术好像分开，
但我们一想，就会发现它们的共同点。
代替斗争，和谐的歌声高唱

二者一起，走近我的新房。

……

要做出大事，须得节制力量；

在自我的限制中方才显出手段，

在规律的下面方才有自由无疆。

按照蒋孔阳先生的理解，"所谓古典风格，"就是有点像"暴风雨后的晴空万里和惊涛骇浪后的清明澄澈"，这正是弱水的散文带给人的第一印象，自然、素朴，就像一滴水一样单纯，像雨后的晴空一样澄澈，却有动人心魄的力量。她的文字清新洗练，蕴含着一种自然而然的节奏感，宁静、理性、节制，在该静默的时候静默，该透明的时候透明。有别于诗歌中的弱水用语言的技巧将"自我"包裹起来，在散文中，她把自己打开，那样赤诚坦白地面对我们，从容地叙述过往，剖白心迹。散文集的开篇《与我们的性别和谐相处》可以说是女性主义写作的典范之作，却不像一般的女性写作那样剑拔弩张。而是经由自己痛苦的经历，达到了对两性关系认识的升华。这饱含着对"自我"与"他者"的重新认识。成长是痛苦的，但是这种认识的飞跃却是理智和清明的。在这个过程中，她克服了那些我们大家都会经历的生活矛盾，用知性和爱心化解生命的疼痛，达到了一个自然而又自由的心性境界。

"我"按照母亲的传统教育长成一个成绩优秀而又听话的好女孩，因为父亲的重男轻女，"我"从小抱定要自强，好让自己不逊于男孩。然而女孩成长过程中的忧惧、疼痛、危险却如影随形。当青春期来临的时候，我刻意隐藏自己内心的波涛，淡化自己身上的女性特征，把身为女性，看作一种不幸，看作是上帝对"我"的惩罚。我疏远一切可以贴上女性标签的东西，不事化妆、厌恶琐碎生活，致力于将自己塑造成一个纯粹意义上的人。"我"拒绝了青春期那些饱含明确欲望指向的异性追求，在冥冥中等待一份超越身体欲望的纯粹爱情。终于有一天，在寒冷的华山山顶上，一位和我一起看日出的青年，以他的赤诚感动了我，他用长臂撑起温暖的空间，为女友遮蔽寒冷，"在毛巾被狭仄的空间里，我们小心翼翼，保持着不被相碰的距离。我们听着彼此的呼吸，一动不动，像固化在琥珀里的两只昆虫，一起看着一颗金红的太阳从远处的山峰间慢慢升起，喷薄而出。自始至终，他撑着毛巾被的胳臂没有落到我的身上。我把这份爱看作是经过了肉体考验的纯粹的爱，是我信奉的形而上的爱。一生的选择有时只依赖于一念。"（《与我们的性别和谐相处》）然而，当作者终于与自己女性的身体和解走进婚姻的时候，却在婚姻中发现另一种不幸。多年的爱与痛、怨与念，也许都是性别带给我们的与生俱来的宿命。那个我们从小不愿面对的麻烦的、疼痛的、内忧外患的女性自我，将一直与我们同在；那个弱者的形象即便在外在功利中克服了，比如女性通过努力达到了男性达不到的生命高度，但是人们会一直认为你是有缺憾的。曾经那个你认为经得住人性考验、道德纯洁、值得托付终身的忠诚恋人，有朝一日也会成为一个深陷在沙发里的"沙发土豆（Couch potato）"，成为一个漠视妻子的才华和付出、不肯分担一点家务、凡事以自我为中心的大男子主义者。

　　尽管生活中到处充满了这样吊诡的逻辑，不时要与千疮百孔的感情和无法尽如人意的生活周旋相处，弱水却从不大声呼叫，自怨自艾，怨天尤人；她是节制的、隐忍的，从不将伤痛示人，而是能够理智、平静地面对这些生活难题，将百炼钢化为绕指柔，让这些心灵上经历的暴风骤雨渐渐化为云淡风轻。这不是阿Q式的精神胜利法，也不是靠于丹式的心灵鸡汤自我治愈，而是一种推己及人的换位思考，这里面有辩证看待事物的理性和通达，也有儒家古典人文主义的生命涵养和生活智慧。比如，作者可能一直对父亲的"重男轻女"耿耿于怀，但当自己婚后发现每到过年过节，丈夫总要承担比自己更沉重的家庭责任时，她渐渐明白了为何一个中国家庭，无论城市还是农村，贫穷还是富有，都希望下一代中有一个儿子。"我那个时候第一次认识到，作为儿子是应该克服一切困难去履行责任的。而作为女儿，父母对我从未有过责任的要求，更不会将困难交给我，相反他们对我是一味地付出，呵护，担忧。"（《与我们的性别和谐相处》）儿子意味着生活压力可以有人接续承担，无论我们作为家长还是作为子女，我们都能感觉做男孩的"累"和做女孩的"娇"，这和男孩在人们心中的"重"和女孩在人们心中的"轻"正是一体两面的东西。这样的换位思考，让作者体会到了那些根深蒂固偏见陋俗背后的人性内涵，于是，对生活里常见的或显或隐的性别歧视就不会再大惊小怪了。达到这样的理解并不来自于作者的软弱和妥协，而是通过内心的道德反观，实现了推己及人式的内心平和。按照孔门仁学，内心有大爱的仁者方能达到这样的境界。在弱水宽容的面对人际关系的背后，我们的确能感受到传统的家教和读书的积累给她带来的儒家古典人文主义的影响。这是一种深入到骨子里的教养，怨而不怒，哀而不伤，真水无香，润物无声。

在知性上理解了它，但是这并不意味着弱水在自身意识里完全向传统陋见妥协，止步于认同现实社会对女性"第二性"的文化建构。在这里，强者的宽容和弱者的妥协区别只在于，"自我"是否能达到俯视继而审视这一切的人生高度。弱水毕竟是一位现代女性，实际上，按照她的成长经历，她一直走在女性自立自强的路上，没有被任何偏见意识束缚住个人飞翔的翅膀。当这些来自海德格尔所言的生活的"烦"和"闷"无处排解的时候，她发现了写作的奥秘。写作始而作为一种生活的陪伴抒发感情、缓解孤独，继而作为实现自我、反思人生的一种方式，成为她生命中不可缺少的一部分。她用写作照亮了自己的存在之门，并通过写作进一步确证自己。在那里，她遇到阿赫玛托娃，遇到汉娜·阿伦特、苏珊·桑塔格，遇到西蒙娜·薇依和弗里达等一个个活色生香的女人们，她们是女诗人、女艺术家、女思想者，她们每一个都才华横溢却命运坎坷，然而她们每一个都走出了属于自己的荡气回肠的人生。她曾经模仿阿赫玛托娃的口吻给博客签名写道"我已学会一种简单而明智的生活，瞭望天空并祈祷上帝"。她可以宁静地满足于自己构筑的精神空间，体验其内在的丰饶和充实，从而不去计较现实的荒凉和贫瘠。

然而即便在这种简单而明智的、对生活的低限度要求中，写作与职业、家庭仍然常常出现矛盾，弱水写道："不只是我的他，包括我的父母，他们认为一个女人除了工作之外，就应该以履行家庭职责为主，其实工作也是为了家庭给养。而与家庭无关的阅读和写作，则是有违家庭道德的。"（《与我们的性别和谐相处》）作者敏锐地意识到，对于家务和写作之间的冲突，世人对待男人女人是持守双重标准的。一个男性作家"会因为写作得到家人更多的尊敬和包容"。人们对男作家（如钱锺书）不懂日常杂务、生活能力略逊于常人，就可以宽容理解且还传为美谈，妻子杨绛在背后做出牺牲也是心甘情愿；而对一个女作家来说，她必须把自己塑造成一个"多面手"，上得厅堂下得厨房，否则就难以在世人眼中自全。正如有评论家指出，弱水是一个不仅书卷气浓而且烟火气重①的诗人，这半是因为她热爱诗歌也热爱生活的天性，也半是因为她要和自己扮演的多重社会角色相调和。如果她在追寻理想的路上稍微忽略了"烟火气"的日常杂务，那么来自周围亲人、熟人异样的目光和无言的指责肯定是许多男性写作者无法想象的。对她而言，"无论在文字中如何获得突破的自由，生活依然是一道无解的难题。我当然不敢抱有伍尔夫那样毫不妥协的理想主义，也不愿向传统男权思想作彻底的妥协，而是努力在妥协与坚持中创造一种平衡，在履行好传统女性家庭职能的缝隙中，坚持读书、思考、写作，争取自己作为一个独立的人的自由，实现对自我存在的确认。"（《与我们的性别和谐相处》）她在这个妥协与坚持的过程中找到一种难得动态的平衡。正如史铁生所

①赵勇：《烟火气重书卷气浓——弱水诗歌印象》，来自北师大赵勇的新浪博客，博客地址http://blog.sina.com.cn/s/blog_73178ddb0101m8zb.html

言 "人生就是与困境周旋"。既然不可能放弃事业也无法完全舍弃家庭，她所要做的就是在一位优秀的作家、一个称职的白领、一位合格的母亲和一个孝顺的女儿等多种社会角色之间来回穿行。她麻利地应付完所有的日常工作和家庭杂务之后再拿起笔，独自面对属于自己的写作之夜。不是所有人（包括男人和女人），身处这样一种忙碌而多维的生活状态中，仍能做到游刃有余，心无旁骛，仍能写出美丽睿智的诗歌和散文。这让我们在钦佩弱水有着堪与写作能力相媲美的生活能力的同时，也不禁感叹，她要付出多少常人无法想到的辛苦和努力，才能达到现在这样一种从容、淡定而又和谐的状态。

同时，弱水有别于大多数女性写作者，并非只将自己像琥珀一样包裹起来，而是能够随时将她的人文理性投射到周围世界，她能感知自身的生命疼痛，也能感受这世界上大多数人的无人代言也无力发声的"病"与"痛"，这使得她的散文克服了大多数小女人散文的"自恋"和"自怨自艾"，从而通向更加广阔的生活空间，较之大多数女性写作多了一层公共关怀。她是一位有着自主的价值立场和自觉的写作意识的作家，大千世界，茫茫人海，她不是只像一个"乖孩子"①一样"悦纳"生活抛给她的一切，而是会像一个哲人一样，跳出世外，站到一定的高度去反思那些在我们也许习以为常的生活现象，从那里看出"症候"和"问题"。这种"在世"写作是如此的自然平易而又深接地气。

当她走在太原的街头，走在西单路口，常常会面对着芸芸众生纷繁人事展开无限遐思。通过《府东府西》《小D回家》《公交车上的女人》等文，我们可以看到她对人世间的关心和对"小人物"的体察。她不仅运用理性去化解自我生命中那些难题，而且也对社会发展进程中的人世变迁和两难困境，做出自己的思考和判断。在她看来，"文明的生长有它自身的逻辑，一个个原子般的个人，唯有在外部世界的冲突中

---

①聂尔：无比清晰，无比忧伤——弱水及其散文印象，来自弱水新浪博客http://blog.sina.com.cn/s/blog_4b215dc60100qp2p.html

保有内心的和谐，才能寻找到属于自己的存在方式"。（《一场浩大忧伤的雪——读奥尔罕·帕慕克〈雪〉》）她对世事的关照里既有深切的希翼，也有清醒的认识。比如，当她看到府东府西街道两旁的沧桑变化和将要拆除的现状时，她写道："我多么希望拆建工程的目标不仅仅是为拥堵的车流畅通道路，而同时可以拆除强与弱的距离，掠夺与被掠夺的对抗，那才是对这个生死相逐、新旧交替的大时代的真正呼应。"（《府东府西》）在她笔下，有穷人与富人、强者与弱者、喧嚣的少数人与沉默的大多数，经济的热闹与萧条、权力的边界和限度、人生的荒诞和悲凉、命运的反复与无常。一个个人物和场景向我们走来，那样活灵活现，带着他们独有的个性。弱水的散文虽不刻意，却随处可见一种深厚的人文关怀。她的写作不仅是我们了解"自我"的一扇窗口，也是我们重新发现世界的一扇窗口。

二、浪漫情怀：用心书写爱情的忧伤

站在现代性门口的诗人席勒认为："诗人或则就是自然，或则寻求自然。在前一种情况下，他是一个素朴的诗人；在后一种情况下，他是一个感伤的诗人"。古希腊古罗马时代的诗人荷马、贺拉斯等人，无疑是素朴的，他们主张模仿自然，在作品中达到了人与自然的和谐；而浪漫主义时代以来的诗人，他们开始不满足于模仿自然，而是一心要追寻理想，因而追寻而不得的怅惘和忧伤也就如影随形。他们的心中开始出现一种精神分裂的危机，作品都被涂上了一层感伤的色彩。歌德的诗是素朴的，而席勒的诗是感伤的；同样在中国文化传统中，孔子编订的《诗经》是素朴的，而屈原的楚辞是感伤的。以席勒的划分标准来看，弱水散文既是素朴的，又是感伤的。弱水散文首先给人的印象是一种自然的素朴，素朴的真实。她娓娓道来，平白如话；同时无可否认确实有一种无言的忧伤弥散在字里行间。《红楼梦》中贾宝玉对林黛玉说："任凭弱水三千，我只取一瓢饮。"之后这句话成为男女之间信誓旦旦的爱情表白。每当提起"弱水"二字，人们就想起细水长流的柔情和绵长缱绻的相思。而爱情，正是弱水作品的一个永恒母题。文字中的弱水是浪漫的，她关注各式各样、百转千回的爱情，在其中追寻爱的理想，体验爱的孤独，反思爱的本质，探讨爱的真谛。文学是抒情的艺术，而爱情是诗人的信仰，泰戈尔认为第一种境界的诗人，追求精神信仰同时也追求爱的信仰。在这个意义上，弱水在散文中，也依然是一个诗人。

首先，她在爱情中是一个理想主义者，有一意孤行要坚持的生活方式和爱情理想，一种古典高贵、忠贞纯洁的爱情理想。她将自己唯美、浪漫、悲伤的爱情想象投射在所有这些故事之上，"因为你的凝望，我的美被照亮。爱在光影流转中凝固。成为你的作品，是我走入你梦想的唯一道路。"（《让爱成为不朽——读弗美尔画作〈戴珍珠耳环的少女〉》）在她的笔下，爱是"两颗孤独的灵魂因为相近而得到安慰、观照和温暖。"（《我希望从未遇见你——电影〈罗丹的情人〉观感》）爱情中的男女痛并快乐着，"他用色彩将你带往远方，用爱，让你理解更多的真理。灵魂没有上升，就不是爱情；心中没有疼痛，就不是爱情。"（《和疼痛比赛游渡——读弗里达画作》）在解读这些爱情故事时，她让自己一反生活中的隐忍和克制，"和主人公一起流流泪，当然这泪是自己的，情绪于是找到出口，一切滞结得到缓解和消释。"（《异地的房间》）

她真心赞美那些为了坚持爱情理想百折不挠、无怨无悔的痴心爱人。在《香山多妩媚》中，弱水深深感动于一个世纪前高君宇和石评梅的伤心爱情，她录下女主人公的绝笔诗笺："假如我的眼泪真凝成一粒一粒珍珠，到如今我已替你缀织成绕你玉颈的围中。假如我的相思真化作一颗一颗红豆，到如今我已替你堆集永久勿忘的爱心。我愿意燃烧我的肉身化成灰烬，我愿放浪我的热情怒涛汹涌，让我再见见你的英魂。"(《香山多妩媚》)在静默的西山和皎洁的月光下，作者心头浪漫苦涩的爱情和眼下凄美空旷的月色交相辉映，从而将读者带入一种充满诗意的、无限感伤的氛围中。也许"无望的等待""相爱而不能相守"成为弱水心头一个萦绕不去的结。佛家说，"风动幡动只缘心动"。每个人在历史人物和山川景物身上看到的，可能都是内心自我的某种程度的投射。那些不相信爱情的现代虚无党们，早已在心中解构了当年高君宇和石评梅的爱情神话，所以当然不会在香山红叶上看到石评梅的丹心抑或泪水。但是在生活中体验爱之绝望的作者，看到了高、石爱情中那让人哀伤心痛的部分，并愿意去相信它。她写道："爱是一种信仰，是另一种宗教。你信它，就有；不信，就没有。如果你需要它，它就在那里。我不知在劝慰她，还是在劝慰我自己。在永无尽头的黑暗的人生旅程中，爱是一种抽象的期待。"（《爱是一种抽象的期待》）

在文字中的弱水是感性的，无时无刻不在追寻着那个爱情理想，尽管它总是可望而不可即。她对爱情的希冀不像余秀华那样奔涌热烈，但是那种笃定的程度和等待的执着丝毫不逊于余秀华。与余秀华诗歌中如《穿越大半个中国去睡你》对爱情的主动出击态度不同，弱水作品中的"我"对爱情理想的坚持是被动的、安静的、不具有攻击性的，她沉浸于一份无望的等待，固守着内心高贵的孤独。爱情就像在和时间赛跑，岁月无情，年华易逝，这种永恒的、抽象的等待面临的是对身心长久的、具体的考验。一个安静等待中的恋人要学会和孤独相伴，就像和想象中的爱人相伴一样。当我们走进她的文字，就能感受到弱水内心那种真切的孤独。当独自回到不是"家"的"异地的房间"，打开热水龙头准备洗浴入眠时，她写道："我那么依恋温暖，就像依恋爱情一样。在温热的水中，如同在爱人热情的目光中，我冰凉的肌肤一点点被唤醒，融化，连同内心那些隐秘的情感和愿望。它们引领我踏上遗忘之舟，将那些我无法弃之门外的坚硬的束缚从我柔软的体内彻底剥离。"

（《异地的房间》）这样的文字，让我们感受到弱水冷静理智的外表下燃烧的生命热情，她渴望着经历石评梅那样灵肉合一的崇高的爱情洗礼，甚至也准备着在爱而不得的情况下牺牲自己。不能得到，不如想念；相濡以沫，不若相忘于江湖，这使得她大部分关于爱情的文字中有一种"深刻而高贵的孤独"①。这种爱情中的孤独和想念有时也会带来一种蚀魂销骨的压抑和忧伤，让生命不堪承受之重。然而每个人生命故事里最深的痛楚，往往难与人分享。当与女友共处《异地的房间》彻夜长谈，似乎有一种敞开心扉的契机时，她"清晰地感受着一种袒露的渴望，一种被分担的诱惑，但最终，它们被我遏制，那些沉重、伤痛、幻灭，成为属于我一个人的、涌动在我心间的、真正的隐秘，和永恒的歌谣。"诚然每个人最深的心事说出来就缓解了心灵压力，但也难保那些珍贵的情愫不被稀释为狗血八卦，变成人们无聊的谈资和世间喧嚣的话语泡沫，而只有固守在心里，它才是永远崇高的。

实际上弱水对爱情并没有过多的奢求，"其实一直期望着一种生活，每天黄昏时分，可以和心爱的人一起散步，拉着手，说着话，或者沉默着，各走各的，偶尔肩碰一下肩，漫无目的，只是顺着脚下的路往前走。"（《异地的房间》）这个爱情理想看上去是如此的平凡，而在现实中实现起来又是如此之难。在《观看》《阅读》两辑中，弱水聚焦了《资本创造的敌人》《一场浩大忧伤的雪》《爱在午夜飞行》《在爱情的尽头守望》《我希望从未遇见你》等几部电影文学作品，也从旁观者的视角审视了几场不遇的爱情。也许反映在电影中的爱情故事大多是悲剧，也许只有悲剧爱情才是美的才会引起她的注意，也许是她对爱的悲观态度给所有爱情故事都涂上了一层悲伤的色彩。在弱水的笔下，大多数爱情或者爱而不能，或者爱而不遇，或者相爱却分离，有些是生

---

①张暄：《深刻而高贵的孤独——漫谈弱水散文中的爱情观》，来自弱水新浪博客：http://blog.sina.com.cn/s/blog_4b215dc60100qmir.html

离死别，有些是人间束缚。在这些故事中，爱情就像一场永远下不完的浩大忧伤的雪，让弱水文学的天空始终灰蒙蒙的，弥散着切肤的痛、无言的冷和无边的迷惘，这些爱情的忧伤似乎成为人生本质忧伤的一部分。

她尤其用心去体验爱情中女人们的种种伤痛和不幸。她看到，当女性拥有爱情时，她们是卑微的，很容易因过度依恋、信赖对方而失去自我，"爱一个人时因为对他的仰视而自卑，甚至因为爱将自己放低到尘埃里。有时候在爱中，因为完全的依赖，反而让爱成为枷锁，身陷一种不自由。"（《我的我》）而当女人一旦为了爱情争取婚姻的权利时，她们的人生马上还会变得悲剧起来。罗丹的情人卡蜜儿与艺术家相知相爱，在艺术创造中和日常生活中他们都能完美地融为一体，而当她一旦萌生想成为罗丹妻子的愿望时，他们的关系马上就蒙上了一层阴影。"当爱情与现实发生关系，它的脆弱和不堪一击马上显现无遗。无奈地在强悍的现实中触礁，这几乎是爱的宿命。"（《我希望从未遇见你——电影〈罗丹的情人〉观感》）最终卡蜜儿为了独立和自尊离开了罗丹，然而这份爱却给她后半生留下不可磨灭的创痛。她的艺术因为被认为抄袭罗丹而得不到业界认可，她生活在孤独、绝望和疯狂的边缘，在精神病院度过了30年人生最后的时光。在解读这些故事时，作者既能如临其境切身体会爱情的苦痛，又能从一个超越的旁观视角审视女主人公的选择，爱情往往是甜蜜、温柔的陷阱，女人们却愿意飞蛾扑火殉身不恤。

在这些悲情故事的最后，爱常常和死联系在一起，成为一枚硬币的两面，彼此不离不弃。《在爱情的尽头守望》中，莎拉为了对情人莫里斯的爱，陷入爱情与信仰的天人交战中，最终病倒，在莫里斯和丈夫亨利两个人的照料中忧郁而终。如果莎拉不死，弱水写道："结果也无非是莫里斯和莎拉，这一对不能真正走到一起的情侣，在爱情的尽头，孤独守望。"（《在爱情的尽头守望》）"在爱情的尽头，孤独守望"是弱水向往的理想主义爱情模式中痴男怨女的一个永恒的姿势。因为在她看来，"爱情的尽头，没有第三种风景"①。那些超出世俗伦常秩序而追寻理想之爱的主人公，不能相守，只能相望，也许只有生命完结，爱情才不会在时间中腐烂变质②。

弱水在爱情中对执着和坚持的偏爱，拖着1980年代爱情美学理想长长的投影。那是在张洁的小说《爱是不能忘记的》或者舒婷的诗《致橡树》《双桅船》中常见的一种爱情模式。不怕天涯海角/岂在朝朝夕夕/你在我的航程上/我在你的视线里。毋庸讳言，每一个时代的爱情想象都是该时代精神生活的产物。中国古典的爱情是才子佳人，郎才女貌，父母之命，媒妁之言；而五四以后浪漫的爱情是志同道合，两心相许，天长地久，长相厮守；前现代爱情注重在社会关系中定位两个人、两个家族的长久合作共生关系，现代爱情注重在两个自足、独立的人的内心确定彼此的位置。但前现代和现代爱情的共同特点都是把爱情想象成信物一样的东西，将之固化、美化和神圣化。仿佛爱的承诺一旦交付到对方手上，一生一世都不会变化。用后现代思想家理查德·罗蒂等人的观点来看，这是一种对爱情本质主义的理解方式③。而后现代主义者更愿意把爱情看作一种在变动中不断更新的关系，它是不确定的，只有此时此地此际的选择，并没有确定的一生不变的对象。④作为一个知性

① 实际上，弱水为我们讲述的悲情故事男女主人公都是一些高贵的、有操守的人，而非我们日常生活中常见的普通人。对那些对爱情没有洁癖的普通人来说，《在爱情的尽头》肯定会有第三种风景。比如亨利和莫里斯都因为死神的来临而更加珍惜莎拉，他们一起上演了后半生的不为人理解却相处融洽的"三人行"；当然对那些爱情的虚无党来说，第三种风景可能就更多，比如莎拉终于禁不住爱情的诱惑投入了莫里斯的怀抱，两个人扔下亨利私奔了，但是后来他们像王朔笔下那些老夫妻一样，天长日久又互相讨厌起来，于是各自在新生活中有了新的情人，最后和平分手，各奔东西。这样的故事是不美的，也许还更符合生活原来的样子。

②然而如果稍微世俗一点，人们也许就会想到，爱情就像鲁迅所说的革命一样，本不是应该叫人死，而是应该叫人活的。

③像张爱玲和穆旦那样的现代主义者把爱情看作两个人之间互相独立的共同成长，或者两个人之间的角力和战争。

④当然婚姻是另一件事，婚姻保持长久的秘诀在于彼此的亲情和责任感，而不全系于爱情。

的作家，一个爱的理想主义者，弱水能够敏锐地意识到这一点。所以在她看来爱的理想只是一种信仰，永恒的爱虽然美好，在现实中却是无法承诺且可遇而不可求的。她写道："爱情是一场柔情的战争。爱情也是政治。爱情是人类的可能性，有待我们去探索。我们不要下定义。那样就固定了它的界限。爱情是双方建筑的，不能以一方的想象为主。不仅要凝视爱情的对象，还要凝视爱情本身，才会不断有所发现。"（《身体之痛》）在"没有原本，只有阐释"（德里达语）的后现代之后，说爱情是像流沙一样最靠不住的东西，也许并不为过。爱情鼓励人们忘我和牺牲，而普通的人性一般只求趋利避害。当伟大坚实的爱情遇上渺小变动的人性，就像堂吉诃德的风车遇上无物之阵一样。于是，往往我们在现实中看到的爱情具有叔本华所说的钟摆效应①，得不到的时候焦虑，得到的时候又会陷于无聊。只有得不到的爱情和失去的爱情才是最好的，因为爱情理想一旦实现了，可能马上就会向着相反的一面转化。

三、人文理性：在反思中探讨爱的真谛

正因如此，弱水对爱情并非只有一厢情愿的相信，也有深刻的怀疑和反思。有时她也会无意中吐露对爱情本身的幻灭。在《爱在午夜飞行中》（《Midnight Fly》）中，一个面临丈夫出轨的香港妻子和一个爱上已婚男人的日本女孩在异国的旅行中偶然相遇，且成为知己。当女孩最后得知他们爱的是同一个男人的时候，一时经不住内心冲击而出走，遭遇不测生死未卜。而那个匆匆赶来的香港男人，不过陪妻子在摩洛哥努力找寻了几天无果后，就准备接受现实和妻子重新开始生活。妻子在这个过程中看到了男人之爱的平庸和现实，弱水淡淡地写道："爱一

---

①叔本华认为，人生的本质是痛苦。痛苦的根源在于意志而不是理智。意志的本质就是盲目的欲望和不可遏止的冲动。当欲望得不到满足，人便感觉痛苦；而一种欲望得到了满足，又会觉得无聊。人生有如钟摆，摆动于痛苦和无聊之间。

个人，不过如此。"简短八个字，却有天风海啸般的力量，让人胆战心惊。如果走失的不是那个女孩，而是这位妻子自己，丈夫的表现估计也不过如此。"男人的爱大抵如此吧，李教的'只爱一点点'，胡兰成的现世的爱，都是现实主义的。只有女人，才怀抱着爱的理想，为了爱，生死都是不重要的。"（《爱在午夜飞行中》）影片结尾这位妻子没有随丈夫回香港，而是最终找到了那个女孩，她用自己的生命换回了女孩的新生。这个作品中男性偶像的坍塌以及对异性之爱的幻灭属于典型的女性主义话题，它隐含肯定了一种超越现实利害的女性之间的情谊，只有同样爱得深、爱得痛的女人们之间才真正惺惺相惜。女性虽然天性柔弱，但是她们更加感性，情感品质更加专注，关键时刻道德责任感更强，有一种为了真情不计得失九死不悔的执着。也许这个故事中夫妻两人不仅性别不同，也恰好是两种不同性格的人。一个比较浪漫，一个比较现实。恋爱双方要想共同追寻理想的爱情，需要对等品质的忠诚、执着、浪漫和深情，就像茫茫人海蝼蚁众生中两个一看就能辨认出对方的精神贵族。而这样高标的要求一遇到现实生活，或是具体到某个恋爱对象的时候，马上就会变得捉襟见肘。就像张爱玲所说：爱情的尽头，是一眼眺望得到的虚无。

如果爱情的尽头是虚无，如果爱情一遇上具体的对象就马上会露出颓败、荒凉的底色，如果爱情让人渐渐地失望乃至彻底绝望只是早晚的事情，我们还有什么理由去相信爱情，去追寻爱的幸福呢？经历爱情的痛苦和幻灭，对于这个问题，弱水的回答依然是含蓄而且意味深长的。"到底爱情可以持续多久？有永恒的爱吗？我还是要说我不能回答，而不说我不知道。就像我们看不见太阳以外的其他恒星一样，但是我们知道它们存在着。我们不能说不知道，只是看不清，所以不能回答。"（《身体之痛》）虽然永恒的真爱在生活里并不常见，但是她还是愿意相信它在某个地方切实存在着，就像有基督教信仰的人相信上帝存在一样。伏尔泰说，假如上帝确实不存在，那么就有必要创造一个出来。因为相信爱情的存在和相信上帝的存在一样，可以使我们变成更好的人。寻找爱情的过程也是一个正视自我、矫正自我的过程。在爱人的眼光里，每个女性试图找到那个真实的自己，或者试图成为那个理想的自己。很多认真思考过爱情的女人一般都认同张爱玲冷峭的爱情观，认识到异性之爱是不完美的；但同样的理性也会告诉我们，女性自身也并不完美；并且，也许人生本身就是不完美的。

怎样在爱中超越自我，获得内心的成长，克服完美的诱惑，弱水对《黑天鹅》的解读也许为我们提供了一些思路。《黑天鹅》是对传统《天鹅湖》故事的反写，她对人性的设定和理解类似白璧德的新人文主义。新人文主义者认为人性本是善恶二元并存的，随着具体情境而改变。"人文主义者在极度的同情与极度的纪律与选择之间游移，并根据调和这两个极端之比例的程度而变得人文……人身上的这个美德的真正标记，正如帕斯卡尔所言，是人协调他自身相反美德的能力，以及占有这些美德之间所有空间的能力（toutl' entredeux）"。①每一个人都一面是天使，一面是魔鬼；既是白天鹅，也是黑天鹅。身上时刻经历着善与恶、白与黑、理性与感性的天人之斗。"白天鹅的身上，活跃着黑天鹅的野心和力量；黑天鹅的心中，隐藏着白天鹅的柔软和脆弱。黑与白的纠结，善与恶的胶着，既是自然的，又是矛盾的，交织成演员所要突破的困境。"（《黑白盛开——电影〈黑天鹅〉观感》）而演员最后经历灵与肉的分裂与重生，以一己之身份饰了两个角色，完美地演绎了人性内在善恶冲突的本质。女主人公妮娜终于在最后追求到了梦想中的艺术完美，体验到了成功、爱与自由的欢乐，但也在抵抗压力浴火重生的同时，因精神分裂而自残走向了毁灭。弱水在结尾写道："没有比死亡更极致的美，没有比毁灭更完美的艺术。"艺术是向死而生的，追求完

①欧文·白璧德：《什么是人文主义》，王琛译，载美国人文杂志社编《人文主义：全盘反思》，北京三联书店2003年版，第15页。

美本身就包含了自残的倾向；幸福都是平庸的，要极端的美就要体味深处孤独。艺术与道德、天性与人力、黑暗与光明、幻想和现实，影片用充满张力的镜头语言让我们看到了"盛开在每个人体内的那朵黑白妖娆的恶之花"。

我想弱水的写作也正是这样一个矛盾的统一体，这也许是这本散文集以《黑白盛开》命名的原因。在生活中她是白天鹅，善良纯洁，温柔端庄，宁静坚忍，善解人意；在艺术中她是黑天鹅，浪漫激情，才华出众，追求完美，渴望爱与自由。就像歌德和席勒曾经走过的道路一样，她从小深受古典的教养，经历过爱的苦痛与幻灭，最后用理性化解生命的冲突，和自身的处境和睦相处，重回古典的静穆平和。在追寻爱情理想、实现完美自我的路上，有通途，也有险径。与其铤而走险，顺从欲望和激情，燃烧自己走向毁灭，不如退守高贵的孤独，在痛苦中淬炼生命的智慧，从而超越自我，走向澄明。也许，并非所有女人对爱情都有洁癖，只是有些女人，宁愿承受清醒的孤独也不愿享受稀里糊涂的幸福。这样的爱看似犬儒，却依然充满了希望。"我更相信爱是一条道路。由两个人建造的一条道路。它没有目的，也不被拥有。在未抵达之前，我们并不知它将通往何方。它永远处于'在创造'的状态，以幻梦般的'不可知'在时间中延伸。"（《爱是一种抽象的期待》）这样的爱因为从未开始，永远没有结束；它永远在探索，永远在进行，它就像我们伸向远方的希望。能承担这样一份"抽象的爱"源自女性精神深处的自足与丰盈，它是一个敞开的姿态，在向世界发出吁请。

刘剑，女，1973年生，文艺学博士，专业方向为媒介文化研究、中西文学理论与批评。现任北京邮电大学数字媒体与设计艺术学院副教授，传播学硕士生导师，北京市网络系统与网络文化重点实验室成员，北京师范大学文艺学研究中心兼职研究员。曾在《探索与争鸣》《文艺争鸣》《中国青年研究》等刊物上发表学术论文数十篇，并参与编译了《文学批评：理论与实践导论》等多部人文社科著作。

目录

第二辑　阅读

第三辑　观看

第四辑　断想

第一辑 记忆

与我们的性别和谐相处

1

母亲她们姐妹五个，所以当母亲生了妹妹之后，父亲果断决策不能再生了，他担心母亲也会像她的母亲一样连续生五个女儿。于是我们家就是三姐妹了，姐姐，我，妹妹。没有儿子，这是父亲一生的遗憾。有意无意地，他会时常在我们面前表达这个遗憾。我听了便不服气，也不理解父亲为什么那么看重儿子，轻视女儿。可能就是这个不服气，让我事事都想做到优秀，想让父亲知道女生不一定比男生差的。父亲每次看到我的学习成绩，自然是开心的，但这似乎无助于提升女儿在他心中的位置，无法根本性地改变他对于没有儿子的遗憾。

儿子究竟意味着什么？我在幼时并不能完全理解，只是从父母偶尔的叹气中知晓，他们总在忧虑自己百年之后灵前没有孝子孝孙，入土之后无人睡在他们的脚后。我小小的心里对此不以为然，深以为谬，不知道他们为什么要将死后的事情看得那么重要。死了不就什么都不知道了吗，还操心那么多，不是自寻烦恼吗？幼时的我还不懂得传统对一个人的影响和控制，不知道那些在他们成长过程中一点一滴渗透于他们内心的观念是如此强大和根深蒂固，天真地以为他们总有一天会改变想法，不再稀罕有个儿子。同时，女性相对于男性的弱势地位，成为我内心最初自我认知的意识，而消弭女儿和儿子的区别，也成为从小主导我行事的努力方向。

我喜欢书中看到的所有优秀的女性，那些人类历史上不可替代的独一无二的女性，李清照、卫夫人、居里夫人、冰心、撒切尔。课本中但凡出现女性主人公或者女性作者的名字，都会给我的内心增添几分力量，成为最初照亮我身为女性的卑微现实的荣光。那个时候中国女排如日中天的成绩，也给了我几分安慰和骄傲，电影中她们坚强的意志力极大地感染了我。多年后我和同学去看望初中的班主任，他和那些男生说，陈彬比你们都强，那时候早操跑步，你们男生都有偷懒不跑的，只有她，小小的，却每天坚持跑完。我很感念老师在一批又一批的学生中，能够记得这样的一个细节。而当年的坚持，正是因为女排给予了我强大的精神支柱。

我不喜欢我的生活中一切过于明显的女性特征，除了我的相貌和衣着，我喜欢在自己能够发挥的方面将自己打造得粗粝、坚强、豪放、有力。比如写字，我不屑于写女同学们认可的娟秀小字，当别人看到我的字，说"不像女孩子写的"，才是我最高兴听到的褒奖。因此我比较满意的是父亲给我的名字，不像同龄女孩子的名字带有"梅""花""彩""霞"的，一看就知是女孩子，我的名字"彬"是一个中性的字，甚至一般会认为是男孩子的名字。而当初识的人见面和我说"听名字以为是个男孩子呢"，我便会有一份满足。我对那些"女生上了中学就不如男生了"的说法也非常反感，我努力以自己的实践去反驳这些歧视女孩子的论调，高中毕业时我将全班第一名的高考成绩交给了父亲。他去学校取成绩的那天，下着雨，他拿着我的成绩单，高兴的将伞落在了学校。

然而，我的这些努力丝毫无益于弥补父母没有儿子的缺憾。我不解地看着他们继续遗憾着，似乎对女儿毫无指望。直到结婚之后，从公公婆婆对我丈夫的态度中，我才真切地知道了儿子和女儿在父母心中的泾渭之别。儿子意味着要承担家庭的责任。我爱人是家中长子，婚后我们就开始从当时微薄的工资中抽取部分，资助小弟小妹上大学。他们毕业后，兄弟们又筹资为公公婆婆在城里买房，为了便于城里的大妹照顾他们。而每年春节，回婆婆家过年更是不容分说的应当责任。那时候交通还没这么方便，要倒两次汽车，车上没有暖气，回到家我的脚都冻麻了。有一年下大雪，我们开车回家，非常危险，三百多公里的路程开了整整一天。我那个时候第一次认识到，作为儿子是应该克服一切困难去履行责任的。而作为女儿，父母对我从未有过责任的要求，更不会将困难交给我，相反他们对我是一味地付出，呵护，担忧。他们也希望我在家里陪他们过年，但他们从不提出，我只是在除夕他们打来电话时，从他们的声音中听出一些感伤和孤独。

若不是与我爱人一起承担他作为儿子的责任，我永远不知道自己多年来一直想消弭儿子和女儿的区别的努力是多么可笑。女儿是父母捧在手心里的珍宝，他们只要你平安，他们万般小心地珍爱着你，他们看着你是完好的，他们就是喜悦的。而儿子是父母的依靠，在家中是顶梁柱，要替父母撑起家族这座大厦，在外面是勇士，可以踏平一切坎坷。我永远不可能填补父母心中那个儿子的空缺，我在年近30岁时才看清并甘心于一个女儿的身份。我的成长多么缓慢。

2

小学时，每个班里都会有几个淘气的男生，他们淘气的方式之一便是以欺负和恐吓胆小的女生为乐。当男生在我背后用弹弓将纸团打到我的后脑勺上，骤然的疼痛夹杂着被无辜伤害的耻辱，泪水在我的眼眶里打转。他们还有一种恶搞方式，将某男生和某女生配对，他们在教室外站成一排，当你走过时，他们就高声喊着你是某男生的媳妇，我的脸即刻燃烧起来，走进教室的几步路变得异常艰难和羞耻。还有那些放在座位下面的死老鼠、八甲虫，当你尖叫着扔掉书包哭起来时，他们放肆地发出恶作剧成功的快乐笑声。侵犯从童年就开始了，我在被侵犯的恐惧中，厌恶着自己弱势的性别。

上了初中，农村学校的厕所非常简陋，男厕与女厕只有薄薄的一墙之隔。年久失修的墙壁上，处处有砖缝漏光。一个人上厕所时，便总是担心，蹲在那里，眼睛却要警觉地查看每一条砖缝。当我看到一个砖缝有些异样，不像别的那样透着亮光，再仔细看，是一只眼睛时，我觉得全身的血一下子全部涌上头部，几乎要晕倒在里面。高中时住校，厕所与宿舍之间要穿越宽阔的操场，晚上上厕所成为一件可怕的事情。女友哭着和我说，一天晚上，她一个人在厕所时，突然从外面闯进一人，闪电般冲到她身边摸了一把。女友说话时余悸未消，肩膀抖动。这是必须承受的伤害吗？那些隐秘的恐惧伴随着成长，为明媚的青春添加了忧郁的黑暗底色。

省城里的大学，食宿条件都好了很多，厕所就在宿舍楼内，再也不用害怕晚上内急了。但仍有新的危险虎视眈眈，外出乘坐的拥挤的公交车上，忽然就会感到身体的异样，一个男性的身体越来越紧地压过来，有时还会生硬地摩擦，而拥挤的空间让你无处可逃。厌恶和恐惧，羞耻和愤怒，一度让我对自己女性的身体茫然而无奈，不知女性的成长要经历多少险境。

在四处潜伏的危险中，能够安全地走过青春期，我不得不庆幸自己的幸运。多年后的今天，我在新闻中看到一些词语，猥亵女童，性侵幼女，小学校长带女生开房，中学女生援交，舞蹈学院女生陪客，这些词语一个个都比血淋淋的刀子更加让人心惊肉跳，这是个多么惊心动魄的时代。与这个时代相比，我所经历的时代多么朴实，我所经历的危险多么单纯。在这个时代，那些密布在女性成长道路上的危险丛林，除了肉体本能的欲望之外，更加交织着强权的欢愉、罪恶的交易和无知的消费，那是一个个比黑暗更黑的灵魂殒殁的陷阱。望着年幼的女儿，我比面对当年自己的成长，更加忧心忡忡。

这个春天开始的时候，我看到一个消息，五个年轻女孩准备在"三八"国际妇女节那天，开展一项"公交车反色狼"活动。我惊讶于自己当年经历的危险在今天依然存在，更加惊讶的是她们站出来反抗的勇气。我是一个胆小的人，总是将自己囿于内心的恐惧之中，所以我敬重那些勇敢的品质。当然，这个活动没有实现，这个以男权为主的社会并不能理解年轻女孩所遭遇的困扰，也不能允许她们以这样的形式维护自己不受侵犯。春天一日日深了，北京街头一树一树的花儿次第开放，它们在枝头摇曳着最美的春光，它们会不会忧虑被突如其来的一只手强硬折下？

3

外部的危险时时带来隐忧和惊恐，而来自女性身体内部的麻烦，则是定期的如约而至的折磨。流血，是女性性别开始的标志，从此女人的一生都被肉体的疼痛所威胁。那是人类所经历的唯一的正常的疼痛，你无法抱怨，又毫无希望，只能任由海洋般巨大的痛，一次次自身体内部汹涌而来将你淹没。而你只能无助地，一次次地重复体验和认知自己的软弱和绝望。

内忧外患的女性身体，让我自怨自艾。我想身为女性，一定是上帝对我的惩罚。文学作品中对女性的讴歌与赞颂，也丝毫不能给我安慰。我厌弃自己女性身体的做法，就是让自己成为一个只有精神没有身体的人。我疏远一切可以贴上女性标签的东西，致力于将自己塑造成一个纯粹意义上的人，一个脱离了女性身体的人。我喜欢简单的白衬衣，蔑视那些精心化妆、热衷于琐碎生活的女同学。我对抽象世界抱着极大的热情和趣味，因为那个世界里可以忘记肉体的存在。肉体和欲望消灭得越彻底，就越高尚，越有教养，这成为我最初的价值观。

柏拉图教给我一种抽象的爱。他说，精神交流是美好的、道德的，而肉体是肮脏的、不纯洁的。对柏拉图的信仰，契合了青春时期的我想摆脱女性身体困扰的需要。高中时，我在心里喜欢一个男生，但我只是喜欢他的智慧，他忧郁的眼神，他把一首歌唱得荡气回肠。我对他的思念，也只是希望他那双忧郁的眼睛将我带入一个深邃的世界，希望在他的歌声中体验一种真挚情愫自内心冉冉而升时的莫名感动。除此之外，我不知道爱还意味着什么。后来我们到不同的城市上大学，我们写了两年的信，甚至没有写到"爱"这个字。

可以算得上恋爱的，应该是之后与一个校园诗人的交往。我们同是校报的作者，在校报编辑部老师的办公室里，我们认出彼此正是已经熟悉的文字背后的那个人。他评析我的诗，发出最美好的赞叹，被我引为知音。在校报组织的联欢会上，他的朗诵，他的演讲，无不充满理想主义的激情，让我想起一张旧照片上李大钊在莫斯科的演讲，令人心动。那段时间，我们一起沉浸在文学和理想的光辉中，在缪斯之神的照耀下享受着精神不断被打开被提升的幸福。直到有一天，在我的宿舍，我们谈着谈着，他突然拥抱住我，我吓得不知所措，感觉到他身体里控制不住的巨大的力量将我裹得越来越紧。当他试图吻我时，我一下清醒过来，猛然推开他。他一定也吓坏了，低下头，向我道歉。完美和谐的精神之爱因为肉体的突然闯入而土崩瓦解，我不能接受被肉体吸引的爱，我认定只有爱我的灵魂才是真爱。来自肉体的冲动，让我怀疑之前所有的精神之爱只是欺骗。他的冒犯，成为不可原谅的罪孽。现在看来，那时是多么褊狭、偏执。但那就是青春，残酷的青春。

我在一篇文字里写过，我后来选择了一份爱，在华山东峰，我们一起等待日出。凌晨的山上太冷了，我犹豫着，抱着双肩钻入他用胳臂撑起的毛巾被。在毛巾被狭仄的空间里，我们小心翼翼，保持着不被相碰的距离。我们听着彼此的呼吸，一动不动，像固化在琥珀里的两只昆虫，一起看着一颗金红的太阳从远处的山峰间慢慢升起，喷薄而出。自始至终，他撑着毛巾被的胳臂没有落到我的身上。我把这份爱看作是经过了肉体考验的纯粹的爱，是我信奉的形而上的爱。一生的选择有时只依赖于一念。

上帝的归上帝，恺撒的归恺撒，我与身体的冷战最终在婚姻中尘埃落定。彼时我才明白，不断给我麻烦的女性身体，多年来我对它既厌恶又苦心维护，将它弃入禁区不可触碰，是因为它无比神圣，类似于信仰和道德，是我成长过程中的不能承受之重。

4

父亲和母亲在家庭中的角色，无疑是我建构自己婚姻的最初的参照。男主外、女主内，是他们固有的传统观念，也是他们自然而然建立起来的家庭模式。母亲在工作之余日复一日地操持家务，毫无怨言。父亲一心工作，为这个家庭向好发展争取更多的收益。那个年代的生活远远没有如今的便利条件，照顾好三个孩子的吃喝拉撒，需要母亲投入全部的精力。母亲每天5点起床，为我们洗衣服，然后打扫庭院，做好早饭，将早饭带到她工作的医院，等我们晨读放学后去吃饭。下班后，母亲也始终是忙忙碌碌，缝缝补补，洗洗刷刷。我的记忆中，母亲从未有过在白天躺在床上休息的时候，以至于我去同学家，看到人家的母亲居然在午睡时，我无比惊讶！而父亲，下班回来，最热衷的就是和我们姐妹坐而论道，他组织我们成语接龙、古诗接龙、下跳棋围棋一类的游戏，或者讲他曾经在部队的经历，或工作中遇到的有趣的人和事。父亲有着极具感染力的口才，那些故事被他讲得精彩纷呈，活色生香。我们如此兴高采烈海阔天空地闲聊，等着在厨房忙碌的母亲喊我们吃饭。这是我从父母那里学来的家庭模式。

最初的婚姻中，我以母亲为榜样，立志做一个贤妻良母。洗衣服，学做饭，将屋子收拾得干净有序，睡前将次日要穿的衣物放到他的枕边，如此悉心经营着自己的温馨小巢。现在想来，说不清那些不满的情绪什么时候开始的。只记得有一段时间，新任老板急于做出业绩，我们工作加班频繁，不能按时回家。而无论我几点回到家里，面对的都是冷锅冷灶，他则雷打不动怡然自得地坐在沙发上看电视。拖着疲惫的身子走进厨房，我的坏情绪一点一点积聚起来，开始反思我们的状态。我们干着一样的工作，为什么回到家里，他不能做饭，不能洗衣服，不能拖地擦灰？甚至在我工作比他更忙碌一些的时候，他也丝毫没有要承担一些家务的念头。我郑重其事地就这个问题和他交流，他认定男人是不能做这些的，否则娶老婆干什么。

他将做家务看作女性在婚姻中被赋予的功能，对于我来说是不能接受的。因为在我看来，做家务是表达爱的一种方式。对这个家，对爱人，怀着浓浓的爱意，所以会满心欢喜地去为他付出。这种观念上的差异，让我们彼此难以理解。我期望能够从具体生活细节的点滴关爱中体会到他对我的爱，期望他能够学着去做饭，而不是在我生病时将我送回母亲家。我只是怀着这些最基本的期望，不敢怀有更高的期望，拿他去和身边的男人们相比，比如像我妹夫那样，在我妹妹洗澡时，会为她整理好整套洗浴物品和换洗衣物；或者像他妹夫那样，每晚会将兑好的洗脚水端到他妹妹脚边。我看到他们做那些时，既感动又羡慕，还有隐隐的委屈，不明白为什么自己得不到那样温暖的爱。而他固守着自己作为大男人在婚姻中的种种禁忌，从未打算做出一点改变。我在深深的失望中，再一次认识了传统观念对一个人的绑缚是如何的根深蒂固。

而我，为什么不能像母亲一样，一辈子毫无怨言地接受婚姻所赋予女性的传统功能？那些希望两性在婚姻中保持平等的爱的观念从何而来？这样的观念又为什么恰好与我的婚姻状况是错位的？当我看到波伏瓦在《妇女与创造力》中说："妇女是受条件限制的。她们不仅从父母和老师那里受到直接的教育和限制，而且也受到她们所读的那些女性教育的书的限制。她们受到传统的妇女形象限制，而她们感到要脱离这种模式又是极其困难的。"我觉得她所描述的正是我的困境。我努力与这些条件限制和谐相处，让自己符合他大男子主义的需求，但我的内心时时处于不安与挣扎中，不甘心两人完成同样的工作回到家中，自己却要忙于家庭劳作，而他只是仿佛养尊处优般地一味地看电视玩游戏。

杨绛在《我们仨》中也写到钱锺书的生活能力极差，她包揽了一切家务。我反思我们之间的不同在于，钱是全身心地投入写作，钱的写作寄托了她的理想与价值，所以她安心于当好钱的附属。而我的他，仿佛一个长不大的孩子，只是热心于中央5台永远打不完的比赛，或者电脑手机里永远在升级创新的各种游戏，它们与我的理想和价值相去甚远。如果我是一个没有理想的女人，我想我就没有那些纠结，而是一个自足而幸福的妻子了。

也许正是因为自身面临的理想与现实的冲突，我开始尝试写作，以文字探究和表达人的存在困境。我确实在文字中得到了某些解脱。仿佛我写下的每一个词语，都是一条超越的道路。我不再纠结于现实生活中的琐碎，而是作为生活中的局外人、观察者而存在，那些痛苦只是为了供我以文字赋予其意义。我似乎找到了从生活中突围的方式，心灵获得了一部分自由，但这并不意味着生活中的问题得到了解决。作为一个写作者的我，在一个传统观念根深蒂固的家庭中，是不被理解和支持的。不只是我的他，包括我的父母，他们认为一个女人除了工作之外，就应该以履行家庭职责为主，其实工作也是为了家庭给养。而与家庭无关的阅读和写作，则是有违家庭道德的。他从不看我写的文章，甚至有一次我们一起去书店，当他看到我选了一堆与一个家庭妇女完全无关的书时，他竟然有些怒形于色。他当然不是心疼买书的钱，而是在潜意识中，他认为正是那些书导致了我对他男权的冒犯和叛逆。笃定信奉着传统女性定位的母亲，认为一个女人工作以外的时间，都天然地属于家务活动。所以每当我参加一个文化活动后回到家中，看着母亲脸上的不满，我总是满怀歉疚。

而男性作家则不会遇到此等境况，相反他会因为写作得到家人更多的尊敬和包容。英国女作家弗吉尼亚·伍尔夫曾经温柔地提出她关于女性写作的希望，她说："我们盼望那个也许是神话传说中的黄金时代，到了那个时代，妇女们将会获得许久以来一直被剥夺了的东西——闲暇、金钱以及一间她自己的房子。"她自己其实是不缺这些的，我们知道著名的布鲁姆斯伯里集团，两个美丽姐妹——画家瓦耐萨和作家弗吉尼亚——为核心的文化沙龙，可以说，"闲暇、金钱以及一间她自己的房子"，她完全拥有。她在写作方面的确也创造了非凡的成就，是现代主义思潮、意识流小说和新批评散文的重要代表。她提出的希望，只是为她那个时代更多地被生活挤压和拘囿着的女性代言。半个多世纪过去了，她温柔的希望至今仍是大多数女性写作者的希望，包括我自己。当我在每一天面临着女性自身与外部世界的关系问题时，我认识到女性的思考必然是从挣脱社会对于女性自身功能定位的绳索开始的思考，因为来自周围世界的世俗观念强大地窒息着她走向世界的意愿。而这些，都是男性作家所不需要面对的问题，他们对于自身拥有更多的主动性，他们走向世界的脚步比女性更为自由。从自身与世界的关系问题出发，是女性无法跨越的阻拦，也是她们反抗世界的出发之地。

　　然而，无论在文字中如何获得突破的自由，生活依然是一道无解的难题。我当然不敢抱有伍尔夫那样毫不妥协的理想主义，也不愿向传统男权思想作彻底的妥协，而是努力在妥协与坚持中创造一种平衡，在履行好传统女性家庭职能的缝隙中，坚持读书、思考、写作，争取自己作为一个独立的人的自由，实现对自我存在的确认。文艺批评家赵勇教授在给我的诗集评论中说，"烟火气与书卷气并重，是她人生姿态、写作姿态的一种定位。有这种姿态支撑，她便能在时间的缝隙中自由穿行，在现实世界与想象世界间迅速切换，在诗人与女主人之间从容换位。"这大概就是理想之我与现实之我既抗争又相融的状态。

5

　　她是我的闺蜜。她是歌中唱的那个"玫瑰花一样的女人"。她的一举一动无不散发着女性的妩媚气息。她的手指在手机屏幕上的划动，接听手机时头发的甩动，起身时腰肢的摆动，无论是细微的还是整体的动作，都透露着一种简洁干练，有一种天然的内在的毫不做作的优雅。她大笑时会用手遮挡在面前，但那样的遮挡并未起到掩饰的作用，反而夸大了笑的效果。也许她本来也不为了掩饰。她的笑声富有节奏和意味，具有一种阐释的功能，使那被笑的事件本身增添了丰富的层次。她越占据群体中的核心位置，她的发挥越是自然，她的女性之娇媚也越发肆意地洋溢出来。

如果不是因为她这样的一个可人儿走入了我的生活，给我这样近距离观察的机会，我从未曾在日常生活中感知到女性性别的魅力。可能还是因为童年时期对女性弱势地位的认知，以及从一些童话或传统故事中所得来的性是邪恶的、罪恶的观念，我似乎总是有意忽略和淡化自己的性别，在衣物的选择上也倾向于保守，厌恶并拒绝一切性感的元素，中学期间只喜欢简单的白衬衣，一位同学在我的毕业纪念册上的留言是"清香熏德，永葆洁白之色"。山西诗人们给我的评价是"弱水是山西最矜持的女诗人"。我在和女诗人西娃、沙白初次见面时，她们不约而同给我的评价是"弱水太正了"。我想"矜持"和"正"的含义应该都有剥离了性的魅力之后的纯正意味。我在欣赏艺术作品、时装秀时，也只是将女性身体作为一种单纯的审美存在。只有当我的女友以一种天然的美丽优雅、散发着性的魅惑的姿态出现在我的生活中，我的另一种始终被遮蔽的目光忽然被打开，我既能够以同性的目光打量她，感动于自我身上从未发现过的性的波光流转，又能够以男性的目光去感受和想象那些被激发的波澜和摇荡。

当我再观看电视中的模特们时，那些精心修饰的容貌，流畅的身体曲线，华美的衣装饰物，举手投足的经典姿态，已经全然不同于之前对美的单纯的欣赏，我看到了她们训练有素地对男性目光的迎合。模特应该是最突出性别的职业，只需要启用性的魅力，这最原始的武器，便可拥有自己的舞台。当然你可以说她们也追求智慧，但智慧最终仍是附着于美丽而存在。

与模特相对的另一个极端，是完全消弭了女性性别特征的政界女性和职场女性。我记得最初的工作单位曾将"泼辣"作为提拔女性干部的标准之一，我想这个标准应该不止于我的单位，它是社会各领域普遍的对女性干部的要求。因此我在各种场合所见的大多数女性领导，或者说女强人，无论说话行事皆有所谓"泼辣"表现，女性的柔美气质荡然无存。而在单位组织的一次民主生活会上，他们给我提的批评意见是"过于文雅，不够泼辣"。女作家葛水平在一次作品研讨会上说："女人不能做官，不能经商，那种环境会损坏女人身上的美的特质。"我的"过于文雅，不够泼辣"，大概就是为了维护我的女性特质。我曾经的一位女领导，不同于那些强悍的女强人，她喜欢穿色彩艳丽的裙子，为此，上一级领导曾批评过她，要她穿得深色沉稳一些。可她坚持自己的风格，她说，不管他是否喜欢，我的穿着一定要自己喜欢。就这一点，我对她的敬重和喜欢又多了一些。

既要维护自身美好的女性特质，又不陷于男性眼光打造好的审美样板以性取悦，才是女性与自身性别和谐相处之道。在中国传统文化的解释中，女人性阴，本亦无明，乃物质的物质，混沌的混沌，本应没有形式的规约，流动不居，也就不应该有那个规定好的女人，成为一个少女成长道路上的绳索。

而在将近一个世纪前，一个法国少女沉醉在巴黎夏夜的微风中，仿佛听到了神谕，她对着榛树轻摇的叶子说："明天有一个少女会死去，然后在我未来的荣耀中重生，我向这个少女微笑，我相信我会做到。"她叫西蒙娜·波伏瓦，是二十世纪最卓越的女性之一，她写出了一部伟大的作品《第二性》，反抗自己的性别作为第二性的存在。我相信她做到了她对自己的预言，但是她所提出的问题可能依然跨越时空，悬而未决。

府东，府西

　　卡尔维诺在《看不见的城市》中说：观看者的心情赋予了城市的形状。当我在离开一年之后，在此时长安街飘洒着的绵绵秋雨中，回望那条曾经居住生活了五年的街道，那条老旧的街道，我看见了它摇曳飘渺的参差多态，以及被永不停歇的时间之河冲刷而过的斑驳痕迹。

1

　　之所以说它是一条老旧的街道，因为最早可追溯到明朝晋王府的修建。晋王朱棡受封之后，以宋建太原城为基修筑了高大宏丽的晋王府，就坐落在现今的府东街上。因此，府东街沿路的街巷大都保留着与王府有关的名字，省作协所在南华门即当时城门之一，电力公司宿舍所在天地坛即为当时晋王祭祀天地之所，我居家的杏花岭乃晋王府花园遗址。这些名字相比后来由历史事件形成的解放路、五一路、建设路等街名，更多地直陈着城邦生活的秩序和气息，因而显得更感性。因为晋王府的荫庇，府东街也从此成为一条核心的街道，从当年的巡抚衙门，到民国的都督府，新中国成立后的省政府，一直没有离开这条最初叫作"院门口"的古老街道。

府东街的西延就是府西街，因此可以看作一条街。从街名所包含的那个具有权威意义的文字本身，就可以想象它在整个城市历史中的荣光。但并不是说，它就永远不会面临衰落变迁的黯淡际遇。在太原整个城市改革开放的宏大篇幅中，新城区在南部迅速地延伸和兴起，居于北部老城区的府东街不可抗拒地越来越呈现出衰微倾向，不断飙升的南北房价差异可见一斑。据说有一阵子，省政府准备随发展主流南迁，但又恐离弃了这块祖宗选好的风水宝地，不利，不吉，大有矛盾纠结之惑，已经进行了一部分的搬迁工作最终告停。因为这个政治核心的保留，府东街又于大势的衰微中顽强地保持着内在的繁荣。

我的日常生活基本上穿行于府东街上，就可全部完成。到太原之前，我先在地图上查找了府东街169号的位置，发现它与南华门东四条只有一路之隔，这让我有一丝意外的安慰，因为它们分别是我供职的山西省电力公司和我业余归属的山西省作家协会的地址。之后的五年，我就以陈彬和弱水两个名字，游弋于工作和写作之间，穿行在府东街的矛盾纠结与美丽哀愁之中，体味着属于我的两栖生活。

2

最初，它于我是陌生的，因为陌生，也就平添一些不安全感。而与同事们闲聊时，又听说几起在府东街上被打劫的遭遇。更有一位女同事强调，公司几乎所有的女同事都有过此经历，而她自己遭遇抢劫时还被歹徒击伤了头部，提醒我加班晚回一定要小心。走在府东街的人行道上，我便总是惶惶然，突然有脚步声重重地临近身后，总是惊得一身冷汗。好在每次都是虚惊。过了些时日，那颗紧张的心也就放松了。心想一定是同事夸大其词，这样一条大街，何至于治安那么差呢。但事情往往就是这样，在你看来毫无征兆毫无防备的时候，危险也就临近了。那是夏天的一个傍晚，刚刚下过雨，我从公司大楼里出来，走在回家的人行道上，感受着雨后的清爽。雨天较平时暗得早，路灯还未亮起，行人也少。雨总是带给我诗意，让我沉浸在自己的遐思之中，根本没有注意到对面走来的三个年轻人，只觉得有人用力拽我肩上的包，来不及反应，我已经摔倒在地。惊恐之中的我本能地尖叫起来，那个抢包的年轻人又尝试着拽了两下，但恰好那只包顺势压在了我的身子下，而我的尖叫大约也吓住了他，他撒手而去。我站起来时，回头看那三个年轻的背影已经走远。惊恐未定、一身泥水的我，仓皇失措地逃回家，一路狂跳的心许久才平息了下来。这应该是我经历的第一次抢劫，幸运的是包没被抢走，人也没有像同事那样受到伤害，只是有些轻微的摔伤。这或许是偶然的事件，让我对府东街有了最初的认识，让府东街从抽象的历史深处浮到了现实的表面。

我的抢劫事件发生不久，与我同住一个院子的另一位女同事又被抢了包。我几乎要相信所有的女同事都有过此经历的耸人听闻的说法了。但我并未对造此恶行的年轻人心生愤恨。我的同事们谈起这些失足青年时，大都义愤填膺，用一种恶狠狠的语言，将他们置于自身的对立面，坚定地希望他们得到惩罚。而我作为受害者之一，却在内心宽恕了他们。因为我认为，人们对待这个世界的方式大抵是这个世界对待他的方式，如果他受到礼遇和尊敬，他便更有可能礼遇和尊敬别人；如果他感觉自己被抢占和掠夺，他最有可能的就是去抢占和掠夺别人。所以我怀疑的是这个社会的内在机制，当年轻人的这种恶行成为这条街道的一个普遍现象，最应该反省的是它内在的运行逻辑。

3

梁文道的博客签名是："有人在管治这个国家吗？"仿佛一声叩问，又仿佛一声轻叹。每日穿行在府东街上，我时时的疑问也是同样的："有人在管治这个城市吗？"答案当然是肯定的。但我只是游走于城市的表面，所能看到的也只是发生在这条街道的日常现象。我当然没有能力深入城市的肌理去探寻它真实的运转。我甚至是害怕任何这样的深入。有一次在街边的"梅家小吃"，同一桌吃饭的三位，两女一男，他们是安利产品传销者，同时也是医学博士、美发设计师、某产品代理商。他们热情地与我交谈，邀请我参加他们的活动。我突然产生了了解这样一个仿佛永远处于亢奋状态的群体的愿望，便给他们留了自己的电话。这以后的每一周，都会如期接到他们的电话或短信，邀请我参加各种活动，讲座、厨艺、美容、健身等等名目繁多。我知道那都是美丽的陷阱，而我必须将自己置于陷阱之内才能看到那片隐秘的风景。于是我又害怕了，在即将开始的一次深入体验面前退却了，每一次接到电话都婉言推辞，短信从不回复。但他们的热情<u>丝毫不减</u>，邀请和问候依然每周都来，直到五年后我离开太原。他们如此孜孜以求的精神让我感动，也让我害怕。更加让我害怕的是，能够将人的内心塑造得如此极端和狂热的魔鬼机制。

我与我生活的世界的关系大抵如此，时时滋生探寻的欲望，又往往止于浮光掠影。一位小同事送我一本《暗访十年》，看到作者用最危险的体验探寻真相、裸陈社会另一面的勇气，我只能暗暗敬佩。我非但缺乏勇气，还只拥有一双高度近视的眼睛，这天然地让我养成了忽略细节的习惯。因此，日日穿行于府东府西，几千遭的往来，对这条古老街道也只能拥有模糊的轮廓性的理解。

4

初夏，天气稍稍暖和起来，白天一天天变长，下班回来的人行道上，便开始拥挤起来，各种地摊花花绿绿热热闹闹地开张了。摊主大都是下岗工人。太原作为重型工业基地，国企改制造成下岗工人数量之众可能在全国也数一数二。据说这些下岗工人后来主要从事了出租车行业，另外一些经营个体商业。这些大型企业集中在太原老城区，府东街作为老城区的主要街道，人行道上的地摊之盛可想而知。他们经营的小商品非常便宜，一般3元～5元，最贵不过20元。每次路过，我都怀疑他们如此的辛劳，是否可以维持生计。开始的两年，天气渐凉的时候，慢慢地，地摊逐渐稀少，到冬天就完全没有了。后来，竟然不见他们停工了，一年四季都摊卖应季的小东西，冬日的冷风中，微弱的灯光点点，制造着夜晚凄冷的繁华。

随着天气转暖出现在人行道上的还有乞丐们。有一个无脚男人，他总是倚着一棵老槐树，毫不在意地袒露着那双没有脚的腿，一片光滑的红色血肉，令人心惊，不忍猝睹。他坐在那里，从不乞求，甚至没有乞求的表情。他的身旁放着一台收音机，他在音乐声中自得其乐。对于丢给他硬币或纸票的路人，他从不言谢，甚至不看一眼。我觉得他不光没有脚，也没有心。他的内心已经死了。有一个老妇人，黑色的棉衣裹身，看不出是衣服本身的黑，还是积年的污秽。她双手捂脸，蜷曲着躺在人行道边，面前放一小碗，供行人捐助。每次路过，她似乎都保持着不变的姿势，若不是地方稍有变动，我会担心她是不是还活着。大约是我见过她后的第三个春天，天气已经很暖和了，仍没有再见她出来。每次路过她躺过的地方，我都会想起她，担心她。那担心只是一个闪念，瞬间便被内心深处的悲凉所代替。

我知道，对他们简单地赋予同情是不够的。每一个故事的背后都有着不为人知的辛酸和无奈。他们的存在，对我们共同拥有的世界是一个观照。人性和尊严应该平等地属于每一个人，即使生活是艰辛的。事实上，人生的艰辛就是人生的本质，所有的哲学和文学都在帮助我们认识人生艰辛的本质，让我们拥有智慧和力量去接受一切可能降临的不幸，化不幸为平常。

当日常生活像泥土一样平常，生命就可以像种子一样顽强地生长。我几乎每天都要经过的华联超市，早上开门后的前几名顾客享受更高的折扣权。于是我看到，距离开门还有很长时间的一大早，就有老人在华联门前排起长长的队。而更长的府东府西街上，已经塞满了上班族的车流，在拥堵中缓慢地行进。这个社会大约有两种人，有人用时间挣钱，有人用时间省钱。在无形的时间中，普通人用日常生活建造起了城市的历史。

5

　　就像矗立在府东府西街上的高楼和隐匿在高楼间的棚户区共同构成城市既颓败既欣欣向荣的形象一样，城市的生活既有琐碎的温情，又有浮华的灿烂。在阴晴雨雪的季节变化之中，在汾河水昼夜不停的奔流之中，沉重现实与浪漫诗意的映照，残酷强硬与弱小无力的对抗，交织流动在府东府西街的灯光云影间。

　　在府西街的某座地标性建筑物内，我参加过一个国际性的葡萄酒会，所谓上流社会人物的交际场合，葡萄美酒夜光杯的光芒映衬着拜权者的虚假谄谀与当权者的志得意满。府西街有着全省最大的证券交易所，以一双看不见的翻云覆雨手操纵着财富的聚敛，加大着财富的差距。府西街还有着著名的奢侈品商店，满足着富人们对奢华生活的向往。在府东府西街所有强势的建筑中，我最熟悉的是几乎每天路过的某法院。我对它的关注始于一个元宵节。那个元宵夜，月亮又大又圆地挂在天空，我去公司院内观看花灯，突然听到惊天动地的鞭炮声。那是真正的惊天动地，因为我明显地感到脚下的土地在震动。随后路过法院门口时，我看到了一条鞭炮铺就的壮观的"地毯"，"地毯"的厚度让我猜不出燃放了多少鞭炮。我不知这样燃放纳税人的钱，是否要经过纳税人的同意。而法院门前的人行道和非机动车道，往往停满了警车，我也不知这样对公共空间的挤占是不是合理。我只清楚地知道，每次看到法院高高的台阶上，站着的那些茫然四顾欲言又止的人，甚至有一次我看到一位晕倒的老妇人被急救车接走，我就庆幸自己，既不是原告也不是被告。对于小人物来说，从法院门口平安地走过四季，绝对是一种幸福。

与这些强势的建筑相比，某小学的修建显出它尴尬的弱势。因为其百年名校的名分，我为上小学的女儿选择了它。没想到的是，刚读了一年级，它的拆建工程开始了，女儿的小学流亡生涯也随即开始。百年历史的它的确应该重新建设了，女儿一年级上学期结束时开家长会，在他们班教室，我穿着羽绒衣和家长们挤在一起，依然冻得浑身发抖。这样的教室可见早已不适合使用。但就是这座返修重建的6层小楼，因为资金不到位等原因居然历时4年之久才竣工，在这个到处讲究"中国速度"的时代，其工程期之长实属罕见。我也因此对"尊师重教"有了最为切身的感受。但这个感受的获得也只是因为涉及女儿。如果完全与自己的现实生活无关，也许我不会将目光注视到这样一个平常事件上。

为了抵抗对司空见惯习以为常的日常生活的漠视和遗忘，我用属于自己的话语，将府东府西街的片段记录成了一组诗歌。友人要求我作细节的解释时，我在组织语词的过程中才清晰地意识到我所摘取的片段鲜明地呈现着强与弱的对立，原来我无意的关注竟是有着内在的价值逻辑。作家陈希我在对我的诗歌评论中写道：她的诗歌世界里有着全然不同于现实世界的逻辑，一种"弱"的逻辑，这恰是文学的逻辑。这可能正是我在写作中的追求。

也许强与弱的存在，是一种天然的存在，从"朱门酒肉臭，路有冻死骨"到今日府东府西街呈现的贫与富、强与弱的距离，都是生活本该的真实面目，但我们不能让迟钝麻木的眼光从其表面一扫而过成为习惯，我们或许应该用注视未来的眼光，客观、宽容、理性地去拥有另外一种视野。

6

我把作家视为拥有这种特殊视野的人，甚至不仅是视野，还有人格。因此，南华门东四条在我心中是一种神圣的象征。穿过五一路，从公司大楼到作协的二层小楼，两种身份的我，拥有两种全然不同的语系。多年来，我一直在二者的矛盾中寻求着平衡，在集批判与被批判双重角色的自身内部体验着光明与黑暗相生共存的存在之痛感。我所感觉到自身的成长正是来自对那条界限及其两翼互为倾覆力量的清晰认知。因此，我享受并依赖于两种角色之间的转换。每次踏进那个古老安静的院落，我都怀着一种近似膜拜的心情，走过那些花树，穿过月亮门，登上咯吱作响的木楼梯，整个过程仿佛一次灵魂净化之旅。我进入过少数几位老师的办公室。在杨占平老师那里，多是听他对省内崭露头角才华出众的年轻作者的批评，让我受益颇多。我的散文集出版后，他就如何题赠自己的作品仔细地教诲我一番，让我这个初次出书的人略微懂了一点规矩。他给我的感觉是，永远准备着帮助别人，尤其是他认定的富有才华的年轻作者。而张发老师，更是旗帜鲜明地亮着"扶强不扶弱"的宗旨，埋首于堆满了写字桌的稿件，探寻和扶植着本省的作家队伍，每次见他，他就从如山的来稿后面探出头来和我说话。创立了大散文文体的张锐锋老师，他的办公室几乎无法踏脚，因为你会觉得那里在闹一场深重的书灾，他对那些书籍放任的自由程度，与他在散文中恣意放纵的文学才华，在表象和意识两个层面映衬着他的同一种性格。鲁顺民老师似乎很少规规矩矩地在自己的办公室，所以几乎每次都是在别处碰见他，也可见这位心系城市之外广阔乡村"三农"问题的作家不拘形式的个性，聂尔曾用"春风杨柳长河落日"书写他，让我再找不出更恰当的词语来表现他表面的疏朗温暖和内心怀有的广大的关怀。

有时候我会在上下班的途中碰见他们。有两次碰见从超市出来提着两棵青菜的鲁老师，他总是仿佛一下子就站在我的面前，吓我一跳，提醒我"嗨，想什么呢，走路不看路"。还碰见过看见我就露出一副惊讶和关切表情的杨新雨老师，他是最初在论坛里选发我文字鼓励我在文学上起步的外地编辑，我还记得第一次被他肯定时的激动，因为他是我在大学期间仰慕过的散文作家，他的《养母》《大桥下面》等文字所透露出不同于课本上那些传统散文的味道，曾带给我散文审美上的冲击力。他们不仅在写作上给我以影响和引导，更有着兄长般的亲切。

我唯一到家里拜访过的是祝大同和王瑞庆老师，他们的家几乎影响了我的生活观念。那是一个朴素而奢华的小家，每一件家具都是我小时候见过的那个年代的简单式样的旧家具，散发着过往岁月的光泽。它们都满满当当的，装满了书的老式书柜，藏满了碟片的老式电视柜，最让我叹为观止的是放满了各种烤箱的橱柜，还有一个硕大的缝纫台，一切物件都在讲述主人生活的丰富性和精神的丰富性。我在那个家里观看了金基德最经典的片子，品尝了王老师精湛的美食，欣赏了他们日本朋友赠送的精美和服，而在祝老师深情的凝望中听他唱歌是之前就领略过的。他们互称对方为"大同"和"王老师"。祝老师说："王老师记忆好，我看到有趣的段落，便读给王老师，让她帮我记住。我用的时候就问她。"席间，祝老师随口讲起他前阵子读过的妙语，王老师果然笑眯眯地流利地做了补白。从他们家里走出来，我再也不喜欢那些精装修的大房子了，而是爱上了这样朴素而丰富、默契而自然的家。

还有一些常见面吃饭的诗人作家朋友，唐晋、竹子夫妇、玄武、国伟、宝华、木头等人，他们既是同道，又是温暖的朋友。

在拜金主义和拜权力主义盛行的今天，赵树理当年在群众中高于省委书记的礼遇已不复存在，以知识和精神为业的作家的分量已经非常衰弱，本该处于领先和主导地位的文学精神日益式微，这种趋势即使莫言获得诺贝尔奖也无力逆转。这起几乎是近代以来最伟大的文学事件，所带来的文学热潮在仅仅一年后的此时早已波平浪息。甚至在其最热的时候，我也看不到这起文学事件除了让出版社和莫言本人大赚一笔稿费之外，对文学精神的弘扬究竟产生多少影响。这不只是文学的悲哀。

因此，在随波逐流、泥沙俱下的时代洪流中，南华门东四条肯定是府东街上一个特殊的存在。至少，有一类人将某些理想寄托给了它。我只浅显地提及了交往过的部分作家，还有更多我在生活中不熟悉的作家。他们以一种独立的精神高度和道德勇气，以张扬着自身风格的文字，表达着自己的政治倾向、思想观念、现实关怀和审美趣味，仿佛微弱的幽光照亮着我们身边的昏昧。

去年以来，太原市掀起一轮大规模的城市改造，府东府西街也在拆迁扩建之列。我多么希望拆建工程的目标不仅仅是为拥堵的车流畅通道路，而同时可以拆除强与弱的距离，掠夺与被掠夺的对抗，那才是对这个生死相逐、新旧交替的大时代的真正呼应。

我的我

紫？

在。

这是我们之间的呼唤和应答。

有时候我想，她仿佛就藏在我的身体里，我只需轻轻地呼唤一声，她就立刻从我的指尖跑出来，闪亮在电脑和手机屏幕上。我都不知道为什么，会有那么多时候需要她。而她也一样，随时会发一朵玫瑰或一个拥抱的图案给我，然后我们的倾诉就开始了。可能是一个轻盈的小欢乐，也可能是一个沉重的大悲哀，可能只是走在路上看到一棵树开了花，或者听到窗外响雷下雨了，再或者是看到一篇令人动心的文字，发现一个喜欢的作者，再再或者是因为身边人事的纠结，忽然对人生又有所开悟，总之，有那么多理由让我们轻轻呼唤一声，把心里每一个大大小小的悸动传递给对方，相互分享和分担这些只在内部发生的生活。仿佛唯有如此，那些起伏激荡在内部的事件才能安放妥稳，让我们有力量穿越广阔而强大的现实洪流而不被完全湮没。

上帝按照自己的脾性造人，在他的心情起落甩手顿足之间，人和人有了很大的不同。我们经常惊异于这些不同，为人性深不可测的各种可能性瞠目，同时对这个世界越来越理解和包容。
但我们的内心其实一直在寻找那些和自己相似的人。因为在浩然
的宇宙中，我们的内心如此孤独，对自身之外的未知世界充满恐
惧，我们希望碰到另一颗星星，因为彼此光芒的照耀而感到安全
和踏实。十年前，我们在新散文论坛相遇。阿舍说，你和紫含的
QQ头像一样。我的心里忽地漾满欢喜。多年来，在QQ没有上传
自拍照片功能之前，我们秘而不宣地保持着默契，从不更换头
像，也许就是想保留这种仿佛在和另一个自己相遇的感觉吧。当
然，供我们真正深入彼此内心，触摸到彼此心跳和呼吸的，还是
文字。我们都是喜欢文字的女人，我们通过文字塑造了自己，我
们也轻易地通过文字辨认出和自己相似的人。紫含的文字像她生
活的南方的空气一样，哀愁和欢乐，都渗透着细密湿润的芳香。
她是一个那么感性的人，她的每一个笔触都仿佛是一个独立的毛
茸茸的生命，在她的文字里，你能感到自己所有的感官都被激
活，你能感到被唤醒的身体的真实，仿佛身体是我们认识世界的
通道。她在一篇文字里写道："有些东西是你自己也不知道处在
身体的哪个地方的，如果没有合适的契机，你也许一生也不知道
你会产生某种感觉。这就是你为什么会喜欢某个人，喜欢某样东
西，喜欢某种文字、某种风景和某种情景。""你遇到残雪的时
候，你恢复了一点你本原的感觉；你遇到了博尔赫斯，你又完成
了一点你的作品；你遇到萧红，你忍不住抚摸你自己的身体，你
觉得，对，真的，它们是你的。""遇到那些可以让你的身体如
醉如痴的人，你所有的哭泣和快乐，都比珍宝还要珍贵。"我们
的相遇，大致也是如此。因为本质上，我们还是在文字中的相
遇。沉浸在她的文字中时，我身体某个被激活的部位告诉我，我

们是可以彼此相信和依赖的。

为什么必须有所依赖？因为我们没有与上帝独处的传统，我们害怕人生的空虚和无意义。醉心于名贵的衣服、首饰、车子、房子，是物质依赖；对烟、茶、酒、咖啡的品位和上瘾，是感官依赖；摆满书柜和床头的书，是精神依赖；扯不断的亲情，要命的爱情，是情感依赖。因为我们心中没有上帝与我同在的信念，我们不得不在外部世界寻找各种依赖，在依赖中等待灵魂生命的成长。当有一天，我们可以像梭罗一样抛弃城市的繁华和谎言，只身在森林里，在湖水边，宁静地观察四季变化，我们便可无须依赖什么了，因为我们已经拥有了一颗黄金的心。当有一天，我们可以像托尔斯泰一样，摆脱富饶的庄园和贵族生活，只要一个家徒四壁的房间，只要有纸有笔，便可写到哪里好到哪里，我们便可无须依赖什么了，因为我们已经拥有了自在的灵魂生活。可是，现在的我们还只是平凡世俗的小女人，我们在平凡世俗的世界扮演着属于我们的多重角色，我们对此又爱又恨，逃离又无可逃离。如果我们不愿意像我们热爱的弗吉尼亚·伍尔夫那样，在一个清晨，口袋里装满石头，径直地走入清凉的河水，我们便需要在各种依赖中释放坏情绪，保持生活中的平衡和健康。不知从什么时候开始，我们成为彼此最可靠的依赖。她在天涯博客的前三篇文字，居然每篇都提到我的名字。第一篇："去看弱水和阿舍，她们的家只对我开一扇小门，我看不见这么久没看见的她们。"第二篇："最后一句话和弱水说，呵，我的好姑娘，真的很想你，想和你聊天。"第三篇："今年不知怎么了，两个春连一起，连核桃都小产了，特贵，30多块钱一斤啊。唉。不过，弱水、阿舍等女士们要是看见我这篇小字，一定要记得我教的一种核桃肉的吃法，养颜，活血，对女士好得很呢。"这个发现让我感动和温暖。木心说"艺术是不哭，也不笑的"。而生活，是让我们哭，和笑的。不但如此，我们还需要一个陪伴我们哭和笑的人。紫含和我，我们就是一起哭和笑的人。

每天，我们隔着遥远的距离在屏幕上萍水相逢。我们之间似乎没有什么是不能说的。我们在对方面前没有任何防备和伪装，尽可以袒露自己的软弱，脆弱，不必戴上面具装成一个坚强的人。我们相互倾诉内心的绝望和黑色悲伤，那些隐秘的渴念和伤痛，快乐和希望。每一个小小心思，我们都那么彼此理解，仿佛她的经历正是我的经历，而我的经历，也是她的。我们开放地接纳着彼此，那么自然，仿佛云朵投映在水中，仿佛柳条在春风中摆荡。如果说男女间的爱情尚有它的局限，因为男人和女人本质上的不同而不能完全地相互理解。相知相悉的女人之间，在精神上则可以达到完全的互通。在湖南江永、道县、江华和广西部分地区，曾经在妇女之间流行、传承一种神秘文字，也是世界上发现的唯一一种女性文字，人们称它为"女书"。女人们总是有苦情的，或者还有私情；苦情私情总需要说一说，唠叨唠叨，女人们便创了"女书"。便有女子自小学习女书，呕心沥血写出来，织在巾帕上，捎给其他姐妹，或留作自己永远的心事。其实，就是因为有一类女人，心事太重，那颗敏感纤细的心，感受太多，而无力承受，需要另一颗心帮她分担。她们在文字中，进行最直接最隐秘的交流。文字仿佛是她们为彼此打开的一扇窗，使得密不透风让人喘不上气的现实生活能够吹进一丝清新的风。林徽因与她的一生好友费慰梅的相识，就是在她人生最逼仄的时候——

年幼的子女，以及感情上完全依附于她的妈妈，来自家庭的重负让心怀自由理想的她不堪承受，而挚友徐志摩的意外去世，又给她心灵以沉重打击。此时，费慰梅作为一个志同道合的同情者，成为她最好的倾听者。她们的交谈从叙述各自的故事开始，到中美价值观的差异，再到文学、艺术、冒险，在题材广泛、充满激情的谈话中，她的内心暂时从现实的沉重中抽离出来，获得一种天真的欢乐。后来在战乱的逃亡生活中，她们之间的通信成为她最重要的精神支撑，陪伴她度过了五年虚掷时光、贫病交加的苦捱生活。

相比林徽因和费慰梅的时代，紫含和我，我们拥有了更为方便的交流方式，电子邮件、QQ、微信，科技的发达使我们之间感受不到时空的存在，我们随时随地分享和分担着彼此。那些难以说出的痛楚和哀伤，那些迷恋和激动，它们有了即时输出的通道。相比男女之间的爱情，我们从不会考验彼此的信心和耐心，我们的呼唤和应答也不会有任何的闪躲与延滞，我们没有猜度，没有妒忌，没有幽怨，只有彼此的理解和包容。我们仿佛世间最最笃实的一对情人，对彼此完全地相信，完全地放纵，完全地依赖。

想一想，我们只见过两次面啊。第一次是2008年，我在杭州培训，抽出时间跑到衢州去见她。当我们真切地看到彼此的眼睛，肩膀碰着肩膀地走着，我们已经不需要语言了，只是心照不宣地笑。她带我去拜孔庙，逛公园，一路给我介绍她文字里常出现的那些花草树木，它们在她的文字里是她的表情，投映着她的欢喜与哀伤，浪漫与哀愁。它们像她的旧友们，散发着温暖的气息，亲切地招呼着我这个新朋友。那一天，我仿佛一只雷达，贪婪地获取着来自她身体的真实可感的信息，她看起来十足文艺范儿的长长的中分的直发，会笑的眼睛，透着几分爽朗的声音，流动在她的花裙子褶子间的安宁和梦想。我将这一切收藏在心里，以后我们在电脑或者手机屏幕上交谈时，我便能在心里清晰地看到她喜怒哀乐的样子。

第二次，便是去年国庆节，她来北京培训。从我在地铁口接上她，她就不停地拍照，她不仅要将我工作的地方，我的家，我的人，记在眼里，还要将它们以影像的方式留存。因为我要给孩子做饭，收拾家务，辅导作业，我根本顾不上照顾她，任由她自己在我的房间里晃悠，仿佛家人一般无视她的存在。只有等孩子睡了，我们一起躺在我的床上，才开始我们长长的话题。就是在那个晚上，她激动地向我谈了她对爱丽丝·门罗的迷恋，她说你一定要读读门罗，这个七十多岁的女人，写出的小说。十天之后，门罗获得诺贝尔文学奖，我又分享了这个消息带给她的惊喜和欣慰。那个晚上，像她后来在博客中写的那样："我们睡过去又醒来，而我们的话仿佛就一直站在那里，等着我们。"

第二天，我们一起去唐山看杨获。这是我们年初约好的。我们在火车站的肯德基餐厅候车。来来往往的人拥挤嘈杂，但毫不影响我们永远如流水般的话题。我们隔着小桌子面对面坐着，仿佛置身在繁华人海中的一叶扁舟上，我们用语言弹奏着一曲没有结束的协奏乐，似乎只要时光不老，乐曲就可亘古不息。最终我们还是被列车送到了唐山，又被可爱的杨获用她的丰田小公主接到了处处可见她精心布置的家。她为我们专门备好了拖鞋、牙刷、毛巾，餐桌上的鲜花，茶几上的水果。这一切令我惭愧，因为我竟然没有为紫含的到来做过任何准备工作，就那么坦然将自己的日常状态呈现给了她。与杨荻的用心相比，我真是太粗枝大叶了。

那个夜晚，除了我们仨，还有同在唐山的东篱和采薇夫妇，都是十年前新散文论坛里的老朋友。我们那么喜欢杨荻的家，那些格子台布，百合花，各种花瓶，墙上饰品，摆件，每一个角落都流露着温情和艺术气息。发烧友东篱正好成为我们四个女人的摄影师，用镜头将我们留在了杨荻的家里。杨荻有几把团扇颇得我们喜爱，被我们挨个儿拿在手中作为道具。可镜头里的模样，分明只有着了绿色长裙编了麻花辫子的紫含，拿起团扇才是自然的江南风韵，我们这些大脸的北方女子，怎么看也不配团扇半掩的涓涓柔情。

从和紫含一起登上开往唐山的火车，我就感觉自己在实施一场现实中的逃离。当我们被杨荻带到海边，我们在海滩上，在芦苇荡里，拉着手跑着，跳着，欢笑着，依偎着，我们的头发、衣裙、纱巾被海风吹得狂乱，我们的心被大海带到了很远的地方。我们这样的正处于现实重压下的中年女子，被相知的同性友情劫持，算是最安全的逃离吧。后来我们又去了唐山地震纪念碑公园，去了一片满山坡都是薰衣草、格桑花、小菊花的花海，东篱为我们拍下了一生最美的照片。十年前，东篱为我们每个人写了诗，那时我们都是想象中的抽象的女人。在唐山的花海中，我们被镜头一个个识别，成为一个个具体的女人。望着镜头里已是红颜残褪的女人，恐怕东篱是写不出诗了。但我们彼此却看到了那些被岁月磨砺后的美，像彼时正在来临的秋天，绚烂与凋敝，热烈与淡漠，智慧与木讷，同时并存生命中。短暂的逃离后回到家中，我再次打开那些照片时，我看到秋日大地般的从容与安详，坦荡与开阔，在我的女友们的沉静深澈的眉眼间闪着光辉。在浮光掠影、落花流水的岁月之中，我们如同繁花落尽而内涵丰沛的秋天，日渐显现出生命清晰的本质。

唯其相似，才更相知。作为写作的女人，我们阅读彼此的方式，不只依赖于现实中的交往，更在于文字的吸引。更多的时候，我是从她的博客里看到她。她是当地书虫俱乐部和驴友俱乐部的成员，每周都会有各种活动，被她写成文字，拍成照片，放到博客里。于是我像熟悉我自己的生活一样，熟悉她的生活。她和朋友们去西藏了，登武功山了，去看秋天的银杏树了，学烤蛋糕了，喝酒了……我从她的文字和照片里读出她对这个世界的热爱，分享她敏细的内心和悠游在文字里的感性的美。当然，她不仅仅是简单地记录生活，更多的文字是真正的创作，她的散文和小说已经独具风格，她追求残雪和博尔赫斯式的纯文学十足的迷宫式文字，坚持一种现代感的寓言式写作，从一个小视角打开生活，窥探生活的荒诞和忧伤。我们的相同之处是，我们依靠激情写作但并不总是葆有写作激情的人，总是写着写着就倦怠了，满是绝望和怀疑。这个时候，我们就相互纵容："不想写，就不要写了，就睡觉，就烤蛋糕。"我们甚至一起设想未来，等生活的责任不再需要我们的时候，我们就和杨获一起，在海边的一所房子里，开一家三姐妹蛋糕屋，她烤蛋糕、写小说，我磨咖啡、写诗歌，财务专家的杨获收银子、写时尚随笔。想着想着，我们就快乐起来了，于是我们再相互鼓励："还是写作吧。"因为我们知道，写作其实也是我们从现实生活中抽离的一种方式。我们都是辛波斯卡的信奉者，"我热爱写诗的荒谬，胜于不写诗的荒谬。"只有写作，才让我们于人生的虚无中拥有自身的存在感。

　　这是一种什么样的情感呢，不像爱一个人时因为对他的仰视而自卑，甚至因为爱将自己放低到尘埃里。有时候在爱中，因为完全的依赖，反而让爱成为枷锁，身陷一种不自由。而我们，在友情中，因为不完全的依赖，反而获得了完全的自由。我们之间是那么平等，仿佛一条河流陪伴着另一条河流，一棵树陪伴着另一棵树。紫含在给我的书评中写道："读她的文章，仿佛是读着自己的一个个日子，有时灰暗，有时光鲜。女人触摸女人，竟也触摸到了最深的伤痛，隐隐地有一种欢喜，却分明流满了泪。于是知道，女人都是藏着的宝贝，一挖掘，就是炫目的光晕，古遗址一样神秘而令人神往。弱水三千，她是那轻轻的一滴，自有自己的起点和归宿，她早就知道。"我们都知道。

　　贝多芬在一封没有寄出的情书中，称那位神秘的收信人为"我的天使，我的一切，我的我"，后世研究贝多芬的人——梳理他生前爱过的女人，却无法确定那位"不朽的爱人"究竟是谁。在我看来，她可能不是某位具体的女性，而是贝多芬内心的一个幻想，是只存在于他内心深处与他高度契合的一个精神伴侣，以一种完全开放和包容的姿态倾听并理解着他，所以她才被称为"我的我"。而紫含于我，却是现实存在的"我的我"。这也许是上帝对我们的恩赐。正如紫含在一篇文字里写道："当社会进入一种高度的文明模式，在人与人之间的防备与伪装几乎无所不在的如今，友情尤其珍贵——若能与相知者说些体己话，不加掩饰地倾吐内心所思所感，述说烦恼、绝望与悲伤，分享秘密、快乐与希望，就好比向一间闷热的房间吹进一丝清风，让人轻松并愉悦。我和弱水之间就是这样。"

　　这个世界上，也许有些人是不怕孤独的。但我们恰恰是害怕的。尤其在夜里，我会觉得无边的黑夜仿佛大海，让我看到自己浩瀚而苍凉的一生，我的身体就会无助地被一种凉寒和坠落感攫住。这个时候，我就想一想我们的约定，在一个面朝大海春暖花开的屋子里，在阳光、海风、各种花草的芬芳中，我们一起写作，一起老去。然后，我就可以安然地，入睡了。

公交车上的女人

"你的素花裙子真好看，是今年流行的花式。"这是她向我说的第一句话。

她坐在过道另一侧的位置上。短发，淡妆，职业套裙，应该是个职场女人。我扭过头看着她说："呵，是吗？谢谢！"

"这花色，这样式，这袖子，都漂亮！我搞商业很多年了，一眼就能挑出好看的衣服。有三个店了吧，翠微，王府井，新世纪，我都干过。"

"哦，是你自己经营吗？"

"不，给别人打工。不过孩子都是我自己带的。我孩子都15岁了。我妈也帮我。我老公不要我了，我得要回房子。我今天就是去和他办理房子的事情。"

她一开口，就停不下来。我听她唠叨着，上下打量她。她没有穿长丝袜，露在短裙子外的大腿上有一道长长的伤疤，一直延伸到小腿肚子上，看起来有点瘆人。我忽然有点紧张，不知道她和我搭讪的用意，一时间想到了很多骗人的把戏，那些因为和陌生人搭腔，被人弄晕后割了肾或者弄成残疾的新闻，让我不寒而栗！本来有心想听听她的故事，又被这些担心和怀疑打消了念头，于是扭转脸，不再看她，任她在一旁自言自语。

很快到终点站了。我站起来时，又多了个心眼，让她往前走，因为我担心她在我身后会乘我不备做出什么伤害性的举动。她走在我前面，依然不断回头，向我讲述她的故事，而我已然无心再听进去什么。一下车，就有两个巡逻的武警从身边走过，我一下觉得安全了。回头想和她打个招呼，却只剩了一个丰满有力的背影朝马路对面走去。我有点内疚，还有点自责，为自己天生的胆小而懊恼。究竟是什么让我凭空怀疑和防备她，而不能好好倾听她呢？

走在路上，我想起看过的一部电影《蓝色茉莉》，一个虚荣的执迷于上流社会的女人，遭到她信奉的上流生活打击之后，濒临崩溃，变成一个在路边自言自语的神经质的女人。我刚刚在公交车上遇到的女人，是不是一个现实中的茉莉呢？不过她不是蓝色茉莉，而是一朵红色茉莉。因为她所讲述的生活显然是重压下的生活，但她脸上的表情丝毫没有梦想幻灭后的失落与彷徨，甚至她讲述的时候连一丝不甘心的怨气都没有，她整个人充满了力量和斗志。也许正是这样的讲述让她在语言中重新构造了一个生活，一个不同于现实中打败她的生活。她在不断的自言自语中，用重复的语言确证生活的希望，这是她不允许自己被生活打败的自我救赎。

街上人流如织，大概大多数人都如我对她一样，时时藏着怀疑和防备的武器。她独自的言语，不得不成为她唯一的救赎。路过一家酒店时，玻璃窗上映照出我的影子。我仔细打量了一下身上的这条素花裙子，花式的古典与款式的时尚相衬，好像真有几分好看。

西单路口

1

　　每次走过西单路口，我都会想起一位作家朋友。他曾说自己写小说的困惑之一，是不擅长对女人服饰的描写。我想他倘若在西单路口坐上半小时，这个问题便不成问题。他将会看到各式各样的女人，穿戴各式各样的服饰，流行的、复古的，朴素的、张扬的，年轻的、年老的，外地的、本地的，阳光的、灰暗的，贫穷的、恋爱的……他终将辨认出最适合的那一套，赐予自己爱恨交加的主人公。

　　我总想告诉他这个好办法。我甚至可以陪他坐上半小时，一起打量那些匆忙走过的女人。她们走在长安街历史感与时代感交映的光辉中，走在西单路口宽阔的天光和密集的热闹中，也走在作家曼妙的构思中。作家会歪着头眯起他锐利的眼睛，而我，会和西单路口一起消失。那是多么幸福的事情！

2

那天到达西单路口，跳跃的计数器显示还剩30秒。够不够穿过这条我所走过的最宽阔的马路？我犹豫了1秒，还是身不由己汇入身边前行的人流。计数器跳跃的节奏让我心跳加速，脚步已无法更快，而身体，身体感觉要倾倒。

——"啪"的一声，倒下的是一个女子。她慌乱爬起却再度趔趄趴下，没有人停下脚步去帮扶她，甚至转过脸看一眼都没有。只有停满马路的各式车辆睁圆车灯逼视着她。我也只是用眼角的余光，看到她挣扎起身，看到她那一瞬的惊恐、羞愧，和绝望。那些表情仿佛也是我的，它们刻在我那一刻的心里，也自童年的某个场景醒来。它们逼迫着我，无比痛苦又无比虚无地完成那段漫长行进。

赶在30秒倒数结束之际，迈上人行道，我才近乎虚脱地放下心来，庆幸那个摔倒的女子不是我。

3

地下通道里一般都会有街头艺人。有时是抱着吉他唱歌的，有时是坐着凳子拉二胡的，有时是铺了一地书法作品写大字的。口袋里有零钱时，我就顺手取出放在地上的袋子里。反正靠它们也买不起房子，不如这样用一块钱相互取暖。

地下通道空荡荡的时候，一般意味着地面上的不远处，正在进行决定这个国家命运的重要活动。他们可能认为看不见人便是安全的。而我这样胆小的人，却总是提心吊胆地想象，越是表面的空荡荡，背后越充满了危险的东西。

当我再次遇见街头艺人，当地下通道重新喧闹起来，我才感到世界的安全和生活的踏实。甚至会生出一个小小的期望——那些艺人的脸上，若是我所看过的西方电影中那些街头艺人脸上的沉醉和快乐，就再好不过了。

4

等待绿灯亮起的时候，他将脸朝向我。那是一张布满皱纹的深色的脸，浸透了阳光和风霜。

他说，你们好啊，坐办公室的人。

我说，您不好吗？

他说，我们是受苦人，站这街上，吸多少尾气。

我说，嗯，是不太好。不过坐办公室也不好，我的颈椎和腰肌都坏掉了。

他说，也是。你还这么年轻，千万要注意！

我说，谢谢您！您也保重！

这时绿灯亮起。

他举起手中的三角旗，用力向下一挥，车流戛然而止。

我看见他那一刻的表情，既凝重又疏朗，几乎指向存在的意义。

我和他告别，走向马路对面。

我想他是一个喜欢说话的人，他和陌生人说话的时候，应该也是幸福的。虽然他说自己是个受苦人。

香山多妩媚

大学时，喜欢所有被冠名为才女的女子，每日以躲在宿舍上铺趴在被子上纠结于东西方才女们的世界为乐事。才女们除了妙笔著文章，一般都拥有一份荡气回肠肝肠寸断的爱情。或者可以说，爱情滋养了才女们的才思与精神，是她们文字中的盐。我一边赏玩着才女们风情各异的文字，一边品味着她们摇曳多姿的爱情，得到文字与爱情的双重启蒙。高君宇赠送石评梅的那枚红叶，就是在那个时候以一种孤绝的凄美飘落进了我的记忆。"满山秋色关不住，一片红叶寄相思。"世界上再没有任何一片叶子比得上这片叶子的重量，高石之间那种纯洁、刻骨、终不可得又生死不渝的爱情，在我心中树立起了最初的关于爱情的理想。而香山和红叶，也因此拥有了某种美好的不可替代的象征意义。

某年深秋，乘车入京。正值霜降过后，路过香山景区，遥遥望去，窗外漫山红遍，层林尽染，令人向往。而我不能下车，不能登到那火红的深处，置身于那盛大的景象，缅怀一份恒久的爱情。只好在行进的车子里，使劲地将那一层一层一片一片飞扬的红叶纳入眼中，然后在剩下的行程中，闭起眼睛美美地做梦。有时候，这样在想象中经历一件事情，竟然也仿佛真的经历过了。

乃至真的经历时，已经感觉是故地重游，只是心境全然不同。唯有逝去的爱，如山川永恒不变，如红叶永葆色泽。而往前走，无常人生难免让人心生"年年岁岁景常在，岁岁年年人不同"的感叹。

如同中国的每一个景点，周末的香山，车道拥堵，人群拥挤。想这熙熙攘攘芸芸众生，抛却俗务牵扯，来登高览胜，沐浴秋光，赏玩秋色，却又不得不落入塞车排队人流嘈杂的窠臼，真是无处可逃，应了诺贝尔文学奖新主门罗小说《逃离》的寓意。

为了避开人群，我们沿山间小道攀爬。虽无台阶可拾级而上，又有荆棘丛生处处为绊，增加了登山的难度和危险，但也不乏探险的乐趣，更能享受耳根清净之福。选择一条道路，其实和选择一种人生一样，安逸舒适可能无为无聊，艰难冒险可能开拓妙境，重要的是保持在任何一种处境中的坦然，随心即好，随遇而安。山坡上，散乱的灌木叶片零落，已有几分凄冷之意。脚下的泥土也不似春天时踩上去那般松软，感觉生硬沉实。不过我们登山费力，身上热乎乎的，更比平时添了精神。一段山坡到头时，一簇茂盛的野草莓在眼前哗然绽放，密密的叶片中点缀着深红色的小果子，那些也曾饱满鲜艳，此时即将在寂寞中凋落的生命，让我想起英格玛·伯格曼导演的电影《野草莓》。那位痛苦忧伤的导演，以一种强烈的知识分子气质和宗教情怀，为我们塑造了一位倔强顽固自私的医学老教授依萨克，让他在梦境幻觉和童年回忆的折磨中审视一生，从而对现世的荣耀不再有任何激动和纠结，只剩了对过往岁月的唏嘘不已。当我的目光再度落向那些深红色的小果子，也仿佛抚摩了它们从欣欣然到寥落走过的所有季节，只希望我们的相遇让它们在生命的尽头不再寂寞。

还未到霜降，香山没有想象中那样色彩丰富热烈，依然是绿肥红瘦，以绿为主色调的山野，偶尔有几簇红小小地热闹着。道路近处有一些缀了红叶片的，也红得不够彻底，未入忘我之境。当我想摘几枚带走时，才沮丧地发现，竟然选不出在我眼中稍稍称得上完美的叶片，或者色彩不够好，或者是被风雨和虫子吞噬得斑驳残缺。一路走过各种树木，发现在这个季节长得好的还是松树，挺直的树干，可以永恒与寒冷抵抗的不变的绿，以强劲的生命力传递给人一种正能量。有一些叫不出名字的树已经掉光了叶子，只剩了屈曲的干枝，乌黑，坚硬，瘦骨嶙峋，孤傲地伸向秋日高远的天空。有一棵独立在路中间的树，两株树干胶合在一起，缠绕着向上生长，仿佛一对缠绵的情人，毫无掩饰，尽情而绝望地相爱着。自从童年消逝，我们就喜欢忧伤地歌唱《童年》：没有人能够告诉我，山里面有没有住着神仙。这些树，就是住在山里的神仙吧。

拾级而上，我们蜿蜒地接近着天空。太阳已经落到山那边了，它的光芒从山后照射上来，让山头的云层艳丽恢宏，美不胜收。有一大片云仿佛被一双魔术师的手操纵着，忽而像一条顽皮嬉笑的鱼儿，忽而又像一只笨拙爬行的乌龟，忽而又成了一只扑闪着脚蹼摇摇摆摆的鸭子。习惯了被雾霾遮蔽的眼睛，忽然发现天空原来如此富有趣味，真是喜悦极了。自然之美总是给我们惊喜，它是最杰出的艺术家，是不知疲倦永远挥毫着灵感的艺术家。而从山头望下去，城市已经灯火辉煌，大片的忙碌繁华，那是人类的杰作，世俗的人间。人间是现实的，现实是局限的，所以人们才要登山，远离具象的现实，让心灵在山的起伏和节奏中，在树的意象和精神中，在云的诡谲和抽象中，猎取超越时空的美感与遐思。

　　自然永远在诱惑我们，启示我们。天地不言，万物生焉。生之欢乐，死之悲哀，一切得失，都须顺应。我来香山，本想着红叶，而红叶却不在它最美的时候，但我仍然完成了自己的一个心愿。当初，石评梅以"枯萎的花篮不敢承受这鲜红的叶儿"婉拒高君宇的爱情表白，在高去世之后，万分痛苦与自责，留下了沾满泪水的诗笺："假如我的眼泪真凝成一粒一粒珍珠，到如今我已替你缀织成绕你玉颈的围巾。假如我的相思真化作一颗一颗红豆，到如今我已替你堆集永久勿忘的爱心。我愿意燃烧我的肉身化成灰烬，我愿放浪我的热情怒涛汹涌，让我再见见你的英魂。"他们错失了一场现实的爱情，却完成了一份理想的爱情。

　　当我走下香山，已是山影嵯峨月下，明月高挂山间。山与月，皆造物之无尽藏也。但我只取走香山与我相看两不厌的那部分。

雨天断章

1

一直以为，写雨最好的文字是余光中的《听听那冷雨》。大学快毕业时读到那篇文字，着了魔一般喜欢上余光中。不光是写尽了雨的千种风情，万般意念，更有夹杂在绵绵潇潇霏霏不绝的雨滴中作者抒发不尽的历史沧桑家国情怀；不光是将一滴雨写得如此开阔宏大深远优美，汉字令人神往的形意音韵节奏之美也全在那篇文字里。在那铿锵滂沱的冷雨中，余光中给了我窒息的惊喜。那么长的文字，我在许多个雨天，一个人的时光，背了一遍又一遍。仿佛要让那些文字在发自胸腔的声音中，水滴石穿般穿透我的灵魂。

2

影片中的雨，印象最深的似乎总在巴黎。地中海湿润的气候，让雨成为艺术和爱情的催化剂。莫迪里·阿尼相遇珍妮的那个楼角，雨水顺着窗玻璃蜿蜒而下。他把她拉到窗前说，过来，我想在雨里看你。她说，太有意思了，现在雨说话了，那它们在说什么？他说，它们在说你需要一顶帽子。他把他的那顶黑色礼帽戴到她的头上，换到了她画他的那幅漫画。那张精致的脸，像朵极美的小花，以后无数次地开放在他的画布上，也开放在他布满火山般的心中。雨，在他们短暂而令人心碎的爱中，成为她甜蜜的慰藉。在他离开她的那些孤独而痛楚的时刻，是雨安慰了她，因为她总能听到雨在说什么，像他们最初在楼角的相遇。直到36岁的他在一场大雨中永久地离去，被欲望撕扯的艺术家获得了永恒的平静，他的美丽的小花留下一个孩子，带着腹中的孩子从自家高高的阁楼上纵身跃下，完成了他们从雨中开始的爱情。

3

现实中的雨，落在幼稚的童年是快乐的秘密，无论赤脚蹚过乡村泥路纵横遍布的河流，还是穿着父亲新买的雨鞋小心翼翼地绕过泥泞，都有一种贫乏年代里上苍赐予的不可多得的游戏的乐趣。而青春的成长无不惊心动魄，冷雨敲窗，已经有了为赋新词强说愁的忧伤，生活开始了一些对小说和电影的模仿，比如艰难地硬起心肠拒绝大雨里固执守候在窗外的爱情，却在心里愁肠百结地思念远方虚幻的爱情。迷蒙的雨雾，混杂着湿淋淋的忧伤和思念载入记忆。她不明白，为什么在雨中争先泛起的总是忧伤和思念。

4

北方城市的街道，不适合在雨天行走。污水横流，脏物漂浮，汽车拥堵嘈杂，催得人想快快逃离。而今夏在京都广渠门桥下被雨水围困而命归西天的司机，则更加让人对自己创造的城市增添几分无奈和绝望。幸好城市里或大或小地会有几座花园，供人们在雨中释放泛滥的情绪。撑着伞在花园里散步，泥土的味道，草的味道，树木的味道，因为雨水的激发而弥漫飘逸，让习惯了干燥的鼻子享受难得的郁郁菲菲的富足的润湿，仿佛一场盛大的恩赐。最好在暮色下，各种花叶，到处泛着湿漉漉的光，雨点参差错落地敲击在上面，奏响最原始的交响乐，让你仿佛置身某种小说的氛围，在某个情节中毛茸茸地感动。漫步在雨中的花园，仿佛只有雨而没有城市。

5

雨天最难忘的经历是在高速奔驰的车里听歌剧。雨幕将车子与世界隔开，窗外天地混沌雨水哗然，窗内是时而高昂时而婉转颤人心弦令人着迷的歌剧人声。速度，音乐，雨水，构成一个欲仙欲死欲死欲仙的世界。管乐弦乐声乐，旋律调性音色，在飞驰的速度和滂沱的雨水中制造着贵族的华丽，似乎可以击退一切原始的欲望，让心灵有一个不容旁骛的圆满的目标去奔赴。

异地的房间

1.起始

我在那个房间住了半年。它在那座酒店的九楼，是一个背阴的房间。从它宽大的窗户望出去，永远是一片灰暗，灰蒙蒙的天空和高高低低的水泥楼房的顶部，浅的灰和深的灰平静相接，平静得仿佛世界是静止的。那个宽大窗户的存在，并不为了供我幻想一小片阳光，只是在每个清晨，为我送进新鲜的空气。白色纱帘在风的吹拂下，清凉地拍在我的手臂上，我从夜晚携带出来的梦忽地就散了。那些混沌的，比睡眠具有更多重量的梦，纷然落地。我也该离开房间了。出门，转弯，进电梯，出大楼，这个过程不到五分钟，刚好适合我进入某种和周遭环境相融的状态，变得清晰，矜持，小心翼翼。

我只能说它是一个房间，而不能说它是我的家。虽然它承担了一些家的功能，但也仅仅只是一个独立的私密的个人空间而已，并不具备家的实质。因为在我看来，家的实质是被人牵挂，具有一种超越于物质基础之上的精神质素。夜幕降临，城市的街道上，穿梭来往着回家的人群。他们大都方向明确，内心坚定，或者驱车疾往，或者步履匆匆，只因为前面有家等着。而我的脚步的尽处，只是一个房间。它有舒适的软床，可以放松我的身躯，供我做梦。它有洗澡间，可以洗去一身的风尘和疲惫。它有空调，始终为我保持适宜的温度。但它仍然只是一个房间，它不像家一样牵着人的心，让人心无旁骛，指向唯一。所以走出办公楼的我，总是心思涣散，脚步犹疑。我不用计算时间赶路回去给孩子做饭，不用一边走路一边筹划买什么菜，甚至连铺床叠被擦桌拖地这类细致的活都由服务员做了。我只是必须回到那个房间而已，而不是它需要我。所以走在路上的我，显得像一个真正的局外人，这个世界的旁观者。怀着一种被遗弃般的空落落的心情，我忽然明白，被人需要有多重要，它几乎就是我们活着的理由。

我在向朋友们描述异地房间里的生活时，有人说，那简直是在天堂。我曾经也是如此想象。那些日子，我终日陷于一些琐碎之中，把自己淹没在世界的影子里，身心疲惫。当我稍稍可以停歇下来的时候，我就悲哀地想，这就是我的生活，我自己缺席的我的生活。我多么渴望拥有一小片属于自己的空间，可以放置，倾听，抚摸自己的内心，感受它日益被磨砺得粗糙的内核。所以当我的生活突然可以发生一种变动时，我犹犹豫豫，摇摇摆摆，最终半推半就地接受了它。这个变动是我人生的一次连根拔起，它将让我本来已经一眼望到头的未来变得动荡不安，遥不可知。唯一可以预知的是我将拥有一段属于我一个人的时光，完完全全的，我自己成为我的生活主角的时光。那些时光，在我当时的想象中，的确美如天堂。这个理由几乎成为我接受变动的最大助推力。

没想到的是，当这种生活成为现实，想象中的美好却不复存在。我并未享受到独处的恬适，反而那么惧怕空房间里的孤独。

即使我买了一摞一摞的书放在床头，它们都是我喜欢的文字，它们姿态美好地陈列了纷杂的思想世界等我进入，但我在一路走回的夜色中，在用磁卡打开房间的门时仍然内心紧张。不足20平方米的房间，以一种巨大的空挤压着我，让我不可遏止地怀念过往的琐碎和温情。我曾经多么想逃避它们，现在就有多么想念它们。这个房间让我重新认识了自己，也让我确定，一切美好，都只在想象中，或者回忆中。我再次理解了昆德拉对于生活的定义，生活在别处，永远。

我一进房间，就脱掉所有的衣服，那些硬壳般困在我躯体上的束缚。打开水龙头，热水喷洒而下，它们欢快地拥抱住我。我写过一篇叫《温度》的文字，我那么依恋温暖，就像依恋爱情一样。在温热的水中，如同在爱人热情的目光中，我冰凉的肌肤一点点被唤醒，融化，连同内心那些隐秘的情感和愿望。它们引领我踏上遗忘之舟，将那些我无法弃之门外的坚硬的束缚从我柔软的体内彻底剥离。有时我会事先打开电脑，播放刘索拉的蓝调，任那些丰饶的器乐和人声缓缓充斥房间，出人意料的节奏使水流淌过我的身体时仿佛一种咏叹般的诉说。那些声音，水，温暖，它们混杂着从远处来，又消失在远处。我在具体的倾听和抚慰中，迈入一个抽象的世界。

2.物

房间和所有酒店的房间一样。白色的床单、枕头、被子，仿佛一张张冷冰冰的、面无表情的脸。当我把自己的身体融入其间，感受着它们的绵软和温暖时，也觉得自己像一个一厢情愿的单恋者。直到后来的某天，在我和平日一样百无聊赖地打开房门时，房间以一种出其不意的变化，迎接了我惊讶的目光。两张并排摆放的小床，褪掉了它们往常的素色，换之以家常用的一种，活泼的、散发着温情的、印了淡黄色格子的被单。它们像一个始终在身边却满腹心事沉闷不语的亲人，突然换了热情的面孔和我说话，给了我平凡日子里巨大的喜悦。之后的几天，我在给远方亲友的电话里，都在描述着我的房间的变化，我的淡黄色格子被单，我想我的声音里一定浸润了一些幸福的因子。虽然我知道电话线的那头，是完全无法理解我为什么要对如此不足挂齿的小事反复啰唆的。

床是房间里最大的物件，与它相对峙，或者相补充的，是床头柜上的书，床对角摆放的电视，以及床对面写字台上的笔记本电脑。它们交替地完成我进入睡眠的前奏。

心情平和的时候，我一般会躺在床上看书。最初，我读的是从家里带来的库切的两本书。在我读了他的《耻》以及《伊丽莎白·科斯特洛：八节课》后，就迷上了他的冷静的叙述，丰富的话语层次，以及渗透在叙述中的思辨。但我在读他的《青春》时遇到了麻烦，不是内容，而是翻译造成的语言问题。我喜欢清晰的饱满的富有节奏的语言，受不了含义不明的粗糙拖拉的语言。经过和一个朋友的讨论，确定是翻译的问题后，我放弃了对它的阅读。我后来又买过几次书，还有朋友的一些赠书，它们渐渐地在我的床头形成了一种景观。除了成摞的，常有几本是被翻开趴在枕头边的，它们可能在前一夜刚刚被我的手指翻动，赢得了我足够的激情。它们朝着任何一个方向，自然随意地拱着书脊。但与其说它们在呈现着什么，不如说它们隐瞒了什么。那些夜晚，我穿越了一些人的内心，同时穿越着我自己。他们大都是一些孤独的，但温暖的人，弗洛伊德，狄金森，布罗茨基，海明威，北岛，陈丹青，他们让夜晚远离了喧嚣，成为了真正的夜晚，他们让孤独变得迷人，成为一种轻盈的滑翔。

也有情绪糟糕的时候，什么书也看不进去，就只好打开电视，频频按着遥控器。画面比文字更具直感，仿佛一种气味。相投的气味一下就会入得心来，在深处和自己契合，是一种比文字更轻易的占领。感觉一到位，就任自己停留在那里，任自己耽溺于剧情，任回忆跟随着泛滥。没有抽过烟，但就表面来看，看电视和抽烟似乎有点相似，是一种弥漫性的消遣。它可能更多的是一个引子，是外在的借助，解决的却是内里的问题。和主人公一起流流泪，当然这泪是自己的，情绪于是找到出口，一切滞结得到缓解和消释。仿佛只剩了困乏的皮囊，只需合眼，外面的世界就会轰然倒塌。

写字台上那台东芝笔记本电脑，插了无线网卡，随时为我打开一个窗口，让我知道自己不是孤独的，它让外面世界的存在，印证了我的存在。我后来读到北岛的诗歌《一束》时，我觉得他写的正是我与电脑的关系，或许也是大多数上网的人与电脑的关系：

在我和世界之间/你是画框，是窗口/是开满野花的田园//你是日历，是罗盘/是暗中滑行的光线//在我和世界之间/你是鸿沟，是池沼/是正在下陷的深渊

我在电脑上读一些文字，听音乐，聊天，其实我最想的是

写作。我的内心总是积郁太多，有时在路上走着我都会念念有词，那些倏忽而至、稍纵即去的闪念，有多少丢弃在了风中。而那些深刻的绝望、寒冷、黑暗和疼痛，则如数保留在我最隐秘的深处，我希望写出它们，因为只有文字可以与它们对抗，那是一种艰难的秘密的快乐。但实际上我写出的总是很少。因为总是写着写着就厌倦了。我的文字，总是不能抵达我所向往的思想和力度。在我回望的目光中，它们总是那么苍白，瘫软，如同一地散沙，令我绝望。

3.出离

酒店坐落在城市最繁华最宽阔的街道上，那条街道几乎堪称城市的象征。它叫迎泽大街，名字里带着过往时代的印记。从房间出来，用不了十分钟，就到了中心广场。作为散步来说，是最好的距离。但我居住在那所房间的很长时间里，从未有过这样的打算，在夜晚走出房间，散步到广场去。

其实一直期望着一种生活，每天黄昏时分，可以和心爱的人一起散步，拉着手，说着话，或者沉默着，各走各的，偶尔肩碰一下肩，漫无目的，只是顺着脚下的路往前走。想一想，好像很简单就可以实现的，但至今仍是装在心里的一个梦。闲谈时听到别人的散步，或者文中画中看到一起散步的情侣，心里都会暖暖地感动。也许是因为心里装着这样一个温暖的梦，一个人散步的景象，在想象中便过于冷清和残忍了。

直到下雪的那天。我第一次在夜晚走出了房间。

人行道上的两排杨树，原本光秃秃的枝头积挂了雪花，仿佛工笔一下变了写意，有了浓淡的层次和水墨的趣味，湿润润的，清凉又好看。在这样的意境里走下去，便也很满足了。但前面有个广场等着，路只好中断了。对于散步来说，广场似乎是一个必然的目的地，虽然它是一个不期然的存在，是未曾设计出乎意料凭空掉下来的一个存在。但它成为散步的目的地是那么自然而然，那么心神默契。

广场作为一座城市的语言，它不同于一条街巷，更不同于单一的建筑。它随市而来，"致天下之民，聚天下之货，交易而退，各得其所"。它随意而来，与皇族声威无缘，与厚重大墙相背，抛弃了礼仪与规矩，权威与神性。它是敞开的，是平民的，当我们走出了家门，走出了办公楼的玻璃门，走出了宾馆的自动旋转门，它敞开式的不设防的悄然的接纳，正好契合了我随意向前迈进的脚步。

下雪的夜晚，呈现在眼前的广场简直是一个巨大的惊奇。广袤，静谧，仿佛一个默然而又意味深长的眼神，走入它，如同走入一个故事的开端。被雪覆盖着的地面，没有了棱角，没有了缝隙，没有了声响，苍老的岁月回归于最初的混沌未开。那样的夜晚，它远离了平日里聚集的喧闹，沸腾的欢乐，飘飞的风筝，涌动的激情，似乎没有什么力量可以打乱它的安宁。再浮躁的心，在它面前，也不由得平静下来。

我的脚踏响了它，虽然这个声音听起来缺乏节奏感，它拖沓，含糊，犹疑，但足以造成一种新的语境，一个可以驰骋想象的奇妙境地。石板上的雪，踩上去有点滑，有一种飞翔的快感。我甚至想摔一跤。有了这个念头，我就大胆地像孩童时那样跑两步然后出溜一下，一瞬间，我真的就摔倒在了地上。我在广场的雪地里哈哈大笑，那么纯净的快乐，久违了的快乐。

空旷的广场上，它仿佛一下子兀立在了我的面前——那棵老树。我相信它窥见了我的快乐。它帅得像一个王子，有着笔直的整齐的树干，挺直而优雅地屹立在广场的中轴线上。它可能从一座寺庙移植而来，因为在我印象里只有寺庙里可以见到那样粗的银杏。但它出现在广场象征着什么呢？它让我想起西方广场上矗立的教堂。难道它是作为神的影子存在于城市，与人的生活进行沟通，并达成默契吗？那么，我愿意，把我内心的丰饶和荒凉，把我的喜悦与忧伤，全都说与它。这样，在我返回时，在我重新走入那一道道门后，我将会多么轻盈而敞亮。

4.女人

女友从老家来，成为这个房间里的第一位客人。她是个马虎的人，不洗脸就上了床。她说，每天洗澡，对皮肤不好。但我仍然冲了澡，换了柔滑的丝质睡衣，拿了里尔克的随笔，才躺下。她在对面的床上，靠着床头，饶有兴致地望着我，霸道地说，你看什么书啊，和我聊天！多么不容易，我们能有这样一整个夜晚。

我想，也是。就把里尔克丢在一边。

夜晚，异地的房间。厚重的窗帘曳地垂下，把整个外界拒之窗外。羊皮灯洒下暖暖的光线，笼罩着专属于两个女人的时光。一切仿佛与世隔绝，不知今夕何夕，暧昧且不真实。这样的时候，能感觉到内心毛茸茸的柔软，感觉到彼此无限的亲近，倾诉的欲望剧烈膨胀，一不小心所有的秘密就会倾囊而出。其时正值岁末年尾，她说了自己在新的一年要做的事，她是个很有点想法的人，想法远大且独特，具有梦幻般的魅力。她最后说，我忽然明白一个事情，我居然没有一次真正的恋爱。多么遗憾！我说那是你的幸运，说明你没有被伤害过，你还会对爱情充满希望，还会相信和梦想爱情，这是一种幸福的状态。

我也回想着自己的爱情，它们在记忆里已经不甚真切。

那个夜晚也考验了我的固执和坚守，我终于没有说出，那些不必说出的一切。虽然我清晰地感受着一种袒露的渴望，一种被分担的诱惑，但最终，它们被我遏制，那些沉重，伤痛，幻灭，成为属于我一个人的，涌动在我心间的，真正的隐秘，和永恒的歌谣。

半年后，我的房间迎来了第二位女友。那天是我们初次见面。但此前我们在一个论坛神交已久。她的诗歌混合了童真的幻梦和对俗世的悲悯，有些忧伤又调皮的气质。我们在一个饭桌上偶遇。当晚她就留住在了我的房间。她躺在我家乡那位女友曾经睡过的床上，黑暗如水淹渍了我们。停泊在我们心中的语言，开始了一次次冒险般的远航。我们相遇的那个论坛，是我们的起锚地。我们不断地开辟着航道，破解着一些谜语。我们享受着谜底被揭穿的快意，领会着彼此间陌生感被打开的相知相惜。黑夜一点点消逝，漫游在两个女人心灵间的语言不知疲倦。最终，在微弱的曙色中，我们强迫自己安静下来，安静地放妥我们的心，安静地向睡眠掘进。因为她说她一失眠就会头疼，那是生孩子后留下来的病根。

天亮后，她果然说头疼。那种疼是无以医治和缓解的疼，大概只有她饱睡一次才可以化解。我送她到站牌前等车，她戴了一顶棉线织的软帽。

几个月后我的生日，她送我一大盒巧克力和一包红枣。

很难说清，我们的友谊生发于最初网络上的文字，还是诞生于一夜的宿谈。

两个女人，只要共同拥有旅途中的一个晚上，她们之间的距离便会着了魔力一般迅即拉近。

我在酒店里的房间，无异于旅途中的一个片断。

5.路

房间和办公楼之间的连接，是一条背街，和一条饱经沧桑的老街。

只有三站路。我有时乘坐电车，更多的时候干脆走路。

电车总让人有一种怀旧的情绪。踏入电车，恍惚遁入时光隧道。它摇晃着轰轰向前，仿佛要穿越过往的岁月。我迅速地被一些纷乱的情怀笼盖，犹如陷入沉思的垂钓者，周遭拥挤的人群仿佛平静的水面，一切无所不在，却又视而不见。每到一站，人们哗啦啦地下车，上车，都要把我吓一跳，以为坐过了站。我必得时时提高警惕，才能防止自己不被滚动的车轮带入想象或者记忆之中。这让我很紧张。后来，我把路上的时间放得宽裕一些，干脆徒步上下班。

这样，我就成了城市中稀有的步行上班者。因为，坐不上公车，买不起私家车的人，至少也会有一辆自行车骑。而我，是彻底地返回了原始状态。清晨，老街的人行道上，来往的行人大多是上了年纪的老人。他们三三两两，着宽松的衣装，步履缓慢，手中提了油条，肩上背了刚刚练过的剑，他们的目光沉静，淡定，无所欲求，令我向往。路边的店铺大都还没有开门，偶或有勤快的业主在门前清扫。早晨因此是清爽的，没有太多的人烟。只有清凉的空气中夹杂着丝丝缕缕的硫磺味，提醒我这是一个还不够现代化的，还在大量使用着烟煤的城市。傍晚返回时，景象就变了，路上的人群密集了许多，赶着回家的，悠着散步的，牵着链子遛狗的，在树下接吻谈恋爱的，暮色中的人行道上拥挤，热闹，意象迭出，每一个表情的后面，都是一出人生的正剧，喜剧，悲剧，闹剧。路边的店铺里，也正是生意的好时光，客人们嘈杂喧闹，伙计们里外忙活，生气腾腾。我总是没来由地被这种生活的气息感动，心中漾着满满的情绪。

老街上有一座著名的百货大楼，当然它已经和老街一样地属于旧日年华了。之所以提起它，是因为它和我的青春有一点关联。20世纪80年代和90年代交接时期，我在这座城市里上学。那时正是百货大楼最辉煌的年代。穷学生们对这里的商品价格一般是望而生畏，也就是偶尔来饱饱眼福，然后在旁边的市场里挑选廉价的衣服。百货大楼成为年轻女孩眼中品质生活的梦想，乃至毕业后，要嫁给某人时，还把首饰的选择放在了这里。某人工作一年多攒下的2000元钱，如数交给了百货大楼，换回了黄金的项链和戒指，使我拥有了一生中最初的首饰，与一世纠缠不清的疼痛和依恋。今天，百货大楼的光芒早已掩盖在了越来越多的商业大厦之中，我自己都再也没进去过了。但每次路过，看到玻璃橱窗里浪漫的装饰，总是怅怅然想起青春时期最初的爱恋和感动。蓦然回首，恍若隔世。

经过百货大楼，穿过广场，就拐入了一条背街，也是回到房间的最后一程。它在酒店的背后，相比正街的繁华，老街的生气，它具有一些阴郁暧昧的气质，仿佛城市的阴埠。夜的帷幕之下，一间连着一间的发廊，亮着暗红的或昏黄的灯光，里面垂着长长的花布幔子，门口隐约着年轻女人的侧影，她们坐着凳子，跷着二郎腿，发出等待、盼望、诱引的信号。它们的旁边，是性用品的小店，真是完美搭配啊。这样的背街，我相信每个城市里都有几条。它们为一些无处打发的情欲提供了出口。可以想象的黑暗中那些花布幔子间神秘出没的身体，纷纷打开的被阳光和道德包裹着的情欲，隐秘角落里的高声尖叫和气喘吁吁，使整条背街的空气混浊不洁，犹如添加了人们浓稠的体液。我不得不加紧脚步，匆匆逃离，几乎是小跑着回到房间。

有一阵子，城市里大动干戈，兴修道路，据说同时开工了九条主要干道。除了酒店面临的主街，背街也在修建之列。因为街道拓宽，发廊所在的一侧街面房在一夜之间被铲车的巨手拆除，背街成为一个巨大的工地。"此路施工"的牌子把所有的车拒之道外，但人可以在其中行走。我从不知道城市的道路原来也可以如此安静，仅仅因为少了汽车的喧嚣。夜晚的背街，白日里忙碌的搅拌机、铲车沉默了，施工消停了，工人们端着大碗蹲在街边吃饭的声音，使夜色愈显空旷。鞋跟敲击地面的回声清晰如节奏分明的夜曲，耳朵从未有过地放松下来，享受着天地四合间的静籁。我不得不赞同有人说的，汽车是人类最愚蠢的发明之一。安静地，慢慢地走过时间，有什么不好呢？

那段日子，背街给了我短暂的宁静的美妙时光。我最终没有看到它重新被车流涌满，被污浊的尾气、轰鸣的马达声和尖利的鸣笛声挤占，因为在它的重建结束之前，我搬出了酒店的房间，入住了公司分给我的公寓。现在想起来，它依然是安静的样子，如同混沌未开的夜色。但我知道，那仅仅是我一厢情愿的固执想象。在急速行驰、喧闹繁华的时代，一条街有着它自己的宿命。

6.离

终于要离开了。我拿到了一串钥匙，它们将为我打开一扇单元楼门、一扇防盗门和一扇房间门，这些，看上去似乎都是进入一个家的要素。但我依然不能把家这个字给予它，因为家这个字，暗藏了太多深刻的语言和精神内涵。我只能说，它比酒店里的房间，更像一个家，更加符合家的逻辑。

如果不是要搬家，我真不知道，半年里，我已经又拥有了两纸箱的书，两扇门的衣橱里也挂满了衣服。再加上一些零碎的物品，最后居然塞满了朋友的"塞弗"越野车。我在房间逼仄狭小的空间里来回踅着，整理打包着东西。我觉得房间与我其实已经融为一体，每收起一件物品，我就有一种被生硬剥离的痛感。每一处收拾过的地方，洗浴房，镜子，格子床单，窗帘，都仿佛一伸手就会触动记忆的开关，一百多个日夜，从冬天到夏天，迅速在眼前汇聚弥漫。

楼层的服务员，和酒店的保安，帮我把东西拉到了楼下。那个服务员是个身材娇小的姑娘，她脸上溢着兴奋的笑容，问我，你有房子了啊？我说，是的，一个小房子。她说，那也不错。我忽然有所遗憾。这半年里，每天我离开房间以后，应该是她帮我清扫了房间。而我看到的，只有换好的床单被单，搭放整洁的毛巾，灌满了的饮用水壶，添了水的加湿器，摆放整齐的书，却从未注意到她的身影。她一定知道，看不见的服务，才是最佳的服务，所以她隐藏在她为我所做的一切的背后。我又想到她对我肯定是熟悉的，她一定知道我躺着读书的习惯，知道我喜欢在纸片上写一些凌乱的诗句，知道我喜欢的护肤品和洗发水的品牌。于是，我看着她突然就亲切起来。我和她笑着告别，像一个朋友要出远门一样。她眯着眼睛的笑容，是我离开之前最后的温暖。

朋友称他的白色"塞弗"为"大白马"。"大白马"驮着我以及我简单的家当，在不到一分钟的时间里，驶离了酒店所在的繁华街道。

我在酒店里的房间，也将迅速被那个娇小的姑娘整饬得不留痕迹，这次，是最为彻底的清扫。我和它的秘密将永远被隐蔽。一段时光将毫不留情地被抹去。

我在酒店里住了半年的房间，我永远只能称它为异地的房间。此地已经在更为遥远的他方，我将离它越来越远。所有的前路，都无可辩驳地通往异地。酒店里的那个房间，只是开始，是波纹的扩散或消逝之地。

妹妹与我

　　妹妹生于姥姥家的那座两进院落的外院的南屋。据说我也在那间屋子出生。因为按照老家的风俗，生孩子忌在娘家，母亲便不能在姥姥家生产我们。而我们也没有出生在奶奶家，是因为父亲长年当兵在外，姥姥身体又不好，当医生的母亲为了方便照顾姥姥，干脆长住娘家，姥姥家就成了我们家。在母亲生产这样的特殊的事情发生时，我们只好借用一下邻居闲着的屋子，比如外院的南屋。

　　我清晰地记得，那天，小姨抱着我等在南屋门外。在老家，洞房和产房，是小姨这样未出嫁的黄毛丫头不能进出的。所以小姨只好抱了我，在门外转悠。小姨笑嘻嘻的，像所有出出进进忙乱的人们一样，有点神秘，又有点兴奋的样子。而我在小姨的怀里，只对她胸前的两条大辫子感兴趣。我后来说起这事，母亲说你怎么能记得呢，你才两岁。我也不知自己为什么就记住了这样一个情节，别的却什么也不记得了，不记得妹妹如何嗷嗷待哺，牙牙学语、蹒跚学步的样子，仿佛一下子她就成了一个跟在我身后，扯着我的衣角，流着泪央求我带她一起玩的爱哭的小女孩。

　　妹妹的爱哭，在我们家里是有名的。以至于妹妹后来生了外甥女，也是个爱哭的主儿，姨姨们便争先回忆起来，大谈当年妹妹是如何在她们的怀抱里哭，如何离开姥姥就一整夜地哭，哭得令她们绝望。我的记忆是，每次我不带她出去玩时，妹妹便泪水涟涟地跟在我身后，不管我以及我的同伴们如何恶言呵斥，她会一直流着泪，一副小可怜样地跟着，直到我心软，答应带上她。妹妹的左眼下方有一颗黑痣，大人们说那叫泪痣，是妹妹爱哭的原因所在。妹妹因此也得了我给她的一个外号——"哭脸精"，是我们骂人时用的。妹妹骂我是"南霸天"，因为我的额头宽大，大概可与电影中那个谢了顶的老头一比。我们彼此惹翻脸的时候，就像两只斗鸡一样，伸长脖子，一人一句"哭脸精""南霸天"地对骂。

妹妹总是像一条小尾巴似的跟在我的身后，我却从来没有跟过姐姐，大概我从小就是个有主意的人。我觉得有那么多的事情需要我去了解，我从来没有时间感到无聊或者无所事事。在我的带领下，妹妹和我一起侦查了姥姥家楼底楼上所有的可以打开的箱子柜子。当然，能吸引我们让我们感兴趣的东西并不多，我们只是迷恋于探索的过程。但有时也会有意外出现。有一次，在楼上的一个破纸箱里，我们无意中翻出一盒火柴。它的长和粗，都超过了我们平时用的火柴的两倍，柴杆上还裹了一层胶质的东西。我取出一根，刺啦一下点燃了。它噌地燃烧起来，发出明亮的光和巨大的吱吱声，完全出乎我们的意料和想象。我赶紧用嘴吹它，但它根本不予理睬，持续着它强烈的火势。我心中一阵害怕，把它扔在了地上。妹妹吓得脸色煞白。我壮着胆子踩了它一脚，它依然无动于衷，顽固地有恃无恐地燃烧着。我这才吓坏了，我想它接下去肯定会爆炸的。我和妹妹紧紧抱在一起，绝望地看着它。就在我们的泪水快要滴落下来的时候，那层胶质的东西燃烧殆尽，只剩了尾端的一小截木杆，火势刷地锐减，和我们平时的火柴没什么两样了。我上去又踩了一脚，它倏地熄灭了，一场意外事故就这样意外地消失了。我们脸上挂着泪珠子，笑了起来。那是我们最惊险最刺激的一次行动。我们当然是不会告诉大人的。好长时间里，我们都被只有我们两个可以分享的这个秘密兴奋着，我们彼此每看一眼，心中都会欢腾起一片幸福。后来我们才知道，那火柴是父亲从前线带回来的军用火柴。

那时父亲还没有转业。大概只有每年过年的时候回一次家，时间短得留给我们的印象几乎完全可以忽略。只是听母亲说我们过年穿的花衣服，那些使我们在同伴中显得格格不入的洋气的花衣服，都是用父亲带回来的花布头做的。总之，在我们的成长中，父亲只是一个可有可无的模糊的概念。我后来分析，父亲在实际生活中的缺失，使我们没有可以效仿的勇敢的榜样，这可能是我们过于胆小的主要原因。在那座两进院落的东北小屋里，我们最怕夜晚的降临。在煤油灯摇曳的灯花下，在占了房间一半面积的炕头上，姥姥一边做着针线活，一边给我们讲着狸猫换太子、十二寡妇征西的故事。折腾了一天的我和妹妹，此时终于安静了下来，像栖息在姥姥身边的两只小鸟，沉浸在对故事的遐想和感动里。姥姥有时会起身下地，去后院的茅厕。姥姥的身子一离开屋子，煤油灯本来就微弱的亮光仿佛又被削减了一大部分，小屋里的黑暗霎时显得过于庞大。那些隐藏在黑暗中令我们害怕的事物，在想象中开始向我们发起全面进攻。我和妹妹毫无抵挡之力，迅速地往炕头里面的位置溃退，我挤到她的里面，她又不甘示弱地挤到我的里面。最后是我们一起紧紧地贴着炕角墙根，瑟缩着身子，焦急地盼着姥姥的归来。那时的我一直不明白的是，我的胆小，可能因为我属鼠，胆小如鼠嘛，谁都可以理解，可是妹妹，她是属虎的呀。

慢慢地，除了依旧胆小怕黑，妹妹身上似乎有了些虎气。那时候，家里的孩子都很多。父母们在一起，总要这个孩子那个孩子的谈论一番。谈到我和妹妹的时候，母亲总是说，老二不行，没有老三厉害。那时妹妹已经不是可怜兮兮跟在我身后的小尾巴，她已经拥有了可以与我争执抗衡的力量。我和妹妹打架时，总是被她打倒在地，因为我总怕伤着她，仿佛她身上的疼最终都会疼在我的身上，使我始终不具备打人的勇气。有一次，在厨房的炕台上，妹妹把我压在身下，双手揪着我的头发，恰好被母亲看见了，母亲因此得出了给我们定位的那个结论。还有一次，妹妹、姐姐、我，我们因为看电视争执起来。那时还没有遥控器，姐姐走到电视前，"啪"的一声换到了她喜欢的节目频道。妹妹一点不顾及大姐的权威，即刻跟过去，"啪"的一声又换回了她的节目。姐姐哪里肯认输，"啪"的一声又换了。妹妹又"啪"的一声换回去。"啪啪"的声音越来越紧密，战争的空气越来越浓厚。我退在一旁，担心地望着可怜的电视，在心里祷告着千万不要坏了啊。在战争一触即发的关键时刻，母亲提着笤帚出现了，那是我们熟悉的母亲惯用的武器，它把这场战争打了个七零八落。

妹妹一点不似我的软弱，我在母亲举起武器的时候就吓得尿裤，因此也少挨了母亲的打。妹妹像个大义凛然宁折不弯的英雄，任母亲的笤帚在她的身上垂落，她岿然不动。这让母亲更加生气，却又没有办法，打几下没意思了，就把她一个人留在那里。她就趴在写字台上哭，不吃饭，不理人，不听劝，让我们全家人一晚上都想着她而不能睡。妹妹倔强的性子，让我们都有了点害怕。

现在想来，我们的童年就像一块黏合在一起的夹心饼干，无论从哪个角度去看，我们都像彼此的影子一般不离不弃。一起玩乐，跳方，抓子，跳绳，捉迷藏，踢毽子，采榆钱，在姥姥家门外狭窄的胡同里乱跑，各种玩的花样无穷尽地吸引着我们，给我们的童年撒满欢乐。每天，都要在天完全黑下来的时候，在大人的叫喊声里，我们才带着两张胶着着汗水和泥土的小脸，恋恋不舍意犹未尽地回家。有时候，我们也争执，打斗，哭骂，但从不会有仇恨，泪水还挂在眼角，转过身我们就又是搂在一起分享秘密的最亲密的人。大人们说我们是隔不得，离不开，我们对此不置可否，或者说我们根本顾不上理睬这些，我们也从没想过作为一对姐妹这个事实究竟意味着什么，我们只是自然地非建设性地葆有着我们与生俱来的特定关系。

虽然在记忆中，童年的时光变得绵密细长，每长一岁都要经过漫长的期待，欢乐的童年还是渐渐远离了我们。先是我，然后是妹妹，我们先后背起书包，进了学校。我们上的同一个小学，同一个初中，教过我的老师后来又当她的老师，她走过的路几乎是我曾经走过的翻版。现在想来，我们当时对于自身成长的年代是缺乏认识的，上世纪70年代后半期和80年代初期是我们这个国度发生巨大变革的时期，"四人帮"倒台，"文化大革命"结束，高考恢复，土地下户，改革开放的春风驰荡在中华大地的每一个角落。但这些似乎都与我们无关，因为它们太过庞大了，大得如同脚下的土地，冰冻和舒暖的感觉对于我们细小的心灵没有具体的差异，也不足以构成使内心萌动的喜悦。我们甚至对于时时挂在我们嘴上的"五讲四美三热爱""实现四个现代化"都缺乏足够深刻的认识。我们只是知道"好好学习，天天向上"，我们在日记本里抄满了各种关于学习、读书、珍惜时间的格言。我们都是乖乖女，学习努力，争当第一，每年会把优秀学生的奖状捧回家，让母亲的脸上笑开花。我们偶尔也会伤心地一天不说话，那一定是考试成绩给我们造成的伤害。

上学给我们最大的快乐是使我们认识了那些充满魔力的汉字。我们那么着迷于每一本书，甚至不放过任何一小片有字的纸。在姥姥家的院子里，门廊下面的台阶上，我们放学回来就坐在那里看书，太阳的余光一点点从我们手中的书上消退，我们的眼睛越来越近地靠近书页，直到完全看不见那些字。那些书有的是父亲给我们订的杂志，《少年文艺》或者《儿童文学》，还有的是父亲出差回来给我们买的小人书。书籍让我们开始有了梦想。我的梦想是成为居里夫人那样的人，胳膊下夹着讲义夹优雅地走在大学校园里，或者在实验室里沉浸于那些无穷尽的试验和新发现。我永远记得书上是如何描写居里夫人发现镭时的情景的，那美妙的蓝光在我小小的心中开启了一个勾魂摄魄的世界。我向妹妹说这些的时候，她只是仰着她的小脸，瞪着一双吃惊的眼睛看着我。她说，我的理想也是这样的。理想主义的光辉，从那时起，就开始渗入我们小小的心灵。

我现在已经回忆不起妹妹什么时候开始叫我姐姐的。整个年少时代，她对我一直是直呼其名。我对此也从未感觉有什么不妥。只是偶尔母亲会呵斥她两句，叫姐姐！别老是没大没小的。现在我问她，你什么时候开始叫我姐姐的？她说我也记不得了，应该是大了以后吧。但是什么时候我们长大了，什么时候我们的世界里开始多了情感，羞涩，敏感，和抗争，在漫长的历史之河中我们无法看到一个清晰的可供描述的记号。

妹妹认定父母对我的偏袒，是从我进入高中开始的。那时候学校的饮食非常差，我们必须带干粮充饥。我的干粮是母亲做的好吃的锅盔。每个星期天，我和妹妹在书房里，读书，写字，或者玩乐，一旦闻见厨房飘过来的锅盔的香味，妹妹就开始黑封起脸，不再理我。因为那些锅盔几个小时后会如数装进我的提篮，被我带走，留给她的只是馋人的香气。还有父亲，经常会给我买点饼干，妹妹也只能看看漂亮的包装盒子。整整三年，妹妹无数次地向父母抗议，说他们对我好，对她不好。看到父母为我打点东西，大包小包地送我上车，她就气呼呼地躲到一边。她的心里究竟埋了对我以及对父母多深的恨，我根本没去关心，我想父母也不会当回事。但我后来想起的时候，我知道那恨肯定是认真的。因为我们现在可以随意吃到想吃的东西，但我再也没吃到过那时的锅盔那么好吃的东西了。

当妹妹的好处就在于有可依赖的姐姐，有可参照的对象。作为姐姐，就只能独自去承担成长中所有的无可诉说的恐惧和慌乱。妹妹离家读高中的时候，正好有大姐在他们学校旁边的医院工作，生活上和精神上都有所照应，没有经历我当时从农村进城后的孤独和自卑。读大学又和我同在一个城市。我那年刚好毕业，但因为工作分配的原因，我在那个城市多待了半年。这个半年里，我在每一个礼拜天去看妹妹，和她一起睡在她们八个人宿舍的双层床上。第一次去找她的时候，他们正在操场上军训。临近正午的阳光亮得刺眼，穿着军装列队训练的人群中，我根本无法辨别哪个是妹妹。我只是看着她们在训导员的口号声里，整齐划一地迈正步，"啪"的一声摔倒，在地上匍匐。我知道在滚滚的热浪和飞扬的尘土中，那些摔打滚爬的人中，有一个是妹妹，是从小扯着我的衣角跟在我身后长大的妹妹。我的泪水忽涌而至。妹妹后来走过来时，我都不敢看她晒得黑红淌着汗泥的脸。但妹妹并不觉得军训的苦，她饶有兴致地向我讲述这段新奇的经历。在离家那么远的这个大城市里，妹妹看上去并没有我想象中的恐慌之感。她镇定地开始了她的新生活。

那个时候，我的工作还没有着落。为了留在这个城市，我每天奔波在一些机关，办理一种那个时候叫改派的手续。这个过程让我第一次见识了一些人的冷漠、虚伪，和丑陋，我感到自己的心每天都在受伤。走出那些人的办公室，我总是忍不住哗然流泪。除了委屈和受伤感，我还常常愤怒着，尤其对于我们学校那个有些秃顶的学生处长，我因为未能完成他提出的交换条件，他终于没给我开出那张改派的函，我想当时若有一支手枪，我一定会"嘭"的一声让他的奸笑凝固在那张丑陋的脸上。总之，那个时候，我正经历着人生的第一场历练。每个周末，我都会从临时住的表哥家，坐一个半小时的公交车，去到妹妹的学校，和她一起挤在双层床上，睡两个晚上，给她交代一下我的事情的进展，骂一骂那些为难我的人。而她则会喋喋不休地讲一些他们学校的事，问我一些事该怎么处理。我在她的面前，总是显得很有主见，铿锵有力地给她一些回答。然后我们就疲乏而满足地入睡了。

后来，妹妹宿舍有几个女孩恋爱了。我就悄悄地问妹妹，有没有喜欢的男孩。她好像总是否认。看她床头的书，她好像也不怎么喜欢文学，小说就喜欢金庸。除了她的会计学课程，她还喜欢看点历史。在他们班的元旦晚会上，妹妹的节目是朗诵岳飞的《满江红》。看着妹妹弱小的身子，但是豪气满怀的样子，我觉得妹妹这个女孩真是太特别了。

我的改派终未成功。元旦晚会后，我就回到了我的家乡小城，而妹妹继续留在这个抛弃了我的大城市，继续她的纯洁的校园生活，继续她关于人生的梦想。那些美好的东西也都曾经属于过我，而现在，它们已经或正在远离我，它们也必将远离她，这真是件没有办法的事情。

后来妹妹踩着我的脚后跟，进入我所在的同一家企业工作。看着她小心翼翼总担心做错事的样子，看着她挨了领导批评后极度沮丧的样子，我仿佛看到几年前的自己。就像我们小时候共同的胆小，我和妹妹在很多方面的确是很相同的。我们都是内心柔软的人，对外面世界的强大有着无名的恐惧。只有在晚上，我们回到宿舍，关起门来，世界只剩下我们两个人的时候，我们才感到安全，内心才会真正地欢乐。我们坐在写字台边，或者躺在床上，或者围着火炉，下一盘跳棋或者围棋，聊一些我们喜欢的话，看一些我们喜欢的书。看得兴起时，我们还会共同朗读一篇文字，一人一段地读，直读得我们眼睛里有了泪花。那个时候，我们就仿佛回到了我们的童年，回到了姥姥家的东北小屋，屋子后面狭窄的胡同里落满了榆钱，也落满了我们小小的脚印；回到了父亲母亲后来为我们新修的房子，窗户外面是我们亲手栽种的葡萄架，夏天的阳光透过它们为我们的暑假洒落片片阴凉。美好纯真的童年，把一切都信以为真的童年，不需要去费劲辨别真假不需要去防范什么的童年，在我们各自走入婚姻后偶有的短暂的聚会中，仍会自然地回到我们的心中。我也因此逐渐明白了妹妹的意义，就是让我们不断地回到童年，让我们被人生的劫难挤迫得逐渐风干的心有一处汲取养分的清凉之所。

我的妹妹，我看着她的成长，我知道其中的艰辛，因为我也刚刚经历。她说，我们在学校的时候，所有的老师所有的书本都告诉我们，要追求心灵的真善美，要朴实，要谦虚。可是生活中，为什么这样的人总是被掠夺者。我们不明白。我们只是慢慢地知道了一些原先不懂的世故的常识，我们的心慢慢地敞开着，慢慢地变得坚韧、理性，慢慢地靠近现实主义，丢弃了我们的理想。现在，朴实的妹妹也开始注重穿着了，开始修一修眉毛，偶尔还会去一下美容院。有时她请我，有时我请她，我们躺在美容院的床上，在美容师柔软的手指对我们肌肤的精细呵护中，我们认定这是一个真实的世界，我们是真实的自己，是两个成熟的女人。成熟而美好。

我们原先背过的一些唐诗宋词都忘得差不多了，我们关心的是父母的身体，还有女儿的教育。她甚至也关心起了我的身体。每次电话，她都像母亲一样再三叮嘱我，注意你的身体啊，挣再多的钱也是没用的。这真是我想不到的事情，她曾经是那么依赖我，有一次在学校牙疼，她不知道去医院，却是隔了几百里地打电话向我求助。她现在已经学会了独自承担，年前的一天，她刚发了奖金就在路上遭了打劫，两个骑摩托车的人把她在地上拖了好远，掳去了她的手提包，她一直隐瞒着没告诉我们，直到我的小外甥女，她的女儿，说漏了嘴，我们才知道。

现在，我们的女儿彼此之间也叫姐妹。只是我的女儿仍要不服气地说，妈妈，凭什么你和姨姨就是亲姐妹，我们俩就是表姐妹？是啊，我们俩是亲姐妹，这是上天对我们的赐予。我只能这么说。

南方日记

1.到南方去

在冰凉的雨中离开北方，向南走。

夏天依然漫长，能够融化一切忧伤。空空地走，任思绪漫过时光。空空地，看云，看山，看水，看树，看车窗外左边悬着天狼星，右边悬着满月。

远方的夜晚和白天一样单纯，如同我们热爱的一切，都因遥远而美好，都因离开而想念。

2.夜宿木椟

苏州的一切，都和一个旷世美女有关。无论多远，总要与她牵扯点故事。

这个叫木椟的小镇，是因为木材堵塞了航道，是为了让我们知道，为美人而建的宫殿，需要多么庞大的木料，以及，比木料更庞大的，男人的爱。

虽然爱得有些盲目，但爱，哪有不盲目的。

在木棱小镇，想象木材拥堵河流的壮观，如同美人心中的忧伤，流淌在每一条河流——脂粉香染寂寞的河，鱼儿羞煞沉底的河。南方的河流太多，尽可以放纵想象，建构无穷的关系，任美人的美和忧伤，以及那最终砌成的宫殿，陷落的城池，在安静的河水中一淌而过。

3.杭州午餐

其实在飞机上吃过午餐。但他们说不算。于是在杭州吃。

一池明亮的水，在落地窗外，眼波盈盈，含情脉脉。不妨叫它西湖。在杭州，所有的水都是西湖水，如同餐桌上的大闸蟹，都来自阳澄湖。

从坚硬的壳里慢慢吸食，仿佛吸食时光的骨髓。这是陀螺暂停旋转的间隙。他说这样闲着似乎可以一直吃下去。西藏的鱼，新疆的梨。我们优雅地吐刺，甜蜜地微笑。

只要西湖恒久，水的波纹恒久，杭州，将如此一往深情地滋养，丰裕的味蕾和时光。

4.观《吴冠中画展》

何处寻宁静，入画来。上海美术馆正展出吴冠中画展。

色调。线条。墨点。上海的繁华和暑热，被画家一笔划消。

画家的目光是要穿越一切表面和庸常。风掠过的野草闲花，点点滴滴，晕染着满腹欲说还休的惆怅。高山流水，白瓦黑墙，几点桃红，几丝柳绿，合奏着高低远近的曲调，渗透着画里画外的悲凉。

而画家的心是温暖的。干瘦纤弱的几条乌黑之线，清朗纠结着他惜时惜物的情怀。闲憩的石碾，深黑的重量，是被弃置的千载寂寞，却有一方小窗相伴，方与圆，两情欢。荒郊苗圃，本该芜杂荒凉，却是机理精微，暗自勃发着生机。

细细的笔触密集着他的心疼。画家的目光，比上帝的目光更远。花开花落，是艳是愁。山高水长，听音者稀。晨曦夕阳，青春瞬即迟暮。画家用最有限的笔迹，让无限的心思着痕。

我以画家之眼，面对自家江山。谁说斯人已逝？他只是安于这黑白之乡，抱得了恒久的宁静。

5.武夷山九曲溪

九曲十八弯。我的表达如此婉转。从凝视到回眸，从凝视到回眸，重复九遍。

我是如此不善于抒情，我习惯于静默地流淌忧伤。这样绵长的倾诉，我已不胜心力。

你伸向天穹的宁静高绝，让我心思优柔，满怀绝望。短暂的相遇，被我细细分解，成九曲十八弯的长度。

然后我将独自远行。用长长的一生，回忆那些美——穿越你时的水波耀亮，情欲欢动。

6.南普陀的木棉

南普陀的记忆鲜亮。因为一只红硕的花。

多年以前，一只红硕的花，在南普陀的院子里坠落。沉重的声响，令人心惊。从此不再费心想象，女诗人纤细的笔描下的那声叹息，那支火炬，如何具有经典的模样。

多年以后，南普陀的木棉没有盛开红硕的花。红硕的花在女诗人的诗中常开，在南普陀，只开在合适的季节。

7.在南普陀遇到弘一

多么晴朗的一个人，他是南普陀的月光。

做什么像什么的一个人，他是一个全能的优伶。

瘦得只剩了骨头的一个人，哪个角度看，入眼的都是风骨才骨傲骨。

而他自己看到了什么，索性做了和尚？

南普陀在他的清凉歌中，香火旺盛。

8.黄昏的海滩

太阳的光芒褪去，城市消隐。归整的日常序列清零，一些本质悄然还原。比如，童真的快乐，爱，和简单的创造。两双脚印，两个交叠的名字，一个巨大的水利工程，我们用梦想、阴影和游戏，装饰海滩。

日落之际，海滩在夕照中秘而不宣，默然理解着一切重复，或者新的讲述。

9.在福州

在福州，霜降的时节，没有霜降，植物们依然葳蕤生长。

黏稠的血液在叶脉里滋滋流淌，空气中飘满柔婉的光芒。而我，依然不敢冒险，将自己隐藏在一杯红茶绚丽的深处，直到你转身离去。

面对冷静的樟树，我说爱你。面对热闹的三角梅，我说爱你。面对思绪纷扰的榕树，我说爱你。面对植物们，我说爱你，是安全的。

面对你的眼睛，我什么也说不出。仿佛木芙蓉面对铁树，只有一树云朵般寂寥的花。

10.青山湖

青山湖环抱我们。青山湖一心准备了这个寂静而辽阔的世界，让我们安然享受，不会再次降临的爱。

青山湖流畅自如。青山湖说，你能想到什么地方，你就在什么地方。而我们，不能成为鱼，悠游在青山湖永恒的欢欣之中。

青山湖度量着层层美色。青山湖透明的语言，不可译读我们内心黑色的悲伤，难懂的现代艺术。

小D回家

　　小D还没回家，母亲就开始担忧，时常念叨着：还不知他回来，这个家会怎么样呢，唉。母亲之所以这样忧心忡忡，是因为小D的媳妇是由她介绍的，她原来在医院工作的小同事。母亲看上了那个文静的爱钻研业务的小姑娘，就把她撮合成了自己的外甥媳妇。母亲也从此对这桩婚姻负起了难以卸却的责任，甚至赋予了比对我们姐妹更多的关心。

　　小D是二姨的儿子。我读初中时曾在二姨家住过，那时小D还在小学，正是七岁八岁狗都嫌的年龄。几乎每天都有哭丧着脸的小孩来找二姨，告小D的状，不是被他抢了橡皮，就是被弄断了铅笔，或者干脆是挨了打。二姨总是烦恼又无奈地给他们点零钱，哄他们走。小D的种种"英勇事迹"，"战斗典故"，成了大人们在一起的主要谈资。在姥姥家的小屋里，大家一桩桩一件件数落他的时候，并无责备之意，而是带了一种疼爱的口气。因为男孩子的调皮捣蛋，一般会被认为是聪明可爱勇敢的表现，是值得炫耀的男子汉的品质。我不知小D在大人的这种看似无意实则充满了暗示的谈话中，是否得到了些许将他的种种顽劣性发扬光大的鼓励。

　　小D长大的过程，也是二姨不断地为他的打架斗殴处理各种善后事宜的过程。每次放假回家，都会听到关于小D的新闻。那时小D已经初中毕业，待业在家，百无聊赖，只好无事生非。不是在赶集时砸了人家的货摊，就是喝酒打架，把人弄进了医院。二姨每次去医院给人家送交医药费，都要和母亲哭诉一番，为之无可奈何。当时小D飞扬跋扈不计后果欺行霸市为所欲为，主要还有一个仰仗，就是小D的舅舅，当然也是我的舅舅，在派出所工作。作为外甥，小D每次犯事之后，舅舅念及他少不更事，使他省了一些拘禁和皮肉之苦，免去了他为那些鸡鸣狗盗之事应付的代价。虽然舅舅私下里对他严加训斥严重警告，但小D自然不会真当回事，他认定舅舅不会放手不管，任他在派出所受苦。那时的小D肯定不会想到，他终究逃脱不了一场牢狱之灾。

　　小D的名气在家乡一带愈来愈大。母亲为他在医院介绍的女孩，家在几十里外的山上，人家的父母居然也耳闻了小D的大名，起初并不愿意把女儿嫁给小D，是那姑娘后来说了我母亲在医院几十年的名声，似乎这可以作为她选择婚姻的一种担保，那父母才同意了这桩婚事。我母亲也从此不得不为她这辈子做的唯一的一次媒所累。

　　我母亲为此做的第一件事，是让我父亲在他的单位为小D谋了司机一差。这样小D就不再是游手好闲无事生非的小D了，并且单位在外地，与他那些江湖朋友也拉开了些距离，还有我父亲作为他的领导在身边看管着，小D的确安稳了几年，挣了点钱，也有了一个聪明的儿子。二姨见了母亲，终于不再是愁容满面了，原来被小D弄得整天鸡犬不宁的家，终于安静了。二姨可以抱着小孙子，安心地和邻居搓会儿麻将了。

小D出事的那晚正是黑色的星期五，13号，这在西方国家是个倒霉日。小D当然不是基督徒，他心里甚至不会有任何信仰的概念，但这个黑梅日偏偏选中了他。五月份，天气正在走暖，田野里的麦子正一天天饱满起来，整个乡村都充斥了一种金黄的喜悦，一种香浓的成熟的味道。在一个朋友家的院子里，小D和一大堆人喝了酒，然后在两个酒友的怂恿下开车进城。在酒精燃烧起的幸福中，他一定不曾感到，厄运已经瞪着黑色的眼睛在前面窥视着他了。在这个城市里唯一的一座公园的门口，昏暗的路灯下，一个刚从病中初愈的老妇人完成了每天例行的散步，正在缓缓穿过马路。也许她望见了那束刺眼的光，但根本来不及作任何判断，她就被那辆飞驰而过的轿车撞到了另一个世界。她和小D，在不到一秒钟的时间内，成为彼此生命中不可逃脱的劫。

小D在我父亲单位当司机的日子，虽然摈弃了以前结帮打架惹是生非种种恶习，但是保留了一个，喝酒。这对于一般人当然也不能算什么恶习，但对于司机，尤其是对于喝了酒仍不放方向盘的司机，那就不仅是恶习，而且是绝对的要命的恶习。我父亲以姨父和领导的双重身份，恩威相济，无数次对小D酒后开车严加指责。对于我父亲的话，小D是阳奉阴违，嘴里答应着，背过脸去就犯事。幸运的是，小D几次酒后开车虽然偶有小的磕碰，但无伤大碍，自己悄悄处理了之。严重的一次，是把车开进了一户人家的院墙，小D遮掩不住，被我父亲训斥一顿。

事实上，为小D喝酒担心又为之无可奈何的不仅是我父亲，还有小D的媳妇、二姨和我母亲，但她们自知她们集体的话语的力量对于小D而言，也抵不过我父亲一人，而我父亲都收效甚微，她们也只能是在一起唉声叹气，一番数落一番流泪作罢。

小D出事了。大家的担忧终于变成了现实。虽然大家平时都祈愿着能够有什么神力让小D幡然醒悟，哪怕让他付出一些代价。但万万没有想到，他要付出的代价是五年的牢狱生涯。这个代价在亲人们的心中委实太过分了。小D飞车撞倒的老妇人不是普通人，而是一位负责政法工作的市级领导。虽然道理上讲，法律面前，人人平等。但法律解释又说，事故造成市级领导的死亡是严重后果，要从重判决。在小D出事后的一个月，在同一个地点又发生一起交通事故，几乎是小D肇事的翻版，但死亡的不是市级领导，而是一名普通人，所以肇事者只在看守所和小D一起待了几天，就作了些经济赔偿被释放了。而小D，在看守所待了半年后，被送到了监狱。

易出事的路。路面笔直宽阔，极大地诱发着司机飙车的心理。但路灯昏暗，视线非常不好，我走一会儿就怀疑没有路灯，抬起头来却发现有灯在高处昏昏地暗淡地微弱地亮着，并且只有马路的对面一侧有路灯。整条路面中间没有隔离带，也就是说行人在任何地段都可任意横穿马路。那个市级领导，年逾半百的老妇人，就是在横穿马路时遭遇了小D的飞车。我后来还看到一份交通事故的统计分析，这个路段被明确定位为事故多发地段。可是为什么这个地段容易发生事故，怎么让状况有所改善，却没有人在这些问题上深究。没有人反思，我们往往不擅于反思。我们只是简单地强硬地执行。一切隐性的责任都被显性的责任替代。负责政法工作的市级领导的生命，只是需要一个年轻人在铁窗里度过五年光阴来赔偿。交管部门或者路政部门里没有人像我一样因为惋惜这五年光阴来这条路走走。但我看到了这样的路况，又有什么用呢？事故发生了，还将发生。生命消逝了，还将消逝。

光阴用来赎罪，还将继续到底。

为了减轻小D的罪行，小D的媳妇带着年迈的婆婆和不满三岁的儿子，整个夏天无数次地来往于小城和乡村，去向死者家属道歉，求情，希望以经济赔偿免去小D的牢狱惩罚。她们承诺给对方的赔偿数字足以令她们倾家荡产，背负巨额债务。但她们丝毫不惧怕这些。她们觉得只要小D在，这个家就在，一切就都有希望，虽然她们并不知希望何在。她们的努力最终无效。市级领导的家属，当然不会像民工家属一样在乎金钱的补偿。他们，一个丈夫和两个儿子，在小D的媳妇和儿子，以及我二姨，他们的泪水和哀求面前，丝毫不为所动，坚定地要以铁窗生涯惩治小D，为妻子和母亲报仇。

小D开庭的时候，已进了秋天。那天，一大早，法院的门口就聚集起了人群。除了我熟悉的小D的亲人们，大部分都是小D的哥们儿。我第一次领略了小D的哥们儿的阵势，三五一堆的，很大一群人马。小D是个义气之人，那些哥们儿是他的江湖。这个阵势在四年后小D出狱时我又领略一次。我们一起在法院门口等小D。人行道上，几棵高大的杨树只剩了稀稀落落的叶片，一阵风过，又有几片簌簌地飘落。关押小D的警车呼啸而至的时候，人群一阵骚乱，大家挤着往前看。小D双手向后铐着，被两名警察拽下警车，我二姨、母亲们霎时一片唏嘘。因为此前原告被告已经过多次协调，双方对开庭的结果都已预知，审判成为例行公事，既不为了"表现正义"，也不为了"复仇或展示耻辱"。公诉人和辩护人在法官的主持下，各自宣读了早已备好的公文口气十足的文稿。整个审判过程没有起伏，没有高潮，在固定的程序下一板一式地走到了既定的结果。法庭上，我几乎始终在看着小

D。他站在被木板围隔起来的被告席上，低着头，语气沉痛地检讨错误，令我痛心。小D从小到大，做过无数次检讨，我想大概只有这次，是真正的悔意深重。这是小D进入看守所的半年来，我第一次再见到他。小D全然不再是我记忆中那个大大咧咧，谈笑风生，满不在乎的小D，他的脸明显瘦削了，脸色苍白寡淡，神情萧瑟，仿佛法院门口的杨树上即将飘零的一枚叶片。

小D服刑的是L城监狱。临行前，我们作为亲属，最后一次去看他。我想带给他几本书，但在书柜前踅摸了好一阵子，也没有找出一本适合他看并且他可能看进去的，我知道他平时基本不看书。在看守所的接待室，我们轮流在窗口和他通话。我本来想和他说就当是去上学了，多学习，多思想。有这么个机会，好好静下来，反思反思自己的人生，也很难得。我甚至想到了许多名人，都曾把监狱作为出思想、出成果的地方。但我握住话筒，却什么也说不出来。他说，姐，对不起你们。他的眼睛红红的。他坚持忍了一会，最终还是有两颗泪珠滚了下来，被他迅速地抬手背揩掉。我最后只说让他放心家里，有什么需要的，想看什么书，及时捎信给我。他不住地点头，嘴唇颤动着，再没说出什么么。

小D走后不久，家里就出事了。小D的父亲在一个清晨，突然脑溢血被送往医院急救。老人最终偏瘫了。我去医院看望他的时候，二姨问他，知道谁来看你了吗？他躺在病床上，笑着说，哪还不知道？但他半天说不出我的名字。他笑着，但他的笑似乎又不具有任何意义。那笑容在他的脸上，却又好像在一个遥远的地方。他显然是想不起我了。我看着他超然物外的笑容，想他大概是想忘掉痛苦，结果把身边的整个世界都忘掉了。所以很难说，是病选择了他，还是他选择了病。

二姨父病前一直是个勤快的人。在那个劳动最光荣的年代，姥爷正是看中了这点，把他最漂亮的二女儿嫁给了这个朴实勤快的工人。据说二姨当年的嫁妆，就是一些箩筐、铁锹、镢头等等一堆劳动工具。二姨父除了当好工人，还要干好自己家里以及我姥姥家里的农活。二姨父还会做饭，这在农村的男人中是不多见的。现在，二姨父病了，虽然后来手脚恢复得还能自理，但脑子里不知哪部分组织失去了功能，不再操心任何世事俗务，基本上还原成了一个自然人。他看上去始终乐呵呵的，不知是不是真的忘却了一切忧伤。二姨说，把药整出来放在他的身边，他有时也会忘了吃。他出去散步，她得陪着，否则他会找不回来。他的身体由二姨照料着，但他的精神却似乎遗留在了我们无法企及的另一个世界里。

除了照顾姨父，家里家外的活，都由二姨操劳了。二姨本来就讲究，床铺上绝对不允许有一个褶皱，地板擦得和柜子一样洁净，就连那个大院子，也要洗得不染一尘。小D三岁的儿子，平时也由二姨带着。还有一家人的一日三餐，都要按时从二姨的手中诞生。姨父病前，这一切活计对于麻利的二姨根本不在话下。但现在，她的很大一部分精力要用来照顾姨父的日常生活，抽空还要跑到两百里外的L城去看望小D。小D有时会提出一些要求。为了儿子在狱中的日子好过些，并且能够创造机会早点出来，二姨当然是要想尽办法去把那些要求打理妥当。还有一个大麻烦是，马上就冬天了。村子里的人过冬天不像城里人这么现成，家里的暖气是要自己烧的。买煤，拉煤，烧暖气，掏煤灰，一系列的粗活重活，一般都是男人做的。如果小D在，它们义不容辞地属于小D。如果姨父身体好，也可以帮一把。但现在，全累在了二姨身上。我有时想，若这所有的事情搁给我，我肯定疯掉了。而年逾半百的二姨，却这样日复一日，支撑着这个残缺的羸弱的家，过了三个年头。

二姨是母亲五姐妹中最漂亮的一个。几年前，我和二姨一次在村口办事，经过我们身边的两人悄悄议论二姨，一个说，这个女人，我小时候就见她这么好看，现在我都老了，她还这么好看。我和二姨听见，相视笑了半天。小D走后的第一个年头，我们去舅舅家拜年。让我大吃一惊并且为之感伤的是，二姨看起来竟比一年前苍老了十岁。我想，对于她，生活的累大概还在其次，儿子判刑，丈夫生病，两件事于她精神的打击才是最主要的。岁月蹉跎，是对容颜最轻易的破坏。她给大家讲着小D儿子的懂事，大家都笑着，但那笑都显得不自然，显得沉重，仿佛硬被什么东西拉开似的。大家的心共同地被一道暗影笼罩。我想起三十年前，姥姥家的小屋里，大家也是这样谈笑小D的顽皮。那时大家的笑，是多么心无芥蒂，幸福酣畅。

除了小D的孩子，我看着心酸，还有一人，也让我不忍多看，就是小D的媳妇。那天，去舅舅家拜年的所有表兄弟表姐妹，都是团团圆圆的一家人，只有她，带了残破的家和一个不光彩的影子。或许是我过于脆弱敏感，我觉得若换了自己在那种状况，是绝不参加这样的热闹场合的。所以我在心里佩服她的坚强，虽然她看上去有些瘦弱。她是一位安静的姑娘，小D的事似乎让她更加沉默。二姨讲孩子的故事时，她也不插嘴，只是一勺一勺地喂孩子吃饭。后来我们回了家，母亲和我说，她真是个自尊的孩子，小D走后，她就把身体里的那个节育环取掉了。

小D在L城监狱第三年的时候，我去看了他。他刚刚换了工种，在一个刺激性气味浓重的化学车间做工。我在接待室隔了玻璃问他，还能适应吧？他说不出话来，因为一开口就要哭出来。他害了满嘴的口疮，舌头干裂，仿佛一条干涸已久的河床。他在干活时崴了脚，走路一瘸一瘸的。他不让我看他的手，他说那活有些腐蚀性，伤皮肤。他告诉我，他努力表现，每个学期都有加分，大概再有半年，到年底就能出来了。可以看出，他在狱中的生活，既不堪承受，又怀有希望。

那时，小D在城里的一套单位集资房分下来了。小D的母亲拿到钥匙，立刻开始装修，她要赶在儿子回家前把房子收拾好。我装修过房子，知道其中的辛苦，更何况二姨还要照顾姨父和小孙子，需要城里城外两头跑着，她如何克服了那些可以想见的困难，我简直难以想象。几个月后，二姨领我们参观她准备好的迎接小D回家的房子。房间里每一处细节的装修布置都体现得精心自不必说，卧室里的床都铺好了，床下的软拖鞋，卫生间里的毛巾牙刷，厨房里的厨具，都一应俱全整整齐齐地摆放好了。漂亮的二姨更加苍老了，脸上的皱纹更加细密了，但她的喜悦也密密地挤在那些细纹里，让我看到一个母亲心中的希望与绝望，痛苦与包容，无奈与坚忍。

年底的一天，我在单位忙着，突然接到母亲的电话，说小D回来了。

饭店是小D的哥们儿定的。一共三个房间。小D的亲人们占了一间，他的哥们儿在另两间。众多的亲人中，我只注意看二姨、姨父、小D的媳妇和孩子。他们四人是小D最亲的人，小D服刑给了他们最直接最深痛的伤害，小D回家，也只对他们具有最实质的意义。二姨是一贯的热情，招呼着大家吃饭。姨父依旧是一脸遗世独立的笑容，仿佛痛苦从来不曾存在。小D的媳妇，那个瘦弱的姑娘，依然沉默地喂孩子吃饭。在中国传统文化下成长起来的人，已经习惯于把情感藏匿起来，在外人面前不露声色，无论那情感多么深切，多么强烈，多么需要爆发，也只能被按捺着，成为流淌在地表下的暗流。只有小D六岁的孩子，小下巴抬得高高的，毫不掩饰他知道今天是个荣光的幸福的日子。席间，小D过来向大家敬酒。脱下囚衣，换上西服的小D，已经看不出一丝与牢狱有关的影子，但他也并未迅速地融合于当下的场合。他的表情稍稍地有些尴尬，脸上有点挂不住的神色。他的口音也有些变化，不再是纯正的乡音，这使他与亲人们有了些疏离。但这都是表面的疏离，或者是言语上的疏离，在彼此的问候交织成的一种微妙气氛中，所有在场的亲人的心都在相同地变得柔软、湿润。但是很快，小D就被他的一大帮哥们儿簇拥走了。

再见到小D，是在半个月后，我们去二姨家拜年。小D已经完全恢复了他曾经的形象，我们熟悉的、豪爽的、义气的、大大咧咧的、满不在乎的样子。他刚从他的哥们儿那里回来，他的一个开煤矿的哥们儿已经让他在矿上帮忙工作。在二姨精心布置的漂亮的客厅里，小D朗声为我们讲他的狱中经历，重点是他在狱中新交的朋友。他称他们为狱友。他说，那谁谁谁，都是我们狱友。他说出的那些名字，大都为我们所知，都是当地曾经权倾一时或者称霸一方的人物。他说狱友时的口气，让人觉得他说的是一些非常高贵的朋友，和他们结识仿佛是他的荣耀。监狱在他的谈说和调侃中，成为一个能人云集充满机遇的神奇之地。刚刚过去的狱中经历，在他的心里全然没有留下一丝耻辱或者自卑的印

记，反而仿佛成了他人生中一个需要仰视的高峰，在他的脸上默
化为一种曾经沧海的神色，使他惯常的满不在乎的表情更加具有
了丰富的意味。

　　小D精妙的述说不断引得众人哈哈大笑，在新房子的氛围和
新年的气氛里，二姨家的客厅几乎成了巴赫金笔下的一个象征性
的狂欢的场景。我突然理解了二姨几个月前装修房子的辛苦，她
一定是预见了这样的一场狂欢，可以抵挡她内心积聚的悲伤。我
惊讶地看着，一个人的再生是这样的毫无痕迹，一场悲剧向喜剧
的转变是这样的毫无痕迹。

　　后来我陆续听到关于小D的消息。他那个开煤矿的哥们儿，
让他任了副矿长的职位，专门负责跑外，也就是攻关。还给小D
配了专车和专职司机，小D自己不再开车。小D以一种全新的姿
态，迅速进入了这个他离开了近五年的世界，丝毫没有什么挫
折，完全出乎我的预料。之前，我还想着，小D背负着一个不光
彩的隐喻，对他未来的人生肯定会有所打击。但一切好像都很顺
利，小D入狱的五年，只是丧失了五年的自由而已，对他的信心
和力量非但没有丝毫的损伤，反而有了一种磨炼后的飞跃。当了
副矿长的小D，看起来比五年前更加的志得意满。我们见面时聊
天，小D口中出现的是管理煤矿的一级一级官员的名字，他们是
小D攻关的对象，是小D的业绩。小D说话的口吻，似乎都受了他
们的传染，有了一种官文化的味道。

　　小D和二姨一家也正式入住了城里的新家。小D的孩子刚好
到了上学的年龄，成了一名城市的小学生。只有小D的媳妇，那
个沉默的自尊的姑娘，还在乡下的医院工作，每周回来团聚。但
是单位有接送车，车程只有20分钟，所以并未构成任何困难。看

起来，小D的生活已经以一种现实的欣欣向荣的存在，实现了他出狱后的平稳着陆。

但如果此时认为我母亲对小D的担忧纯属多余，那就太小看我母亲对人和事的洞察力了。小D回家后不到半年的一个晚上，我母亲被一阵电话铃声惊醒——小D的媳妇突然被送进医院抢救。因为小D又开车了，并且是酒后开车，撞到了墙上。小D的媳妇一时气急，竟然休克，浑身抽搐，几乎丧命。

医院里，小D是他一贯的满不在乎的表情，仿佛这世界上从来不会发生什么大事。他大概是早已忘了曾经的惩罚。或者那惩罚从来不曾进入他的内心。只有我母亲，我二姨，小D的媳妇，这些曾经为小D受伤的亲人们，她们内心的疼痛开始隐隐地扩散。她们惊恐地看着一个新的轮回的开始，无话可说。

那个文静的、爱钻研业务的、沉默的、自尊的姑娘，成为我母亲日益深重的担忧。

老王老师

老王老师带我们班的时候，就已经满头白发。那是极短的白发，贴着头皮银白的一层，泛着亮光，和围绕在他下脸庞上的半圈胡子一样，稀稀落落的，刮得光光的，却还是能看见那白。那时只觉得他很老很老了，老得仿佛从童话故事里走出来的。人们都叫他老王老师，我们自不必说，我们的父母、姨姨、舅舅们，甚至整个村子里的人，说起他来也都这么叫。

大家说起老王老师，不能隔过的就是他曾经制造的"满堂红"。不知道是比我们高几届的一个班，在县里统考数学时，全班都得了满分，几乎像个神话。所以我们在老王老师的班里，颇有点骄傲，仿佛我们将是下一个神话的主角。

那时候，觉得老王老师的法宝就是考试。每天都有一个小时的考试时间。考试的方式我想在全世界也绝无仅有。我们每人从家里带来个小凳子，在校园里，前后左右一米远地散开，坐在地上，在小凳子上答题。会就是会，不会就是不会，没有人可以帮你。前面台子上，老王老师威严扫视我们的目光下，我们每个人都是一小片孤岛，真正的孤立无援。我们落在纸上的每一个答案，都是我们真实的自己。我认为凡事都要靠自己以及诚实的习惯，大概就自那时开始养成。在老王老师这样的强化训练下，我们班的数学成绩在统考时总是名列前茅，但直到毕业，我都很遗憾我们没能造出第二个神话。

老王老师是不会教语文的。他就是让我们背书。整个的一本语文书，从头背到尾。每天早晨，在扯着各种调子咿咿啊啊轰轰背书的声音中，老王老师坐在讲桌后，右手翻书，左手托一长烟袋，看一会书，吸几口烟。天冷的时候，他就搬个凳子坐在炉台上，仍然是一手执书，一手托烟袋。长烟袋还有一个功能，就是教训那些调皮捣蛋不好好背书在课堂上做小动作或者其他什么坏事的男生。所以男生对那杆烟袋恨之入骨，背地里常常咬牙切齿地诅咒它哪一天被人偷去或者遭到其他不测。女生看到那些平时欺负自己的男生挨了烟袋锅子，耷拉着脑袋，像一只斗败的公鸡，则会心内窃喜。后来看电视里的纪晓岚，不离手地拿着那根长烟袋，老王老师的影子就会轻轻地从心底一掠而过。

老王老师的烟袋锅子有次差点敲到我的头上。老王老师的家不在我们村。他住学校的宿舍，平时自己做饭吃。那宿舍放一张床，一张桌，一个柜，老王老师微胖的身子立于其中，看上去小屋就有被挤塌的危险。我们班干部把收好的作业本送过去，敲了门，就等着老王老师从椅子上转身，拉开门，伸手把本子接进去，都不用站起身来。老王老师赖以生存的面缸，在小屋里自然没有立足之地，就放在了我们教室的前面。并排摆放的是供我们值日存水用的水缸。接下来的事情可能都已经猜到了，我在值日时不小心把水洒进了面缸。那个年代面粉是浪费不起的东西，我当下就意识到了事态的严重，但我无法想象我将受到的惩罚。老王老师走进教室的时候，我能听见我的心在小小的胸腔里的狂跳，它几乎要冲出喉咙，跳到地上了。老王老师明白发生了什么事之后，站到讲台上，铁青着脸色，怒声质问是谁干的事。我战战兢兢，无援无助，头皮发硬，穿过一段仿佛时间都停止流动的沉寂，走到讲台前。那被熏成脏脏的黑色的烟袋锅子已举在半空，它几乎要被老王老师的怒火点燃，它即将在教室里五十多双眼睛的聚焦下落到我的头上。我等待着它，像等待世界末日。

"你？……"老王老师大概根本没有想到站到他面前的竟会是我，一个文雅听话成绩优秀惹人喜爱的女孩。这太出乎他的意料，以至于他不知该发送什么信号，去指挥把烟袋举在半空的右手。如果是一个捣蛋的男生，烟袋锅子早已毫不留情地落了下去，他心中升起的火气也会随之落下。而此时，老王老师只好一声叹气，"唉，你怎么这么不小心。"那处于临战状态的武器竟一下子恢复它本来用具的位置，五十多双眼睛期待的一个高潮场面霎时土崩瓦解，教室里云开雾散。我狂跳的心歇了下来，可我的眼泪也唰唰地掉了下来。这让老王老师再次吃惊，他瞪着眼睛说："我没打你，你哭什么呢？"我就哭得越发厉害，以致双肩抖动。不光老王老师不知道，那些调皮的挨过烟袋锅子的男生不知道，连我自己也不能说出，那汹涌着的泪水里含着些什么具体的东西。

　　对于儿时的很多事情，现在看来都难以理解。比如那时不爱吃像茄子、西红柿之类带籽的菜，不爱吃条面。母亲对此有点迁就，而父亲就一定要解决这个问题。父亲后来的确找到了一个简单有效的办法，一举使我改掉了挑食的毛病。他看着我的筷子在一碗面里挑来挑去，半个小时后仍然是一碗面，就一把拉起我，把我拉到了老王老师的面前。父亲只简短地说了一句，她不吃饭。我已经羞愧难当。以后每天上学，老王老师见了我第一句就是问，吃了多少饭？我每次都说，吃了两碗。老王老师说，是酒盅那么大的碗吧？我抿着嘴笑笑，他也笑笑。老王老师笑起来非常慈爱，一脸的笑容在那一脸的白发白须的银光间辉耀，很温暖很温暖。后来我上了初中，在小学的妹妹回到家，仍时不时地转告我，老王老师又问我了，你姐现在吃不吃饭？我就会想起那个很温暖的笑容，心里暖暖的，又酸酸的。

老王老师和我们相处了整个小学时代的五年时间，这是以后任何一个老师所不能及的。在我独有的个性和生命轮廓的形成过程中，经历了许多双手的雕刻、修整、润色，而那最初的脱离混沌的成为基础定型的一角、一棱，都出自老王老师的手。这是老王老师之于我的全部意义。我不能对这个意义的性质做出评价，就像我不能说，我身上的某些优点和缺点，是来自于我的父亲或者母亲一样。

我、Z和C从老王老师的班里走出，后来一路上了大学。一个农村小学的班里出三个大学生，这在当时是不多见的。我们仨参加工作的第一年，相邀去看老王老师。那时候他已经退休回了老家。他的头发和胡子更稀落了，还是银白的，但少了光泽，脸色也没有记忆中的红光满面。我们已经十多年没见面了，不知他后来又带了多少届学生，他还是一下子就挨个儿叫出了我们的名字。他还记得Z是最捣蛋的，没少挨他的烟袋锅子。他还记得我不吃饭的事情。他说这些的时候，就像爷爷给我讲小时候的故事，让我努力想，也想不起他当年的威严。他家的墙壁上，挂着几个玻璃框，装满了他的学生的照片。Z、C和我饶有兴趣地找到了我们班的合影，老王老师笑呵呵地坐在中间，周围是那么小的稚气的我们，感觉漫长的成长岁月仿佛只是恍惚了一个瞬间。我们互相抬眼打量，照片上的影子隐隐约约在我们的神情动作里，而我们已真的长大了，老王老师也更老了。

我们再次到他家的时候，那些照片还在，只是中间多了一个黑色的相框，老王老师表情平静地注视着远方，那是我的目光无法企及的地方。Z说，老王老师病逝之前，曾找过他，和他说了以后想为自己立块碑的想法。我们正是为了这事去和他的儿子商量。可那儿子不知从哪儿听来的迷信，说这样做对后代有不利影响。我们最终未能帮老王老师实现这一遗愿。我也不可能知道老王老师想立碑的真实想法了，但我可以肯定，他这一辈子是有些话想说而未能说出，立一块碑，即使不刻一字，也算他遗留尘世的一声叹息了。也正因为立碑一事，我才仔细回想那些远逝的时光，但我悲哀且自卑地发现我对他的了解竟那么地少，对他在成为老王老师之前的事几乎一无所知。那些因一个人的逝去而永远尘封的时光，让我看不清他渐已走远的身影，以及隐藏在那身影里的巨大的无法申诉的秘密。我看到的只是我一贯的自私和冷漠。

在我继续自私和冷漠地应付着工作和生活的种种时，老王老师完全淡出了我的生活，甚至记忆。

前天，即将赴德国的Z发来短信，拜托一件事：老王老师的孙子去年师专毕业，工作尚无着落，看是否可以帮忙解决。"老王老师"四个字闪现在手机屏幕上的时候，我一下子跌入某种无法释怀的情绪。过了一阵，我才从皮包里取出号码本，开始一个一个地拨电话，询问有关工作的情况。

爱你所以爱生命

——写在女儿十岁生日之际

她睡熟了。屋子里的所有东西都安静了下来。是的，只要她醒着，屋子里所有的东西仿佛都在她的调遣之下，配合着她脆亮的声音和丰富的表情，充满活泼的生机，和她一起叽叽喳喳地热闹着。所以，她睡着以后的安静，是一种彻底的安静。仿佛她把它们都带入了她的梦中。她偶尔咯咯咯地笑出声来，让我知道她的梦境依然是热闹的。

她睡熟了。她把这个安静的世界又还给了我。但我已然不能像她未曾来到这个世界之前那样，在台灯安谧的光线下，在我喜欢的文字里纵情挥霍和享受夜晚。因为我必须养成规律的作息，保证自己的健康和精力，才能支撑起她生活的天地。有时候我想，每一个孩子都是上帝派来的天使，她挥洒着手中那些光明的花朵，让我们一点点发现内心的强大意志和力量，去抵制身下那个空洞的世界对我们发出的引诱和逗弄的声音，阻止那些让我们倒下去的涣散感，让"仁爱、喜乐、和平、忍耐、恩慈、良善、信实、温柔、节制"的上帝之爱植根于我们的内心。

在她来到我身边之前，"幼吾幼以及人之幼"只是一条熟背于心的格言，是被灌输的道德教育。只有在每天牵着她胖乎乎的小手，看着她一天天的成长，发现一个生命渐渐显出她的个性的欣喜中，才深切体悟到了爱在生命中的传递。孩子以她蓬勃成长的生命，唤醒了我们内心对生命的信仰、热爱和敬畏。于是，面对每一个孩子，每一个人，甚至草木兽类，甚至宇宙万物，都会自然地萌发出对生命同源的亲近感和归属感。王小波在写给李银河的信中说"爱你就像爱生命"，我要对她说的是：爱你所以爱生命。

爱你所以爱生命。所以希望这个世界是和平友好的，没有战争杀戮，没有生命在流血牺牲；所以希望这个世界是值得信赖的，种菜的不用农药蔬菜欺骗卖粮的，卖粮的不用染色馒头欺骗做工的，做工的不用伪劣产品欺骗做官的，做官的不用豆腐渣工程装饰政绩欺骗老百姓，这样你就不会面对价值观的混乱无所适从；所以希望这个世界上的每个生命都得到尊重，没有毒奶粉在毒害婴儿，没有黑心雇主在剥削童工，没有在学校门口袭击孩子的暴力事件，没有不安全的校车、动车、矿井，没有这些无处不在的危险；所以希望这个世界更加美好，希望沙尘暴远离每一个春天，希望明亮的北斗星能够点缀城市的夏夜，希望天是蓝的，空气是洁净的，水里没有重金属。

当我清晰地感知到内心的爱时，既对这个世界满怀深重的担忧和脆弱的希望，也对自己惶恐不安。我生怕因为自己的无知和无能，而无法实现或者无法把握我的爱。我无法确定她成长的过程中，那些旁逸斜出的枝叶哪些是应该修剪的哪些是应该保留的，因为没有一条明确的可供遵循的美学原则；无法确定在处理具体问题时的宽严度，因为宽容自由的爱与过度溺爱之间没有一条明确的楚河汉界。所以我总是在表面的镇定之下掩藏着内心的不知所措，对自己充满了怀疑。也对那些大谈特谈子女成才之道的成功父母充满怀疑，不知他们如何能够那么自信，认定一个孩子的成长道路是一条可以推广的值得别的孩子效仿的道路。我信奉着自己喜欢的教育家蒙台梭利的爱的教育理念，认为爱是唯一的教育方式。我用爱细心体察着她的内心，保护着她不受伤害。但有时又因为各种原因情绪失控而对她训斥责难，然后看着她熟睡后安详的脸庞满怀歉疚。

　　不论我如何努力或者怀疑，她的成长都具有她的天然性，那是她的生命深处某种永恒的力量所预先决定的。所以我同样不能确定的是，在她越来越鲜明的个性形成中，我对于她究竟意味着什么。而我时时能够感受到的，是她给我的思想带来的强烈影响。我在关于她和我的生活点滴的记录中，记下了她对于菜摊妇女的观察、对于我和卖相册的老人讨价还价的不满、对于睡在寒风中吃方便面的收废品的男人的同情、对于人行道上形形色色的乞丐们的施舍，她天生的同情之心，让我在世俗中逐渐风干和冷漠了的心重新充满温情；记下了她因为看到退休老人的房子不如年轻人的房子好而对社会分配不公的批评、她对我们公司优越的办公环境和他们学校简陋的教学条件的巨大差异的质疑、她路过法庭门口时对我和她或者说妈妈和孩子之间的平等关系的讨论，她幼小心灵中这种显然出自非理性的公平、平等的价值理念，丰富了我对建立社会秩序应该依从自然法则还是精英法则的思考；记下了她用童真的思想和诗性的语言对这个世界的表达，让我确信儿童才是真正的诗人，他们更加擅长形象的、本质的语言，有着天然的灵性和神性。

　　她对于我的另一个重要意义，是通过走入她的内心，我可以不断地回到自己的童年。她对于我是敞开的，喜欢让我分享她的欢乐、喜悦，分担她的忧伤、愤怒，解答她的疑问、不解。她小小心灵的每一种律动，都会触动我关于自己童年的记忆，那些无人分享内心的黑暗和孤独，那些成长的艰难和挣扎。我也就更加珍惜和她一起的时光，珍惜和她一起创立的各种各样的关系，母女、姐妹、朋友，甚至仇人，任由她在我面前表情夸张，疯狂地笑，尖叫，编创各种舞蹈动作，发泄各种坏情绪，甚至嘲笑我"你这个脆弱的小女人啊"。我要让她知道，在这个世界上有一个地方是永远为她敞开的。我希望因为有我，她的成长不是我曾经历过的孤独和黑暗，而是温暖的、多彩的、欢乐的。

　　记得她两三岁的时候，每次翻着图画书给她讲故事，她看到图片上只有小熊或者小兔这些小动物时，首先要问我"他的妈妈哪里去了"，等我做出"他的妈妈干什么去了"的解释后她才可

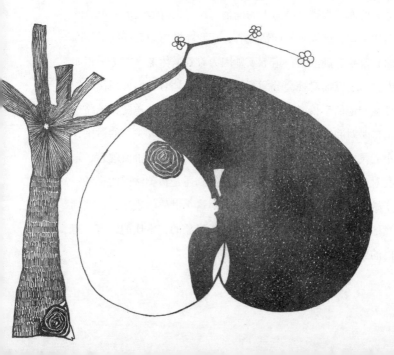

以放下心来听故事。在她看来，孩子和妈妈是必然要在一起的。

龙应台说："所谓父女母子一场，只不过意味着，你和他的缘分就是今生今世不断地在目送他的背影渐行渐远。"当孩子脱离母体，他的成长其实就是一种不可逆转的远离。无边无际的时空长河中，我们可以厮守的日子只是一个多么迅忽的瞬间，但我们在精神上的相依相伴却可以穿越永恒。

今天是她的十岁生日。她面对蜡烛，闭上眼睛，许了一个秘密的心愿。她已经不会像小时候那样把在佛前许下的"我们要一起做神仙"的心愿告诉我了。此时，她怀着那个秘密的愿望潜入了沉沉睡梦，被子下那个小小的身体里酝酿着渐渐强大起来的力，那些独立的力、抗争的力、自我修复的力，将带着她飞越梦想。清亮如水的夜色中，她柔嫩的面庞散发着甜蜜的香，我像每一次端详她的睡脸时那样，忍不住亲了她。

当好自己的主人

——写在女儿十四岁生日之际

宝贝：

虽然你现在已经不喜欢这个称呼了，我还是坚持用它。因为无论你长大了，甚至变老了，在妈妈的心中，永远是唯一的无可替代的宝贝。

那天家长会上，老师布置十四岁生日活动的事情，我听着，泪水一次次涌入眼眶，喉头哽咽。因为我知道老师说的十四岁意味着什么。它意味着你的生命进入了一个新的阶段，一个独立自我开始的阶段。事实上，你上初中以来，我就时时感觉到这个阶段地开始了，你不再需要我陪你入睡，我想拥抱和亲你的时候你双手推拒。你对我的依赖正在一点点减少，我那么清晰而伤感地意识到了这点，所以我特别珍惜现在还能为你所做的每一件事情。有一次我们从澡堂回来，你说，妈妈，澡堂阿姨没有你为我搓得那么细致，那么舒服，那么干净。我笑了笑，没有告诉你，因为我珍惜每一次为你搓澡的机会，因为我知道有一天我将失去这个机会，就像现在我已经失去陪你入睡的机会了。记得你在小学时，姥姥姨姨她们都说你应该自己睡觉，不应该再由我陪你了。我向她们说，总有一天她不需要我陪她了。这不，这一天很快就到了。好在我还是比那些从小就让孩子自己睡的妈妈多陪了你几年。感觉到自己被需要，是一种幸福。每一个孩子，都是上帝赐予我们的幸福。你小时候曾经说，妈妈，我觉得你一整天一整天都在为我做事，要是没有我，你不用起那么早为我做饭，不用辅导我作业，不用陪我玩，不用为我洗衣服，你会多么轻松自在。我说，但是和你在一起我这么快乐，要是没有你，我是很轻松，但我也失去了这么多的快乐，还是不划算哦。被一个人需要，陪伴着一颗心成长，世界上还有比之更快乐的事情吗？但是一眨眼你就从一个小小的人儿长得超过了我，你对我的依赖越来越少。有时候我想内心敏细的你一定是看到了我的落寞，所以你会撒娇地让我帮你梳头，我就仿佛受宠若惊般认真地完成好任务。你还会不失时机地表扬我，妈妈梳的就是漂亮！乐观善良的你，总是给人满满的正能量。这些日常生活中的点点滴滴，我们一起度过的分分秒秒，正是建构起我们母女关系这座大厦的一砖一木。我想，到现在为止，我们算是完成了这座大厦的根基部分，在这部分，我们的生命彼此映照，你从一个懵懂的孩子，成长为现在这样一个从生活到思想，各方面都逐渐拥有独立能力的少女。你的十四岁开始，意味着我们要以一种全然不同的结构方式，来建造这座大厦的主体部分，意味着我们要换一种方式相处，不仅仅是以前那样生活中的关心和帮助，而更多的可能是精神上的观照和爱护。

小时候，你不想听我管教的时候，就不服气地问我，凭什么你要管我？我说，因为我是你的监护人啊，在你还不具备保护自己、驾驭自己的能力时，我得为你的安全和成长负责，这是法律规定的。从小规则意识就很强的你，只好低下头听从了我。现在，在你的十四岁开始的时候，我要告诉你，以前我为你负责的这一切，要交给你自己负责了。你知道负责的意思是什么吗？就是你要独立了，要当好你自己的主人。

我在我的博客里记录了你成长的点点滴滴，那些即时的记录，让我看到了你身上渐渐鲜明起来的品质和个性，你是一个善良、乐观、正直、热情、责任心强、善解人意、情感丰富的孩子，这些都将是你当好一个主人所需要的财富，这些美好的品质也让我欣慰，甚至给我启迪。但仅有这些还远远不够！你要不断地在学习和尝试中去获取更多的美好品质和能力，让你的生命丰富、坚强，再丰富些，再坚强些，你才有更大的把握当好这个主人。

你已经越来越不喜欢我唠叨了，估计看到这儿，你已经知道接下来我将要展开的说教，你又要让我闭嘴了，但我还是要像平时那样在你拒绝的姿态中说完我想说的话。

首先，我要和你谈一谈偶像。我不反对你将那些明星作为你的偶像，青春和时尚是年轻孩子的热爱，我能够理解。但除此之外，你还应该有更高品质的偶像，那个偶像可以代表你的世界观和价值观，可以让你认识到你的人生使命，你来到这个世上要完成的那个使命是什么，这是你作为你人生的主人首先要明白的。也许你之前没有想过，但现在，作为主人，你必须要想一想了，你要实现一种怎样的人生。小学时，我就给你买过人类历史上各个领域著名人物的故事书，他们有的伟大有的平凡，但他们都有一颗卓越的心灵，都对这个世界怀有最真诚的爱，并且拥有一种独属于自己的爱这个世界的方式，他们在这种爱的方式中享受自己的才华和创造所带来的快乐。以后你会知道，这种快乐远不同于你现在看《快乐大本营》时的快乐，不同于你品味美味巧克力时的快乐，能够找到这种快乐，是你当好你人生主人的第一步。怎么去找呢？你的偶像会告诉你。

当好主人，还需要各种各样的能力。也就是说，你有了很美好的想法，还要让那个想法变为现实，否则就只能是空想了。能力的获得只能靠你自己的学习和实践。可能在此之前，你只是知道学习知识，但"知识"易得，学而时习之即可。由"知识"到"能力"，中间还要经过诸般历练。就像你现在做数学题，既要听老师讲，更要自己多练习，然后总结方法，才能进步。这就是认知（就是读书、学习）、行动（就是自己动手实践）、思考（就是总结分析、归纳提炼）的过程，能力的提高就是不断重复这个过程。其中思考是关键的，只有经过了思考，认知和行动才能在重复中上升。你名字中的"思"，正是爸爸妈妈寄予你的这种期望。当然，要让认知、行动、思考这个循环的过程有效，也不是一件简单的事情，它需要你的智慧、专注、真挚和意志，这是你在做事情过程中遇到困难时的钥匙。不要害怕困难，静下心来试一试，总有一把钥匙会打开那些难解的锁。在做每一件事情时，倾注你的智慧、专注力、真挚的愿望和坚强的意志，你解开的锁越多，你就越有能力当好自己的主人。

这样写下去，似乎总也写不完了，因为妈妈恨不得将自己四十年来的经验得失都讲给你。但妈妈也知道，听来的东西理解起来总是浅的，只有自己经历过了，才能形成自己真正的认识。"纸上得来终觉浅，绝知此事须躬行。"所以我不多说了，只说上面那些我认为最重要的，也是你在这个特殊的时刻最需要思考的东西。你们学校为你们组织十四岁的集体生日活动，就是要告诉你们这是一个新的起点。每一个新的起点，都是静下来好好思考的机会，思考过去，也思考未来。

妈妈期待着，你会以一个自信的主人的姿态，开始新的出发。

最后，感谢实验中学给予我和你以这种方式交流的机会！感谢实验中学对你的培养和教育！

祝你学习快乐！天天进步！

爱你的妈妈

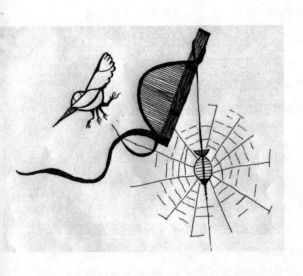

第二辑 阅读

温润的光

——读聂尔散文集《最后一班地铁》

残雪在一篇文字中写道：在文学这个领域里，纯即意味着深，意味着向核心的挺进。这也是在读聂尔散文集《最后一班地铁》时，我的内心时时激动和战栗的原因，因为我读到的正是这样一种纯粹的文字。他剔除了语言所有技术和功利层面的形式，使语言纯粹为一种思想方式，它们唯一的指向是对事物本质和灵魂的探索。他的这种拒绝表面化的，向着事物内核和精神深度的掘进，使得他的文字所呈现的细节都不只是细节，而具有了独特的光芒。

拿到书之前，我已经在网上读过了聂尔此书的大部分文字。真正翻着书页的阅读应该算是一种再读。我的再读从被用于书名的《最后一班地铁》开始。"一九八七或一九八八年。夏天的傍晚。"叙述开始了。简洁的语言，如同电影镜头果断而流畅的切换。过去的时光，携带着特定时代的味道，在文字造成的视觉印象中再现。当然，再现的不只时光，还有穿越在时光中的，两个年轻人的现实与理想，他们的英雄主义情结，他们朦胧的超现实主义的情怀，他们关于未来的臆想，以及他们无法隐蔽起来的年轻的激情。但作者的真实意图并非在两个年轻人本身，他真正要表达的，是整个时代。他只是借助于他们，以及他们无意中看到的一部法国影片，去审视和缅怀那个时代。影片中德纳芙那样"集古典美与现代爱欲于一身的形象"，成为那个时代的象征，而影片名字里"最后"两字，则暗合了作者对快速陨落的时代精神的喟然一叹。依稀记得，几年前我在网上一个论坛里初读这篇文字的时候，因为对20世纪80年代的意义缺乏足够深入的理解，尚不能清晰辨认那些打动我的光亮来自何处。此时捧书再读，我才得以确认，从80年代悠远深处穿透出来的时代精神的光芒，正是星星点点闪耀在聂尔文字中的光芒。

就在这篇文字里，聂尔透露出了他的个人理想，"成为大作家，如萨特一样拥有自己哲学思想的大作家，而不是随便哪种大作家。"其实，它还透露出了聂尔的写作观——思想高于一切。聂尔的所有书写几乎都遵从了这个理想。他写生活中所经历的人、事、物，其实只是把它们作为表达自己思想的承载物。周围环境，那些具体的事物，以及他个人身上所发生的一切，都被他以写作的眼光加以审视，最终在作品的语言内部得到安置，积聚为他个人精神结构的生动图像。

思想实际上是冒险。从智性出发，向着生活冒险。毫无疑问，聂尔是热衷于这种冒险的。他没有儿子，但他写了一篇《我的儿子》。一篇纯粹的空想之作。"养一个男孩，亲手喂养他，抚养他，看着他，让他在我的屋子里长高，长大……"他臆想中的儿子，在他的语词中快速成长，与他形成一种微妙而紧张的父子关系。他把自己与父亲的关系，"由对抗、恐惧、厌恶和逃避"组成的关系，移植到了他与臆想中的儿子之间。不过，与他自己不同的是，他的"儿子"最终"以他的野蛮和勇气，推倒墙壁，撞开门，像一支利剑从开端处射走……"这正是他的冒险之处，像诗歌一般的凌空高蹈。他将自己从未实现过的自由，赋予了一个他设想中的儿子。而他，只是在他从未冲出过的樊篱之中，在他早已惯常了的沉思冥想的生活中，找到了"幸福的感觉"。那个不曾有过的儿子，谁能说他没有存在过呢？聂尔的冒险，几乎使他触碰到了存在主义的命题。

他更多的时候，是把自己置于一种深深的乃至冷酷的观察、质疑之中，把自己定位于一个观察家、旁观者、局外人而存在。屋子里的一小片阳光，屋檐下聊天的妇女，一只手枪样式的打火机，黄昏的天空，误落阳台中的小鸟，他周遭世界的任何一个细节，一旦在他的凝视之下，便会闪现出与众不同的光芒来。仿佛因为他的凝视，它们才具有了存在的意义。于是，在他的凝视之中，在他以语言建立起来的监控之下，穿过竹帘照射进屋的一束光线，成为一个走不到屋外的孩子，努力采摘的梦想和幸福；剥麻的妇女在屋檐下聊天，成为众神欢乐的一个场景；一支用于打火机的手枪，一支失去了它的辉煌所指的手枪，只剩了它的名字本身的意义，一个偏正结构的单词；黄昏的天空，既是一个倒扣的锅底，又堪称最为简洁的艺术；一只落进阳台的鸟儿，它最终成功突围，重新飞向天空的时候，反观出了作为人的永恒的拘囿。事物不再是它本身，而是一个个等待聂尔用语词之剑破解的谜语。依然是在《最后一班地铁》中，聂尔写道："我则离开了大北街12号小楼，住进了一座苏式工字形建筑里，我住在工字下面一横的后半段上，也就是说我住到了一个彻头彻尾的角落里。"聂尔的大多数时间都是在那个角落里独处幽思，放任他的思维之流默默而湍急地穿越生命。他身边的，那些偶然交汇于生命的具体事物，在他的凝视中瞬间新生，成为闪耀着思索与抽象之美的文字，在时间中绵延永恒。

他的观察与思考是带有选择性的，是从已知的自我出发，对世界的探险。他凝神于某一事物或人物，是因为他在关注的对象中看到了与自己契合的东西。

童年是他凝视的重要对象之一。过去的生活以记忆为舞台，把事件之流变为戏剧性的场景。他并非想寻回童年，而是要理解童年：把童年压缩进一个空间，一个预兆未来的结构。《审讯》讲述了母亲的钱包失而复得的故事，具有小说一般的微妙氛围与细腻的心理嬗变，一个被误解的儿童在成人世界里的无助和无处辩说，使他以童年的眼睛看到了命运的诡秘及其网罗之下的无可逃脱。在《道路》《屋子里的阳光》《父亲坐在大椅子上》《屋檐下的谈话》《爆竹的记忆》《童年的冬天》等篇目里，聂尔以分析的方式叙述童年的经验，他所选择的记忆中的生活，只是被当作未来的预示而存在。他不断地重返童年，是为了对自我的确认。如他在《道路》中所言："这种计算使后来的我成为一个图谋反叛的阴郁的人，成为一个从不参与实际行动只在内心中构想阴谋的人，成为对中心的可憎而又渺小的边缘对比物。这大概就是童年给予我的最大的馈赠。"

父亲及其所代表的强权统治，在聂尔的眼中，仿佛卡夫卡的"城堡"之于K，仿佛巨石之于西绪弗斯，代表了一种永恒对立的意志。在他还不了解这个世界可能撒开巨手，控万物于股掌的童年时代，对立首先在他和父亲之间确立，因为父亲是他最先感知到的权力的象征。他在《道路》中写道："父亲是无可置疑的家中的王，公社里的王，我目光所及之处的最大最威严的王"，而他自己则是王的身边一个"微小、胆怯、敏感而又脆弱的灰尘一般的存在物"。他的成长就是一点一点地确认这种对立，并于对立中生发出力量来，进行永不停歇的反抗。这既是对自我的否定，也是对自我的建立。他说："如果没有我父亲那次的撕书，我对书的爱好可能不会延续得这么长久。""父亲撕了我的书，使我的阅读除了阅读本身的含义，更具有了一层象征的意义。"他于对立和反抗之中，幸运地获得了一条精神的出路。乃至成长之后，他与父亲之间单纯的对立，衍变成了与整个强权统治的对立。他的对面，是一双无所不能的黑暗中的手，他所有的恐惧、忧伤、软弱，甚至作为一只"小小的田鼠，隐秘地窜行于秋后的田垄"（《独坐秋风中》）的念头，都只为对抗而生。对抗和爱，几乎是一回事，都是人之所以为人的根本，是构造自己独立精神世界的基础。你真正要去书中寻找有关对抗的言辞的时候，它是不存在的，因为它是所有语言的出发之地。聂尔在《父亲已死》中说："父亲已死，也如不死的父亲一样，是生存的理由、根本和途径。"这也是整本书的最后一句话。它映照出了对抗与对抗的消解，其实正是人生的存在与虚无。

在强权面前，我们每个人都是弱者，除了犬儒般依附于它，就是在痛苦中隐忍或者斗争。但我们自己看不到斗争的场景，因为我们缺乏自我审视的能力。而聂尔，因为坚定地把自己定位于一个观察家、旁观者、局外人而存在，他的目光所掠之处，日常平静的生活显露出了惊心动魄的本质。书中的小姨父、姐姐、李荣昌、老G、小B、宋海智等一系列人物，都是处于社会边缘的弱势群体。他们在强权面前的困境，他们的无力、无奈、挣扎，唐·吉诃德式的战斗，或者彻底沉默，都在聂尔的叙述和分析中，得到了解释、说明和辩解。更重要的是，聂尔通过书写他们以及他们面临的困境，强调和再现了个体在困境中被遗忘的尊严，个人权利被剥夺的屈辱感情，以及个人自身的悖谬，他试图以此建立起对所有人的痛苦的同情和悲悯。这是闪耀在他文字中的另一种光芒。

他对人性的观察和探索，亦是犀利独到的。他剔除了所有概念化，甚至过滤掉了情感的因素，力图抵达真实。读他的《奶奶》《父亲之死》，往往会对他的视角的宽阔，他的冷静理性，感到难以置信。我还从没有见过有人能够如此冷静地写自己至亲的人，完全把他们置于宇宙之中，仿佛描写一颗彗星。他很少有失去理性意识的时候，即使在写《瘸子的自尊心》这样与自己有着切肤之痛的文字时，他也任思维的刀子在自己身上做切割试验。在我看来，他的冷静几乎达到了冷酷。为了真理，自我是没有什么不可以嘲笑的。他将自己及周围的一切都交付给语言的收割机，他的思想则自由穿行在语言的内部，将所有的幽暗带到光亮之中。

他蜗居在他从不走出的角落里，坚定地拒绝现实的琐碎，高高地飞翔在生活的远处，或者隐匿在永不停歇的时光之河。那些他沉思冥想的对象，是引起他恣意幻想的刺激物。而他自己则处于一个清晰可辨的、坚硬的内核之中，坚持着确定无疑的立场，显出他一以贯之的固执和不屈不挠。

他的书写，是一种理想主义的书写，一种静默的、自由的、智性的书写，于朴实中创造着一个个不可逾越的深度。在时间的任何一个点去阅读他的文字，你都会被从更深处穿透出来的光温柔击中。那是一种温润的光，一种迷人的、永恒的引领。

在黑暗中隐约看见

——读朵渔随笔集《我悲哀地望着我们这一代人》

以赛亚·伯林在《未完的对话》中写信给贝阿塔："我认为我持有某种立场，我想，你是完全把握住了这个立场的。"我在阅读朵渔随笔集《我悲哀地望着我们这一代人》的过程中，时时被渗透在文字中的某种立场所打动，它清晰，坚定，光一样行走在词语之上。我感受着那种立场给予文字的底气和自信，也享受着被遮蔽着的心灵不断被打开的快乐，一些模糊的自我意识因为获得一种信念和拯救的力量而得以确立。

1

"1825年冬天的一个清晨，少年赫尔岑在父亲的书房门前听到一个令他震惊不已的消息……"朵渔的叙述同一个新的时代一起开始，这个即将到来的时代，是俄罗斯最黑暗的时代，尼古拉一世统治下的 "三十年代"，也是被别林斯基称为天才诗人的莱蒙托夫成长的年代。那个特殊年代"权衡利弊平庸乏味的市侩习气，老气横秋自甘沉沦的犬儒主义"，像有毒的空气一样毒害着青年们的心灵。而年轻的莱蒙托夫，"凭借他那天才的抒情才华，凭借他良善的生命本能和道德热情"，追求的是"做一个行动主义者，一个殉道者，一个将诗篇奉献给生活和时代的诗人，一个世俗教士般传播福音的人"。作为青年时代一起在二十世纪90年代成长起来的同龄人，我能理解这样的莱蒙托夫对于朵渔意味着什么，或者说，对于"我们这一代人"意味着什么。在我们不甘遮蔽自我启蒙的道路上，莱蒙托夫无疑是那颗最给人以方位感的启明星。"我悲哀地望着我们这一代人!/那前途不是黯淡就是缥缈"，朵渔说，他每每读起这首诗，心中便泛起万千波澜。我想掀动那万千波澜最源头的力量，应该是诗人与那个特殊时代的关系，也是朵渔为自己的写作建立坐标系的起点。

　　如果说，27岁就在一场决斗中身亡的莱蒙托夫，只为他的时代留下了月亮般晶莹却一闪而逝的光芒，身患肺疾、脸色苍白的别林斯基，却凭着他"坚毅的性格、诚正不阿的品格、知行合一的人生理想"，成为一个时代的"萨伏那洛拉"，他以七篇雄文奠定了普希金"民族大诗人"的地位，他被陀思妥耶夫斯基视作恩人，他与屠格涅夫是莫逆之交，他将果戈理捧上天又以一封著名的公开信对他愤怒批评。朵渔以别林斯基和他的时代为核心，梳理了19世纪俄国知识界的派别，他们有激烈的论争，也有深情的友谊，自由、独立的精神底座使他们"始终是社会的良心，是一个命运共同体"。在这里，朵渔将俄国知识阶层与时代的关系落脚到"共同体"这个词上，与他目前主持的"共同体"出版工作室暗合，应该包含有他对于当下知识阶层群体拥有共同精神基础的希望。

　　"别林斯基的去世，标志着一个时代的结束"，20世纪的俄国社会进入一段更为黑暗的时期。朵渔以曼德尔施塔姆、帕斯捷尔纳克、布罗茨基为例，探究了诗人在黑暗时代里存在的独特性和意义，他们与国家的关系，以及在此关系的推进中建立起来的诗学信仰。这几篇文字，让我们看到作为诗人的朵渔对于诗的极其敏感性，和对于诗人的洞察力，无论是翱翔于灵魂的高处，还是潜行于思想的深处，他都像一支箭一般自由，轻灵，准确，有力。他用极具穿透力与本质性的语言，为我们描绘了"天外陨石般陨落人间"的曼德尔施塔姆，"不能接受被驱逐命运的真正的爱国者"帕斯捷尔纳克，"俄罗斯诗歌的太阳"布罗茨基，他们交错的人生轨迹，彼此的传承与纷争，各自独立又休戚与共的命运，贯通了俄国黄金时代到白银时代的精神脉络，让我们看清了黑暗天空中每一颗星星独特的光芒，以及它们与诗歌的互为意义。

朵渔将诗人置于历史的大命运中，置于祖国的大风大浪中，探寻他们的思想轨迹、道德规范以及个人命运，既呈现了诗歌与时代的关系，诗歌即时代的道德；也呈现了诗歌与诗人的关系，诗歌即诗人的人生。他适时地将自己的诗歌理念穿插于叙述当中，使得叙述不止于叙述，而具有了批判性。阐释曼德尔施塔姆时，他联想到我们的"先锋崇拜"，他说"先锋不是一拥而上，先锋是小道，是少数人的寂寞事业"；"不要为先锋提前戴上桂冠，先锋面临的最大可能其实是失败，先锋为我们积累了尸体和经验"。谈到艺术的意义问题时，他说"无目的并非无意义，艺术的自律与艺术向各种可能性的敞开之间并非完全对立的，而是处于一种辩证的张力关系中"。他对于诗歌对苦难的承受持有清晰的态度："面对深渊般的苦难，面对挤迫我们的荒诞、虚无和无意义时，诗人必须对世界（世俗的和属灵的世界）抱持一种基本的信赖，建立一种敞开的、具有内在超越性的、面向人类幸福图景的信仰诗学"。他使用了"必须"二字，表达了一种决然的信念，诗歌不是简单地将我们带向远方的轻盈之物，而是一条扎根于现实世界与灵魂世界深处建立信念并最终通往拯救的道路。朵渔以自己的诗观阐释和解读那些伟大的诗人们时，仿佛也在借助诗人们印证自己，借助诗人的时代反观当下的时代。

朵渔对俄国诗人们如此深耕细掘，大概是因为俄国与我们走过道路的同一性。看清历史，才能够更好地进入当下。在俄国诗歌与现实的传统中，诗歌是诗人们在黑暗时代的理想主义，也是他们的存在方式，诗人们真诚地热爱着或者说创造着他们在现实中颠沛流亡的命运。他们是真正喜欢梦想的人，既可以以诗为马尽情地去爱，也可以循之从容赴死。诗歌给予他们庇护，带给他们苦难的幸福，当历史成为革命后的一片废墟，诗歌却成为那个国家最好的东西。

作为俄国诗人这个整体的延伸，第一辑的后半部分，朵渔选取了杰克·吉尔伯特、奥登、尼采和米沃什四位诗人，试图完整呈现出现代诗歌走过的道路。他像一位农人翻地一样认真地挖掘每一首诗歌生长的土壤，试图找到那些冲动的源头，理清诗歌与爱、思想、语言、哲学之间幽暗的纠缠。他耐心地探究着一首诗歌是如何产生的，那些诗人自己都无法控制的、在诗歌诞生之前已经行走在了诗人的内心、独属于每一首诗的韵律与节奏，揭示了诗歌的天赋与诗人的宿命。他也许是以这样的方式，在向每一位诗人致敬。每一位诗人无可模仿的独创性，都是建设我们灵魂世界的营养。正如他在一首诗中所写："一个人，要吞下多少光明，才会变得美好起来？/我拉起你的手——我们不被祝福，但有天使在歌唱。"

2

"在对诗歌的探险中，越是接近光源，越有一种临渊的眩晕。而伟大的诗人是不顾自我的，总是将自己置于一个开放的、危险的境地。"（朵渔《诗歌的光源及我们的现状》）对于诗歌，朵渔似乎穷尽了自己的敞开，对可能的遮蔽和偏执保持警惕，不断地更新自己的观念，好让诗歌这个情人在内心永远鲜亮，永远立于拯救的高处，葆有它的永恒性。在《诗歌的光源及我们的现状》一辑中，他变换着时空为诗歌命名，在各种清晰、含糊、不确定、绝对的命名过程中，他不断地建立，打破，再建着自己的诗观。他以一种辨析的方式，一边提问，一边作答，刚刚表达完一个思想，新的疑问陡然而生；刚刚回答了"古人对诗歌的认识与志相关"，下一个问题就是"是不是所有言志的东西都可称为诗"。因为任何一种言说，都可能是腹背受敌的。在这样的辨析中，诗歌思想的变化和演进像一枚自然生长出的叶片一般脉络毕现，让我们一步步接近了那个光源的中心。

他的辨析不只是自我辨析，他还要随时跳进某个时代与古人对话。阐释柏拉图对诗人的驱逐与批判时，他忍不住要和老先生理论一番。作为晚辈，他首先低调礼貌，认同老先生的"神赋论""在一定程度上是对的"，然后话锋一转，指出老先生"把这种'神赋论'夸大了，轻视了诗人的主体性、能动性和诗歌本身的手艺属性"。他步步深入，言辞灼灼，"关于诗人的'非理性''非道德',我也认为这是诗人的特权,而不是诗人的罪证。"显然,他是把诗歌作为追求真理的志业,才胆敢这样冒犯权威,不盲目依循。他的态度既冲谦又狂放,葆有着一个诗人堂皇的个性。

追本溯源是为了看清现状,他反身潜入历史的深处,是为了将目光看向更久远的未来。丰厚的知识体系,为他建立起了世界的历史的眼光。在阐释几位当代诗人和艺术家(韩东、于坚、西川、吕德安、萧沉、赵潭)的文字中,他几乎是将当代汉语诗歌(或现代艺术)看作一种革命的工具,饱含复杂的深情解析了它们及其创作者对传统的颠覆与重建,为我们呈现了诗歌在现代转型历程中的生态。韩东的"诗到语言为止",于坚的"先锋也可以是后退",西川的"反讽主义"和"与读者对斥共舞",吕德安"素朴而感伤的灰",无论诗人的意识、观念如何变化,无论作品的风格如何特立独行,使诗歌和艺术立于高地的,永远是批判性与实验性的现代主义精神,它是潜藏于作品内部的灵魂,也是诗歌介入现实的一种积极的姿态。

朵渔给予了他的诗人同行们最大的理解,他不乏专业的评判眼光,让我们看到了诗人在诗歌这种纯属个人想象的艺术形态中获得的自我认知与自我解放,以及他们对当代汉语诗歌整体发展的独有贡献。他的评判,不是从词语、意象直接衍生出来的解读,而是追溯性的。为什么是这样的语言、风格?他从诗人所经验到的或命运赋予他们的东西中,挖掘着诗歌观念的生长土壤,比如于坚的"性情中的浪漫主义和他文化心态上的古典主义的有效中和",西川的"命运对他个人发出的咄咄逼人的挑战"。他精准又富有节奏的语言,有着突破时空的凌厉,让读者随时坠入一种滑翔的快感。他有时突如其来的一笔，又仿佛带有神性，让人肃然起敬。"面对画布那种浩瀚的无命运的空，甫一落笔，某种宿命就被唤醒了。犹疑，在于对自我霸权的取消，谦卑。"这是他写吕德安的句子，让人过目难忘。仿佛不只是在写一个画家，而是写出了一个人与茫茫宇宙的关系。

第二辑的这些诗学随笔中，朵渔以一种浩然的时空观，写出了诗歌在当下现实中的生存状态，是对当代诗歌精神性的探索，也是对它本来的清澄气象的还原。在媒体对诗歌与诗人现象式的简单炒作，致使大众对诗歌普遍误读的当下，朵渔的诗学随笔是深切的关照，也是积极的引领。

3

朵渔曾在一个访谈中说："我自己的定位就是民间知识分子写作。"这部随笔集的第三辑，告诉了我他所谓的民间在哪里。

好像是萨特说过，写作者面临着两种现实，一种现实是词语本身，另一种现实是他将要赋予词语的意义。我的理解是，词语的现实，是写作者的手艺问题，如何弄好每一个句子，将每一个词语妥帖安放好，让作为符号的词语在某种秩序中诞生出一个虚构的世界；意义的现实，是写作者的立场问题，也是写作的伦理承担。显然，朵渔为自己的写作确立的后一种现实，便是他所谓的民间。作为民间知识分子，就是要让沉默的民间发出声音，将民间以文字的形式赋予意义，而意义一旦形成，便会以光亮的形式反过来照亮民间。

在朵渔看来，民间便是此在的现实，是在晚间跑步时遇到城市里的拾荒者，是在露天停车场发现车子被人划了一道，是出门碰到两个老太太聊着热门话题，是在地铁站看到一个哭泣的姑娘……作为诗人与作家的朵渔，自己显然也是民间的一分子，他与民间被一种亲切的关系连接着。但他又仿佛可以轻盈地抽身而出，将民间景象留在他熟练切换的长镜头或者定格中，让它们在一种内在的视角审视之下而拥有美学意义和道德意义。在《垃圾人生》中，他既给了拾荒"是从贫穷里总结出来的生活哲学"这样形而上的定义，又看到了拾荒者一家"互为希望，互为依靠，互相离不开对方"的世俗的幸福。在《痰迹人生》中，被人暗中划了一道的车子，以及从车窗里啐出一口浓痰的大爷，引发了他对中国传统"耻感文化"与基督教世界"罪感文化"的对比，让我们对传统文化失去传承之后的文化真空深感悲哀。《告诉我你想怎么死，我就知道你是什么人》中，两个老太太的日常聊天，让他对人之生死一番畅想，儒家文化的乐生哲学，西方人向死而生的观念，哪个是更伟大的智慧呢？而《一个姑娘在站台上哭泣》中，姑娘瞬间喷涌的眼泪，折射出了现代社会人与人彼此陌生又相互依靠的关系，情感的匮乏使简单如一滴眼泪或一个眼神都可以成为人生孤旅中的温暖安慰。民间的情感本身充满了张力，作家则要为这种紧张的情感找到精确的意象，通过语言呈现意象本来的面貌，透露出原本有情有义的天地万物景象。"眼泪"看似站台上不经意的偶得，实则是富有思想洞察力的作家对遮掩在芜杂生活表象之下的生命本质的敏锐捕捉。

在《爱和恨，全由你操纵》《家门口儿》《不觉闷》《各色》《骑驴》几篇文字中，朵渔以一种稍显活泼和黑色幽默的文字描写了日常的邻里关系、市民文化，让文字穿透日常生活既定而生硬的外表，呈现出了习以为常的日常状态的荒诞性。他对于荒诞性的呈现，不是一种单向的批判，而是让情节从人性本身和特定环境两个方向生出更深意味的讽刺。他写那些"各色"的人，"不觉闷"的事，"家门口儿"的熟人规则，不是从哲学的角度去阐释人的存在本身的荒诞，而是要揭示人性的幽暗与城市内部规则和文化生态互为依存的关系，实现文字对现实的介入，这也是他作为民间知识分子的立场。

荒诞派剧作家出身的哈维尔，曾在身陷囹圄时说过一句话："信仰生活，也许。"民间对于朵渔而言，既是生活本身，又作为他思考的对象存在。《沉闷的空气中有惊雷的消息》一文，写的是去年发生在天津塘沽的那场惊人的爆炸事件，文章以一只来到露台上觅食的鹦鹉开始，那只鹦鹉"与我保持着一米的距离。这是一个逃脱的距离，也是一个信任与友好的距离。在这个距离上，我们相互报以奇妙的热情与警惕，无论如何，我们都是被惊恐养大的，它有凌厉的翅翼，有灵活的颈项和半秒钟的埋头，它能来到我的露台上觅食，那么，谢谢它……"这样对细节赋予象征性的动人描写，体现了朵渔作为一个思想者的品质。而将一个重要的事件与这样看似毫无关系的细节联系在一起，看似不可理解，实则揭示了城市的秘密和核心：在危机和不可预知的灾难面前，日常生活是人们最后的藏身之地，和自我保护的一种方式。这也许是朵渔对于生活的信仰。

朵渔以他深厚的美学素养和一种温和的悲悯，让民间的现实在他的文字中，实现了文化意义和精神层面上的拓展，而成为照亮那些黑暗角落的光束。

朵渔在他的一首诗中写道："那亮着灯光的地方/就是神的

村落"（《最后的黑暗》）。这部随笔集无疑是通往"那亮着灯光的地方"的一条道路。在这条道路上，我们可能依然要经历自身内部深渊与外部黑暗的双重跨越，但我们已然隐约看见光的存在。

不被觉察的病症

——读张暄小说集《病症》

张暄曾经和我说：你们女人就不要写作了吧，那些痛苦由我们男人来承担好了。在我看来，他玩笑似的一语，不经意道出了写作者的宿命，也表明了他的写作立场。怀着悲悯的情怀，认识到这个世界本质的悲剧性，更多地关注人类的痛苦，正是张暄写作的视角。

《病症》这部集子，收录了张暄近年来创作的十三篇中短篇小说。只需浏览一下标题，《小保安》《洗脚女关婷》《贫困生》，即便是《孙部长》也只是描写一个乡党委组织部长，便可知张暄选择了怎样的小人物，来呈现他眼中的世界的状态。这让我想起村上春树在获得一个文学奖后演讲词中的一句话："我永远站在鸡蛋那方。"张暄笔下的小人物，无疑都是这样的一枚鸡蛋，有着脆弱的外壳，以及脆弱外壳包裹着的卑微的灵魂。张暄用精微的笔触，通过对小人物吃喝拉撒，油盐柴米，"口福"和"肉欲"的细致刻画，呈现了一个彻底世俗化的世界，揭示出小人物的生存困境正是生活的真理，也是生活的悖论。《眼镜》中的林那，一个小公务员，为一段婚外情精心策划的浪漫之旅，却在一系列莫名其妙的变故中以尴尬和失败告终，这似乎在告诉我们，小人物是不配拥有梦想的，对于小人物而言，密不透风的现实仿佛一面冷酷的高墙，巍然屹立，无懈可击。《曾经》讲述的故事，更让我们对现实的丑陋唏嘘而叹，康彤在若干年后遇见初恋女友梅妮，怀着对一段美好情感在未来的诸般憧憬，结果却是在一番利用与被利用的怀疑中扭曲变异，直至因为逃避一顿饭的埋单而彻底土崩瓦解。小人物在世俗生活本身强大的逻辑面前几乎无能为力，失败透顶。这样的庸常生活，似乎是我们每个人都会遭遇的日常困境。而张暄将这样的一些故事集合起来，命名为"病症"，他的文字就不仅是对日常状态的呈现了，而是像一台B超扫描仪，所掠之处，惊现的是隐匿在小人物日常生活深处的病理结构。

张暄将自己深扎于日常生活的土壤，用与日常生活一样琐碎的笔触，在琐细生活中展现人物内心的冲突，貌似温和，实则残酷地揭示出那些看似微不足道的琐屑之物，正是引发病症的病菌。它们像空气一样包围着那些小人物，让他们无力抵挡，防不胜防，在不知不觉中侵入他们的身体，操纵他们的情绪、行为，甚至命运。《孙部长》中，乡党委组织委员孙强为了一个"孙部长"的称呼耿耿于怀绞尽脑汁，这个称呼以及它所象征的权力仿佛紧箍在孙强头上的一道咒语，成为他生活的主宰。《贫困生》中，"贫困生"的标签给少女田晓敏所带来的耻辱与纠结，仿佛一大片散不去的乌云，让田晓敏少女时代所有的美好都笼罩在它黑色的阴影之下。《眼镜》中的林那，为了解决庸常生活中的无聊问题，在生活中寻找冒险，但他的冒险，也只是不彻底的、试探性的，终将逃不出生活厚重的壳。张暄选取了这样的一个个琐屑之物，让它们承载小人物的人性之小。这些仿佛捡不起来的小事，这些仿佛每个人内心都会蠢蠢欲动的人性之小，读着读着，却发现它们共同构成了命运的荒诞性，才恍然意识到，它们并非小事。小事不小，事情要比你想象的复杂，这正是每一部小说都试图告诉我们的，也是小说永恒的真理。

很显然，张暄的小说是叙述性的，而非思考性的。推进小说叙述中产生力量的支点，是小人物存在处境的背景，即现实。所以他在描写人物的内心时，那些不可捉摸的冲动，转瞬即逝的感觉，零零碎碎的想法，几乎没有精神性的形而上的思考，完全是跟现实结合起来的。现实的问题，是小人物所有的问题。《刺青》中的小柯和顾娜，要解决的是一个临时工司机和一个服装商场的柜台销售员如何相爱相处的问题，他们的身份即他们存在的处境，也是问题的根源。《上下左右》写了一个基层政府机关加班整材料的故事，乡镇副书记乔桑，组织委员孔芳芳，党委办秘书小陈，经过半个晚上的周旋、推诿、博弈之后，加班整出了一份被取消了的无用的会议材料，推进小说叙述的现实就是机关这个特殊组织里的人际关系。《孩子生病时我们都做些什么》，写的是县医院收费员雷融与小学老师延慧的夫妻关系，他们积攒于日常生活中的小矛盾小冲突在孩子生病的短短的两天时间里集中爆发，夫妻之间的爱与斗争，在送礼的茶叶、送初恋情人的睡衣等现实背景的推波助澜中，构成了推进小说叙述的微妙整体。张暄在叙述中如此强调人物与现实背景的结合，似乎在说明小人物在现实世界中的无可奈何，小人物的行动与他的内心初衷关系不大，甚至是不可预知的、神秘的、超越于因果关系之上的。再来看《刺青》中的小柯，将顾娜的名字刻在手臂上，表明了他娶顾娜的决心和努力，但最终敌不过彼此基于现实背景的猜忌、积怨、争吵、伤害。我想张暄的小说所要表达的是，人的行为结果并没有绝对的主观心理成因，在沿着那条似乎无可更改的人生道路往前走的时候，人总是不经意就成了罪人，不经意就获得了救赎，不经意就成了自己的难题。

人类的一体性意味着，在任何地方，没有任何人可以逃避。因此，张暄笔下的小人物，即我们身边的芸芸众生，乃至就是我们自己。正如张暄在关于《孩子生病时我们都做些什么》的创作谈中写道："雷融的烦恼是许多人的烦恼，他的愤懑是许多人的愤懑，他的突围和挣扎是许多人的突围和挣扎。他，就是'我们'。"小说所呈现的或许只是一个暧昧的、相对的世界，但每个人都能在这些故事中找到自己的一些碎片，那是人类共同的存在的处境。植根于现实的泥土，悲观主义者张暄所叙述的这些事件，都是现时的事件，它们所携带的"病症"，折射的应该也是时代的"病症"。但是作为"病症"，它们又太日常了，而不被我们觉察，唯有小说才能发现，这也是小说的存在理由。

小说存在的另一个理由是要永恒地照亮生活世界。那么张暄这些充满了悖论和绝望，并未给那些在生活中迷茫、挣扎、困顿的小人物指出任何出路的小说，其照亮世界的光芒又在哪里呢？"日头爬上天空，无心无肺，生活还得继续。"（《小保安》）"从富丽堂皇的酒店大厅出来，刺骨的寒风一下子把关婷裹挟。这个倨傲的女人，迎着呼呼的北风，往夜色深处走去。"（《洗脚女关婷》）我们看到的小说中的小人物，所处的时间既无开始，也无终止，所处的空间没有边界，未来永远不会终止。小说所给予人物的结局，只是一个没有明天的手势。但小说所给予读者的，是对这一切的命名——"病症"。这个看似有些断然的结论，仿佛一纸诊断书对我们的提醒，提醒我们对自身生活的反观，提醒我们将目光朝向自身内部那些幽暗的、未曾打通的东西，更好地与我们自己沟通，与我们自己身上人性的因素沟通，去获取人性中那些超越性的力量，从而更好地与这个看上去处处悖论的世界相沟通，也许一些"病症"就不至于成为不治之症了。从这一角度看，张暄作为作家，对于人类痛苦和困境的深刻而细致的体察，对于我们存在处境"病症"的诊断，正是"病症"这一系列小说照亮生活的光芒所在。

回归自然之道

——读刘广迎《解放自己》

《解放自己》的上架建议是励志类，但在我看来，它更像一部源于现实归于思想的哲学著作。之所以这样说，因为它不像通常意义上励志类图书那样简单直接地传授一些成功的方法，而是怀着一种博大的关怀和悲悯的情怀，在对现实世界及人类整体进行理性的反思之后，将自我作为起点，在智识层面构建了一条通往更加美好的"可能的生活"的道路。有专家在解读举世瞩目的中共十八届三中全会精神时，将"解放思想、解放生产力"作为新一轮改革发展的核心词语，《解放自己》的出版无意中也呼应了时代的需要。

我们一般习惯于从经济的角度谈经济，从政治的角度谈政治，从社会的角度谈社会，结果必然是头痛医头，脚痛医脚，难以让这个普遍联系的世界得到更为本质性的诊断和改进。《解放自己》的独特之处，在于打破了这个认识方法上的拘囿。作者刘广迎以哲学的思维，从现象、现实入手，以事物的本质和要义论述其中悖谬，让我们看到了人类乐此不疲、埋头创造的现实世界——"癌变"的地球、"疯"了的经济、丢"心"的文明、掉

"魂"的社会、忘"本"的政治，是多么的触目惊心。他善意地提醒深陷于现实中的人类，抬起头来，回望一下我们出发的原点，想一想我们为什么要出发，在对现实的反思中，看清我们是如何打着创造文明的旗号，却在有悖于文明的行动中一步步远离了文明，从而摒弃一切反文明的观念，重新回归常识。

诺贝尔看到他的发明被残酷和血腥地滥用后，痛心地预见到他的探索的最终结局，可能是通向终极的暴力和最终的毁灭，于是他奋力要发明一种控制，一种安全阀，他将这一理想体现于诺贝尔奖项的设置和定义中。虽然诺贝尔奖一年一度地将人类智慧与创造的光芒撒播向全世界，但人类社会依然不可避免地在创造性的善与破坏性的恶的并存中纠结前行。如同作者在书中所描绘的人类整体的状况——"人类发展了经济，却用财富来诱惑自己；人类创造了武器，却用武器毁灭自己；人类创造了思想，却用思想来束缚自己；人类发明了政治，却用政治来压迫自己"；以及人类个体的状况——"追求独立又害怕孤独、追求成功又失陷于成功、追求永恒又急功近利、追求享受又来不及享受……"人类就是这样在"一边创造、一边毁灭，一边发展自己、一边围困自己"中，陷入了"群体的困境"和"个体的困境"。

可能有人看到这样的论调，会认为作者对于现实世界以及现代人的状况过于悲观。实际上，作者下笔的着力之处，并非刻意地呈现今天这个令人沮丧的年代，也非奋力地批判人性沦丧的种种不堪，而是以渗透了中西方哲学思想的深刻笔触，以中西医结合的分析诊断方式，引领我们在目睹了那样多的灾难、不幸之后，经历了那样多的哀痛、悲伤之后，谈论了那样多的不公、不义之后，体会了那样多的矛盾、绝望之后，能够寻求到希望和力量所在，能够重新找到我们的起点和道路。

阿基米德说过"给我一个支点，我能转动地球"。那么，在当下，这个支点是什么呢？作者以书名"解放自己"给了我们一个答案，他说人类自身是"我们最大的危险"，也是我们"唯一的希望"。他以"让自我光明正大地出山"作为理想中"可能的生活"的开篇，将我们寻求支点的目光拉回到自我的内部。他引用《国际歌》的歌词"从来也没有什么救世主，也不靠神仙皇帝"，告诉我们那个支点正是我们自己，而非任何他人。

在作者看来，"可能的生活"建立在自我认知的基础上，"认识自我的本质，也就不会再走向自我的反面"，"对自己的无知认识得透彻深刻的人，才算得上智者"。作者将自我认知最本质地体现为"寻找一种自然的状态"，他说"自然是生命的真谛""愈自然愈自在"。由是，我们可以看出，作者提供的解放自己的道路，也即回归自然之道。

自然是什么？以老庄哲学为代表的中国传统哲学已为我们建立了系统的认知，尊重自然禀赋、遵循自然规律是其核心的思想。在中国卷帙浩繁的历史中，我们不难发现自然主义哲学在社会发展和人自身发展中的印迹，在以儒学为主流的文化中增添了奥妙无穷的美和深不可测的力量。而在今天这个越来越现代化的时代，这个快速发展的时代，自然之道被我们忽略了，生命最本质的需要被我们忘记了，我们被自身所创造的处境绑缚着，被越来越多的身外之物支配着，像诺贝尔所预见的那样，与这个高速运转的世界一起奔赴最终的毁灭。作者怀着一颗热爱生命的悲悯之心，像诺贝尔那样为这个世界寻找着一种控制和安全阀。他将自然之道，作为在这个灾难频发危机潜伏的混乱的时代，人们可以重建合理人生、重建和谐社会的一个最好的凭借。以此为指导，他提出了"诗意与悠闲的生活""自知与自主的人生""乐琴书以消忧""欣赏多样性""低头看得破""主动式休闲""适时离开舞台""放下才是成功"等观念，引导人们在协调、超越、智慧的自然之道上实现种种"可能的生活"。

解放自己，除了以自然之道建立人与自己的新型关系，还要建立"人与他人、与自然、与社会"的关系，认识到人只是自然万物中一个渺小的存在，必须与自然万物为一，并以此重新建立自己的伦理观，才能真正在发展中创造人的幸福。作者认为"自然文明才是最高形式的文明，人类文明不过是自然文明的一部分，是对自然文明的发现、发掘和发展"。因此，如何唤醒人们对自然万物的温暖的爱，用对普遍生命的热爱去主宰对自己生命的热爱，这是需要开辟的一条道路。尽管是艰难的，但是值得的。东方的老子说：道者，万物之奥。西方使徒约翰说：最终是道，道即人。东西方先哲们的"道"，都是自然之道。

《解放自己》作为一部思想性和悦读性相得益彰的著作，在作者充满理性和智性的论述之中，不乏感性的动人描写。他讲述自己看到一位老人在人流潮涌的火车站跌倒而无人搀扶的新闻时，心里由内向外阵阵发凉，甚至怀疑太阳是否还有力量温暖这个喧嚣的尘世；讲述自己观看美国大片《南极大冒险》中八只雪橇狗忠于职守、与人共舞、生死与共的故事时，禁不住一次次泪流满面。这都让我们深切感受到了一颗善感的心灵对人性沦丧的痛惜和对人类命运的关怀。他怀着一种崇高的情怀，以及于绝望中坚守的希望，在这样的故事中对比着人性与兽性的起点，以狗性的爱与善，对在更高层次上发展出人类的爱与善满怀信心与期望。

　　美国作家约翰·斯坦贝克在获得诺贝尔奖后的演讲中说：一个作家，若非满怀激情地相信人的可完善性，就不会献身于文学。一个思想者同样如是。因此尼采有一句精彩的话是："人是一件未完成的作品。"因此我们也相信，只要思想者存在，光的火焰不熄，理性的唤醒、思想的去魅、智识的完善，终会像水一样穿透坚硬的石。

他触摸到了万物之神

——玄武和他的《物书》

《物书》的第二篇便是《温小刀》。让我想起十多年前，我出差到太原，初见玄武，正是他的狗温小刀病重之时。这篇20页的长文，记录了他与那条狗最后相处的日子，也是最体现他真性情的一篇文字。我仿佛又看到当年的玄武，我们在他家楼下公园旁边的一个小饭店会面。正是暑夏之日，他顶着光头，着麻布中式大褂和短裤，黑亮的肤色有些耀眼。他正被病重的小刀折磨着，吃饭，谈话，都不在心上，浑身上下都是不安和焦灼。后来我见到了小刀，一条在病中清瘦无力的狗，在它凑近我身边向我表示亲热时，从小惧狗的我竟然第一次没有退避，还让它舔了我的手。玄武说它本来已经病得不能动了，但那天仿佛回光返照，居然能跟着我们，在公园草坪上歪歪斜斜地走。它其实是想奔跑，玄武伤心地说，它奔跑的身姿像一把刀一般锋利，所以叫它小刀。玄武沉浸在他的伤心中，像后来多次我们相见时一样，他总是沉浸在他热爱的事物中，他所有的倾诉、交谈，都源自他对所爱之物的深情。这些年来，他时时会这样去爱一些物事，那种用力过猛的爱和奋不顾身的投入，总是让我这样温和与孱弱之人有点担心，但这个男人，仿佛天生具备这种爱的激情和无畏的勇气，并且从不被这个无情冷酷的世界所磨灭。

小刀在他全力以赴救助15日后，依然走了，埋在公园我们散步时路过的树下。玄武在《温小刀》一文中写道："我找不到合适的理由说服自己，为什么要这样对待一只犬？我渐渐不大想了。也许仅仅因为它是与我有关的一个生命，一个完全仰仗和依靠我的生命。我做不到任由它生灭。我不能不全力以赴拽回它。"事实上，他这样全力以赴的爱，绝不只是对一个完全仰仗和依靠他的生命。《物书》中所写几十种动物，有的与他的生命有过交集，有的只是梦中之物，更多的是与我们日常相处的世间万物，但每一篇文字仿佛都是一次生死之爱的赴约。他的胸中似乎涌动着排山倒海般的激情，让汉字在他的笔下如滔滔洪水，席卷着每一种物性特有的节奏、色彩、品性、体温、天地时空。他真诚、毫无保留地书写着自己对物性的洞察与赞美，于是，鸟、豹子、狼、大象、马、孔雀……世间诸物都成为有故事的物，有个性的物；我们司空见惯的那个无声无息的物世界，也成为一个绝然不同的、斑斓、感性、有着英雄梦想、扬着精神旗帜的物世界。他是在文字中用了拽回小刀生命的力量，才把读者拽入这个一旦进入就会沉迷的物世界。

他在一首小诗中写道："我伸手于光中/像触摸到了万物之神。"读他的文字，仿佛看到一只手，被神捕捉，被神攫住，挥舞着只有神才通晓的美学原则摆布汉字的秩序，赋予万物性灵。不只这本写动物的《物书》，他的另一部著作《自然观察：一个人文主义者的笔记》，是一部更侧重于植物的文本，也具有这样的特点。无论动物、植物，他都带着对生命的敬畏去看待它们，带着真诚的情感去理解它们，因此他的文字中处处闪耀着理性与情怀相映的光芒，那是热爱生命的人对万物生生不息的礼敬。

玄武如此投入地书写动物与植物，写它们各自的秉性，它们与大自然的关系、与人类的关系，其最终指向是人类自身。"自然观察：一个人文主义者的笔记"中，"自然"与"人文"两个词似乎可以换一下，"人文观察：一个自然主义者的笔记"依然符合他的内在逻辑。他既是通过观察自然万物来反观人性，也是以一个自然主义者的哲学观来阐释万物。在他看来，人应当回归自然，与万物和谐相处。他的自然主义不仅仅体现在文本中，他甚至是一个自然主义的实践者。不记得是我到太原工作后的哪一年，他突然和我说，想卖了城中的公寓楼，在郊外的山上买一座院子。不久后又见到他，他居然已经如愿在太原的东山拥有了一个可以种花的院子。以后每次见他，如何买花种花养花便一度垄断了谈话的主题。他说，每年花季，他的院子里会盛开10万朵花。我想象不出那些玫瑰疯狂盛开的样子，只知道他是如何疯狂地爱花，像他热爱所有他爱过的事物一样，义无反顾，毫无保留。小刀去世之后，他又养过几条狗，现在的这只叫老虎，是一只猛烈的加纳利犬，照片上凶猛吓人，我想自己无论如何不敢向对小刀那样伸手给它舔。《物书》中，收录了他代老虎所作的小情歌，写了一次老虎染病痊愈的心痛经历。不知道他有着怎样强壮的内心，才能如此一再经历打击之后，仍然能够一爱成癖。

有时我想，他是把这些动物植物看作比自己弱小的物，怀着怜悯，去爱它们。他喜欢在朋友圈晒他的狗，他的花，他的叫臭蛋的小儿，这些都是弱小的，需要仰仗他的爱。但他的爱绝不仅仅限于这个院子里的事物，作为一个作家，他怀有更广大的关怀，他创立了"小众"微信公众号，"为时代立言"，推动文学建设。他爱弱小的品质，让他仍然是站在弱者的一边。他以这样介入式的努力，将物与物、物与人、人与人之间能够拥有更加美好生活的信念，予以一种情感与理性、公平与正义的美好秩序的建设中。在2017年的新年献辞中，他给"小众"这类新媒体的希望是："迅疾地推动人心的进步；波澜壮阔式地，激发世人对美好事物和美好秩序的向往，并促使人为此努力。"

作为朋友的玄武，他自称"洒家"，十分里透着三分仗义，三分激烈，三分固执，剩下的一分是在女性面前略带羞涩的柔情。熟悉他的朋友应有会意，不熟悉的可搜"小众"证之，此处不赘言。只说他送我的几样自然之物。还在太原工作期间，某次他看我博客知我情绪低落，便下山送我两朵叫"皇家胭脂"的玫瑰，是那年夏天最后的一批。在夜间，其香幽幽，给我一种宁静的幸福，疗治了入冬前的繁忙和抑郁。后来到了北京，他邮寄"玄酒"一瓶，自种鲜花泡制而成。其色沉，其味香，天下计五坛，如此珍贵，我尚不知适合与谁同杯。去年年底，他在朋友圈晒自种葫芦，个个饱满可爱，每只题一字，正好一首诗28字，择友送之，我索要"玉""复"两只放置案头，取"君子如玉""吾以观复"自勉。

收到《物书》碰巧在我的生日，算是一份意外的生日礼物。夹了玫瑰花瓣的毛边书，让人想起"猛虎细嗅蔷薇"的诗句。玄武这个自称洒家，把一条加纳利猛犬扛在肩头散步，在院子里种下10万朵玫瑰，只穿中式亚麻布衫的男人，对物、对美的执意的爱，真是太过分了。想起某晚众友小聚，餐毕散步，大雪初霁，天地茫茫，我说，好想在雪地里打个滚啊。话音未毕，便真的跌落雪中。玄武拉起我，笑说，你轻点，把雪压疼了。

一场浩大忧伤的雪

——读奥尔罕·帕慕克《雪》

　　仿佛是为了配合我完成对这本书的阅读，这个冬天的雪多过了以往任何一个冬天。窗外，一场一场的雪降临城市，从天空飘舞的晶莹洁白的晶体，到街头堆积，冰冻，化入污泥。窗内，美丽的雪花洒满书页，从书中的第一句话开始，漫天飞舞，无休无止，一直到最后一句。整个冬天，我在白天穿行在城市清冷的雪中，在夜晚穿行在帕慕克忧伤的笔调中。他忧伤哀婉又清晰睿智地解构着掩藏在雪的美丽和沉寂之下的世界的复杂性。一场纷纷扬扬的雪，既是一座城市的历史和现实，又是一个人的一生。

　　诗人卡在流亡德国十二年之后，回到故国土耳其，前往东北部的山城卡尔斯。作为记者，他要调查那里的少女因戴头巾而掀起自杀浪潮的原因，还有一个暗含在他心中的希望，是与昔日美丽的女友伊佩克重新联系。在卡的整个访问期间，一场狂暴的大雪封锁卡尔斯，这个山城由于漫天大雪而与世隔绝。

　　诗人虽然以记者的身份来到卡尔斯，但他对此目的似乎颇不以为然。他观察故土上发生的一切，更多的，是以一个诗人的眼光。从他坐上开往卡尔斯的长途客车开始，雪作为贯穿小说的一个巨大背景开始飘落。"雪的沉寂"，这是第一首诗的开始，也是诗人对卡尔斯最初的感受。"沉寂"是一个低调无声的词语，仿佛序幕拉开前的安静，让我们集中思对即将发生的故事满含期待。

因为涉及少女自杀、市长被杀、政变、宗教、爱情等重大主题，故事显得凝重而繁杂。但因为诗人审美的思维、普世的关怀、诗性的语言，故事的叙述又充满了美感、思辨性和精神性。而那场永不停止的大雪，更成为笼罩在故事之上的一层忧伤的面纱。如此多层次的编排，使得小说仿佛一出器乐丰富、歌唱充盈的歌剧，在对现实的审视、对精神的叩问、对爱情的解析、对信仰的怀疑、对政治的抨击中，来势汹汹，变化万端，且又动静结合，意味悠长。作者高超的技艺，更在于以如此密集的能量完成了这一切，你却看不到他的用力，你只是被他不动声色的贴近灵魂般的叙述吸引，感动，沉醉，仿佛大梦一场。

被大雪覆盖的贫穷而凄冷的卡尔斯，陷于传统与现代文明隔阂中无法自拔的同胞，文化冲突激流中迷茫无助的青年们，想奋力对抗政教合一国家却越走越远的世俗军队——帕穆克的创作雄心，是要从卡尔斯这个小城的现实中揭示土耳其的灵魂。各种政治组织和团体，信仰和世俗，在互相碰撞；民族主义者，军事主义者，恐怖主义者，全盘西化的凯末尔主义和宗教激进主义，互相冲突，一片混乱；各种政治和宗教观点高声喊叫，或企图扑灭对方。他把这个国家的所有难题，都浓缩在一个关于雪的寓意中，赋予了雪最丰富的文学含义。

雪，仿佛音乐剧中不断回旋往复的主题曲，出现在小说的每一个篇章。但它每一次的出现，都营造了不同的氛围和情绪。它有时美丽，有时丑陋，有时纯洁如天使，有时是一种罪恶，有时优雅飘落，有时暗藏恐惧，有时是甜蜜的希望，有时是冰冷的绝望。它既是理性的，又是感性的；既是现实的，又是虚幻的。作者从所有可能的角度对雪进行了解构，试图象征性地呈现一座城市古老历史与现代文明的冲突，一个诗人的内心理想和现实逻辑的冲突，使这部现实主义的著作具有了超现实主义的意义。

帕穆克是具有哲学思维的作家，他时不时地离开叙事和描写，开始思想表述，使小说具有了一种恒在于它所描写的事物深处的精神性。他在叙述那些错综复杂的政治、宗教事件，以及缓慢、忧伤又富有激情的爱情时，没有停留于生活的表层，而是渗透了他关于现实和历史、人性和艺术的思想。他以幻想、回忆、逻辑为三支交叉的轴线，构建了一片美丽且内涵丰富的雪花，作为诗人卡对于他所理解的整个现实世界和人生矛盾的概括。他的概括既充满了思辨、寓意和象征，具有抽象的观念；又富有色泽、温度和形态，具有印象的风格。他的思想不光结晶为一种穿越现实人生的坚硬力量，而且大量地液化为感觉、具体的欲望和冲动，以及流动的情愫、感情和想象。我想这是他以诗人作为主人公的妙处，因为只有诗性可以恰当地融合这种精神性和感性。

帕慕克在小说中以构建雪花的十八首诗歌，演绎了诗人卡的全部思想和情感，甚至他的一生。但他只写了那些诗歌生发的缘由，写了它们富有寓意的名字，以及它们在小城引起的轰动效果，却没有流露出一句具体的诗的内容。那部写满了诗的绿色笔记本最终随着卡的被谋杀而神秘失踪，更让我们有一种巨大的虚幻感。也许这正是作家要揭示的信仰和幸福的本质。它们如同丢失的诗歌一样，是神的暗喻。

　　作家从单个人物的角度，呈现和反思了忧郁又贫穷的卡尔斯人在追求自由和幸福的过程中的矛盾心理。身在政治漩涡中心而内心充满忧伤诗意的诗人卡，在诗歌、宗教、政治、爱情之间痛苦摇摆的穆赫塔尔以及美丽的伊佩克和卡迪菲姐妹，因为信仰和自尊意识而自杀的少女，在生活困境下采取极端方式的青年，所有的人物都是忧郁而哀伤的，他们在不断的自我否定和自我寻找中追求着缥缈在远处的幸福。文明的生长有它自身的逻辑，一个个原子般的个人，唯有在外部世界的冲突中葆有内心的和谐，才能寻找到属于自己的存在方式。

　　把爱情作为一种拯救和希望的诗人卡，结果是无能为力地看着美丽的爱人伊佩克远离了自己，在孤独、痛苦与徘徊中，最终因政治斗争而被谋杀。诗人的生命消逝了，然而，现实的矛盾和思想的困惑依然存在。新人生蛋糕店、新人生奶糖，这些充满希望的名字只是作家内心的渴望，是他对忧郁而贫穷的故乡的祝福。"铁路沿线的人家里呈黄色的灯光、看电视的破房间、从房顶上的矮烟囱里冒出来的袅袅炊烟，这一切在漫天飞舞的雪花中依稀可见"，作家对幸福的期待满含忧伤。

　　在我此刻写下我对《雪》的理解时，我所在的城市已经走出了多雪的冬天，一场若有若无的春雨正细碎地飘落在城市的街头，此前是一场沙尘暴刚刚来袭。穿行在季节变换中的人们，只是保持着自己惯常的淡漠表情行走在自己的现实里。当我路过他们身边时，当然不会有人觉察到，卡在那场浩大忧伤的雪中，留给我的忧郁而孤独的气息。

"为的是学做人"

——读《梁启超家书》

一百年前的中国人是什么模样，我们只能从历经时光侵蚀的老照片中得到些许不甚清晰的印象：长辫子，三寸金莲，长袍马褂，呆滞的神情和眼神。而其时一位父亲在给子女的信中这样称呼自己的孩子："宝贝""BABY""一大堆可爱的孩子们"。他常常在信中说"我爱你们，我想你们，想得厉害"，"我想我的思顺"。他有时会像一个浪漫主义的现代诗人在信中抒情："我晚上在院子里徘徊，对着月亮想你们，也在这里唱起来，你们听见没有？"有时又会像古典的婉约派，将内心寄托委婉地赋予一首格律严谨的词："坐久漏签催倦夜，归来长簟梦佳期，不因无益费相思。"

我在一百年后的今天读着这些信，心中仍时时被这位父亲的真性情感动着。中国人向来不善于坦露真情，即使在今天的父母子女之间，能够如此直白地表达感情的，恐怕也不多见。这位一百年前的父亲在子女面前，却毫不掩饰自己的情感。他在心力俱瘁、心绪恶极的苦闷之时，会提笔告诉孩子："吾每不适，则呼汝名。"他在因为自己的过错悔恨哀痛之时，也会说与孩子们："现在忍不住说了，说出来也像把自己的罪过减轻一点。"他在生日开心之时，则会按捺不住几乎要手舞足蹈般表达自己的快乐："我想作一首诗，唱唱这段故事……我写这封信，是要让你们知道我的快活顽皮样了。"

翻着书页，充满温情的方块字之间，我几乎可以看见这位父亲嬉笑哀乐的鲜活样子。他或絮叨，或明理，或寄情，或教导，周全地尽着一位父亲的责任。孩子们的学业，婚姻，事业经营，性格养成，无不在他的笔下得到关照。他将自己做人的理想，救扶国家的希望，统统融入对孩子们热烈的父爱之中。他除了以自己的真情，告诉孩子要做一个真性情的人，"你们须知爹爹是最富于情感的人，对于你们的感情，十二分热烈"。做"人"之根本的箴言，更像闪亮的珍珠般散落在信中点滴之处。

他教育孩子要在做学业之中学做人。他说，"思成所学太专门了，我愿意你乘毕业后一两年，分出点光阴多学些常识，尤其是文学和人文科学中之某部门，稍微多用点工夫。我怕你因所学太专门之故，把生活也弄成近于单调，太单调的生活容易厌倦，厌倦即为苦恼，乃至堕落之根源"，"学业内容之充实扩大，与生命内容之充实扩大成正比例"，"我国古来先哲教人做学问方法，最重优游涵饮，使自得之"，"我虽不愿你们学我泛滥无归的短处，但最少也想你们参采我那烂漫向荣的长处"。他做人真是做得洋洋洒洒，他拥有一颗多么丰富可爱的心灵。

他以我们今天看来老套的、笨的办法教孩子们做事。他多次引用孟子言"能与人规矩，不能使人巧"，向孩子强调规矩的重要，以及规矩与求巧的辩证。他说"规矩不过求巧的一种工具，然而终不能以此为教，以此为学者，正以能巧之人，习熟规矩后，乃愈益其巧耳，不能巧者，依着规矩可以无大过"。他说"求学问不是求文凭，总要把墙基越筑得厚越好"。他说"人生之旅历途甚长，所争决不在一年半月，万不可因此着急失望，招精神上之萎苶"。他教孩子们规矩、憨实地成长，与我们这个社会中蔓延的急功近利巧取功名的风气多么不同。

他教孩子们把吃苦作为人格品性的磨炼。他说"知足不辱，知止不殆，只要不至冻馁，在这种半清净半热闹的地方，带着孩子们读书最好，几个孙子叫他们尝尝寒素风味，实属有益"；"盼望你们在苦困危险中把人格磨炼出来"；"生当乱世，要吃得苦才能站得住，一个人在物质上的享用，只要能维持着生命就够了，至于快乐与否，全不是物质上可以支配"；"有志气的孩子，总应该往吃苦路上走"。他的孩子们在当时看来，既可称为"富二代"，也可称为"官二代"，他却不厌其烦地在信中教育孩子们吃苦，而不是让孩子们利用他手中的资源获利享受。并且，他对于吃苦的认识，并非传统文化中"吃得苦中苦，方为人上人"的功利性教导，而是将吃苦作为一种人格品性的磨炼，让我们看到了闪耀在他身上的一种人之为人的精神。

他在信中念念不忘、时刻提醒孩子们的还有一个词——国家。"毕业后回来替祖国服务，是人人共有的道德责任"；"努力把自己学问学够了回来，创造世界才是"；"国家生命、民族生命总是永久的，我们总是作为责任内的事，成效如何，自己能否看见，都不必管"；"我是最没有党见的人，只要有人能把中国弄好，我绝不惜和他表深厚的同情"。我不知道现在还有没有家长以这样的话教育孩子，不知道遍及中国各地不断壮大的裸官队伍在向他们海外子女的信中会说些什么。但我知道，有些词，似乎已经失去了它存在的语境。当它在一个不恰当的语境中被说出时，我们心中会有一种怀疑、虚无和距离感，仿佛它是一片暂时飘过我们唇齿间的云。因此，当我想赞美这位父亲的胸怀时，我心中同时充斥着对某种美好情怀不复存在的深深的喟叹和失落。

我被这位父亲的精神、人格、人生趣味深深吸引的这些日子，仿佛也是对一个过往时代的探寻。身处现世，读到"你们都深深知道全国人都在黑暗和艰难的境遇中，我当然也该如此，只有应该比别人加倍，因为我们平常比别人舒服加倍"的句子时，我的心会像阳光滑过的坚冰一样哗然感动。他让我知道，从来没有一个黄金时代，但是有的社会让金子般的心发出光亮，而有的社会让金子般的心备受摧残。

他说"你如果做不成一个人，知识却是越多越坏"，仿佛对一个即将来临的变坏的时代的预言。

我们今天步入任何一家图书商城，最吸引眼球的有利位置上，各种琳琅满目的畅销书，无不是在教我们各种成功之道，如何成为一个"好领导""好下属""好商人""优雅的女人""成功的男人"，说到底都是一种技术活，而怎样首先做一个人，一个有着人之为人的灵魂和精神的人，已经被这个社会遗忘。所以我们这个社会才会物欲横流，诚信缺失，假货当世，道德底线一再被突破，无论什么罪恶的事发生都不会让我们感到意外和惊讶，而只是加深我们的悲哀和绝望。在这个被毁坏了的社会，我们每个人都不再有安全感，内心时时担心着会随时发生更为可怕的事。因为我们在建立一个被物质主义奴役的纵情享乐的世界的同时，摧毁了一个"人"的世界。

"为的是学做人"。一百多年前，一位父亲目光如炬，温情如水，用狼毫小楷写下他对孩子们的希望。他同时豪情满怀其势汤汤地写下了另一篇著名的文字——《少年中国说》，对一个和孩子一样成长的国家寄予了同等的热爱与情怀。

他的思想，曾经像灯塔一般为一个时代照亮了前进的方向。一个世纪后的今天，它的光芒，是否还能穿透笼罩在我们头顶久散不去的雾霾，成为一缕可供我们遐想未来的光亮？

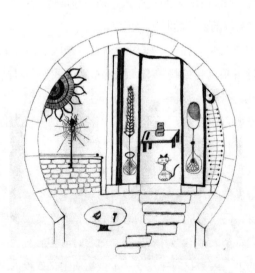

第三辑　观看

是什么让苦难被宽恕

——电影《归来》观感

电影《归来》极大地呈现了张艺谋删繁就简的本领。他成功略去了小说所要表现的极左政治错误带给一个知识分子家庭的种种非人的惨重经历，只剩下一个纯粹的浪漫爱情故事。因为特定的背景被有意淡化和隐藏，男女主人公之间的爱便失去了各种现实经历与心理嬗变复杂交织的沃土，情感的方向、过程、维度是单一的，所有的变化只是陆焉识为了唤醒冯婉瑜的意识在手段上的变化。故事在这单一的变化中直线向前推进，没有峰回路转，没有纠结思辨，冯婉瑜笃定地相信和等待着丈夫的归来，而归来的陆焉识平静地接受着过去永不归来、相见永不相识的现实。但这样的现实在张艺谋耐心而安静的镜头语言叙述中并不显得残酷，反而因为男女主人公虽然错位但执着相爱的温情，而实现了合理化。

这是张艺谋处理苦难的手法。让苦难得到宽恕，仿佛苦难不曾经历。小说《陆犯焉识》中陆焉识被打成"反革命"的经历，在监狱中漫长的非人生活，以及匪夷所思的逃亡经历，在电影中没有丝毫提及，使得陆焉识从狱中的归来，仿佛一次普通的远游归来，除了冯婉瑜的失忆症带给他的苦恼，他对自身命运在政治洪流中的痛苦变迁以及荒诞性毫无反思，他的生活中只剩了一件事，就是唤醒冯婉瑜的记忆。这样的故事多么像我们青春时期迷恋过的琼瑶阿姨驾轻就熟的爱情剧啊。张大导演以极简主义手法用民族苦难的宏大题材为我们炖制了一小碗精致的爱情故事。

张艺谋避重就轻的才能还体现在一个情节中。当陆焉识听到丹丹说"方师傅用锅铲打妈妈"时，他提着一把锅铲去讨说法，结果在"方师傅太太"的控诉声中无功而返。这是影片中唯一一个对曾经苦难的愤怒和复仇情节，但这样一个情节安排到陆焉识这个知识分子身上，显然显得低级、迂腐而可笑。将本来令人震撼的对一个荒诞时代的批判转化为对一个具体的"方师傅"的个人仇恨，张大导演让陆焉识知识分子的身份及其与那个时代的特定关系彻底瓦解。而从"方师傅太太"的控诉中，似乎可以得知"方师傅"已经得到了相应的惩罚，使得个人仇恨也仿佛一下子填平了。只此虚晃一枪，张大导演已将历史性的苦难轻巧地完全抹去。

这个情节让我想起韩国导演李沧东执导的影片《密阳》中的一个情节，女主人公失去丈夫之后，孩子又被绑架杀害，极度痛苦之中因为邻居的影响而投入上帝怀抱寻求拯救。按照上帝的旨意，她怀着一颗宽恕的心，去监狱宽恕那个杀害孩子的罪犯，没想到这位凶手本人也相信上帝，并且口口声声在说"上帝原谅了我"。女主人公立刻感到天崩地裂，不明白为什么在自己没有原谅他之前，上帝已经原谅了他。她开始怨恨上帝，重新坠入痛苦的深渊。想起这个情节，是因为它和"陆焉识寻方师傅复仇"有相似性，一个是怀着对苦难的宽恕，结果无以宽恕；一个是怀着对苦难的复仇，结果无以复仇。但李沧东和张艺谋的不同在于，《密阳》是向内的思考，它通过女主人公内心的撕裂以及对上帝的信仰、怀疑甚至挑衅，让我们看到了导演在拯救痛苦与探寻真理之路上的思辨，因此它是深邃的，它让存在更具有根基和力量。而《归来》是向外的，它通过陆焉识一心唤醒冯婉瑜记忆的外在的似是而非的行为表象，回避了对个人苦难命运的认知与反思，他貌似的平衡与平静，实际上是内心逻辑被消解之后的苍白与空洞，使得影片成为一个传统的集体无意识的遗迹。

将《归来》与《密阳》联系起来看，还有一个收获。《密阳》以一个开放式的结尾，没有明确指出孤身一人的女主人公解决痛苦的出路，留下了个人痛苦何以得到拯救的疑问；而《归来》却给了陆焉识和冯婉瑜一个相对比较理想的生活方式，两人相依相扶的镜头似乎在告诉我们，只要那个与我们的生命发生关系的人存在，一切就都可以被宽恕，生活的信念就可以得以建立。《密阳》是在对神的信仰上提出质询，《归来》是在对人的情感依赖上寻求出路，我们不难看出其思想和艺术品质的差异。

诗人朵渔说：我们的艺术远远配不上我们的苦难。因为我们的导演善于将自我反省的立场和价值观以及艺术所应该承载的人文精神作简单化的处理。若非陈道明和巩俐这两个老戏骨的出色演技，《归来》的艺术性就只剩下张艺谋对于镜头语言自如的表现力和控制力了。

走向权力之路

——电影《国王的演讲》观感

按说，拍一部有关宫廷的影片，不知要铺垫多少阴谋，蕴藏多少心机，挖掘多少陷阱，层层叠叠抖落多少人性的黑暗和负累，曲曲折折铺展多少权力的明争和暗斗；而英国的一部宫廷片，平静而富有张力的镜头里，则充溢了对勇气和责任的钦赞，权力和平等的思辨，爱情与自由的崇尚。

第83届奥斯卡获奖影片《国王的演讲》，向我们展现的正是这些光明、纯正、老派的价值观。它通过一个说话结巴的公爵接受语言矫正并走上王位的故事，让我们看到，尽显大牌国家气质的，正而是它拥有的内在的力量。

影片从约克公爵在电台的一次演讲直播开始。生性害羞、患有口吃的公爵面对话筒和一份演讲稿，仿佛面对一种羞辱和恐吓。他异常艰难地吞吐着一个个生硬的词语，仿佛那些词语是他吃在嘴里的一堆沙子，它们令他难受，他急于吐掉它们，但这何尝是一件易事。他令在场的所有人紧张，大臣们，工作人员，尤其是他的妻子。公爵夫人满眼的担忧和心疼，鼓励和希望，仿佛他是她的一个正在经历重大考验的孩子。

究竟是什么导致了王子的口吃？一般来说，口吃不是生理疾病，而是一种心理障碍。如果不探入他的内心，所有的治疗就都只是舍本逐末。在公爵夫人尚未找到真正的语言矫正师莱昂纳尔·罗格之前，约克公爵所经受的各种治疗，因为没有得到心理的沟通，在他的不配合和应付差事的态度下，像一幕幕喜剧一样显得滑稽可笑。

故事的转折从莱昂纳尔的出场开始。曾获1996年奥斯卡最佳男主角的杰弗里·拉什饰演的矫正师，在他的老旧寒碜的公寓里一露相，因为内心丰实而显出的华贵气质，以及他回答公爵夫人的第一句话"人能安贫就是富"，使那座破败的公寓显出了恰当的诗意。就是在这座简陋却充满想象力的治疗室里，矫正师以他的从容、尊严以及幽默，唤起了公爵平等待人乃至待己的感觉，唤醒了他人性中柔软自然的一面，借此唤回了他伸展自如的舌头。而贵为王子的公爵从怀疑、抵制，到屈尊、尝试，到最后的信任、敞开，建立起了攻克自身顽疾的信心，也建立起了王室成员和平民之间的平等友谊。这个过程是艰难的，也是光明的。在矫正师不卑不亢、宽容平和的引导下，公爵几经放弃、挣扎，最终从童年的屈辱记忆，因为内心懦弱而外在的强烈自尊，以及尊贵身份的束缚之下走了出来，也从口吃的阴影之中走了出来。本届影帝科林·费斯把这个因为身疾而极度自尊、生性懦弱却又刚愎自用、优柔温情又富有责任感的公爵的情感演绎得恰到好处。他的优雅风度、高贵气质，他的自尊和克制，都通过他口唇发声时的每一次微小颤抖，他的面部肌肉的神经性牵拉，表现得分寸恰好，细腻完美！

公爵夫人和两个孩子的爱，是整个治疗过程中的佐料。夫人对于治疗师的积极寻找，以及在每一次治疗中和公开演讲时的陪伴在场，都以她无比温柔的力量鼓励和坚定了他的信心。作为父亲给女儿讲故事的情节，温暖而轻松的家庭生活，无疑给了他内心的勇气，让他唤醒自己的骄傲，战胜自己的懦弱。这显然是个正常的温情脉脉的家庭，而有别于在我们的历史中，惯常看到的那些复杂的、人性扭曲的、痛楚纠结暗流涌动的宫廷生活。

那个著名的"不爱江山爱美人"的故事主人公温莎公爵，新登基不满一年的国王爱德华八世，以自由和爱情的名义，在第二次世界大战爆发的危难背景之下，将王位主动让给深忧国家、富有责任感和使命感的弟弟，是历史的选择也是历史的必然，使约克公爵成了乔治六世国王。比起我们历史上那些为了争夺王位父子相残、兄弟搏杀的血淋淋的故事，这个走向权力的故事显得过于浪漫，而有点不真实的感觉。

此时，那场载入史册的著名演讲要登场了。在严峻的战争形势面前，他作为一国之象征的国王，需要发表演讲来凝聚人心、鼓舞士气。他不能是一个懦弱的口吃的国王！事实上，在他获得国王的权力之前，在他矫治口吃的艰难过程中，在他面对矫正师敞开自己、放低自己时，他首先获得了真正的尊严和内心的力量。这使他可以真正担当起国王的权威。麦克风的两侧，国王和矫正师面对面站着。矫正师挥舞着手指，配合着呼吸的节奏，像指挥一个乐队一样，指挥着国王流畅地发出声音，那些词语铿锵有力、起伏有致地通过麦克风传向英国的每一个角落，令所有的听者动容，让临战的人们生发出一种对于国家的神圣感情。是的，声音拂过之时，他们脸上庄严的表情和生动的光辉，让我们知道了王者的权威与声音的力量。

　　九分钟讲演的意义，在于通往这九分钟的非凡的道路，这也是一条走向权力的道路。但它没有古老的黑暗，没有阴暗的权谋和杀戮，而是铺设了平等和友谊，勇气和责任，自由和爱情，温暖和信任。它是一条我们每个人内心都真正向往的，美好而光明的道路。我们在身边看到的更多的是因为付出了阴暗成本而谋取的权力，权力在使用过程中必然变为高高在上的自我尊崇以及补偿心理导致的报复式的贪婪与掠夺，而通往九分钟演讲的道路，则使我们相信，因为懂得放低自己，懂得平等，懂得爱，权力也必然会成为一条通往民间的道路。

　　影片故事来自于历史真实。乔治六世就是伊丽莎白女王的父亲，他后来于1952年因脑血栓在睡梦中去世。也就是说，这条道路是一条真实的存在，而不是影片给我们制造的一个虚幻。

不搞笑不电影

——电影《港囧》和《夏洛特烦恼》观感

　　我是在一个叫格瓦拉的网站购买的电影票。这个网站特贴心，电影开始前发短信提醒你高峰期要提前到电影院取票，电影结束后提醒你回复数字发表评论。关于《港囧》的评论问题是：笑哭几次？关于《夏洛特烦恼》的评论问题是：笑出几次腹肌？我突然明白，笑，是现在评价电影的唯一指标。笑的次数越多，电影的精彩指数越高，当然，据统计，票房也与此正比飙升。

　　这两部电影的观影过程，的确是笑声不断。那些笑声在黑暗的电影院里明亮地响起时，仿佛有些失控，在我听来，感觉怪异。孩子在我身边，几次都哈哈大笑，旁若无人，我不得不提醒她小声点。而她却不解地问我，你怎么不笑？

　　那些夸张的小品式的表演，精心设计的包袱，目的很明显，就是为了博取观众一笑。而配合的观众，到此时便应该默契地会心一笑，不，是开怀一笑。笑一笑，十年少。为什么不笑呢？况且人家如此出力卖命地博你笑，逗你乐。所以，笑，才是电影消费的直接商品，而所谓价值观，审美，艺术，不过是买一赠一的那个赠品。

　　《港囧》和《夏洛特烦恼》虽然采取了不同的叙事，但表达的却是同一个主题，一个男人在初恋和婚姻的错位、梦想和现实的分裂中，也就是所谓的"囧"和"烦恼"中，幡然醒悟，最终回归婚姻、安于现实的主流价值观。不同之处在于，《港囧》中，男主人公与初恋情人总是差一点未能实现的吻，使影片带有了宿命的色彩。爱情是梦想，婚姻是宿命。男主人公在经历种种风波之后，与初恋情人重逢之时，却也是正式分手之时。初恋童话虽然破灭，男主人公却获得了妻子为自己在法国购买的昂贵画室，使得曾经放弃画家梦想身为内衣设计师的男主人公重新拥有了梦想的可能。显然是一个男导演为男人设计的大圆满结局，爱情，婚姻，事业，梦想，最终一举握在男主人公掌中，简直是文艺男成功的典范。但这样的结局，使得影片着力要表达的生活的囧，被命运的翻云覆雨手轻轻化解，而成为真正的被设计的搞笑的噱头。昆德拉曾说"小说应该毁掉确定性"，电影同样也是。"囧"本来可以作为生活的常态，留给观众一道无解的意味深长的难题，但这个大圆满结局让观众停止了对生活的思考，留在了被搞笑的快乐中。

　　《夏洛特烦恼》讲述了一个人到中年一事无成的落魄男，在一次醉梦中，梦回青春，过了一把英雄瘾的故事，颇有点类似古代的黄粱一梦。醉梦给予男主人公的启示是，英雄也有英雄的烦恼，小人物也有小人物的真情，所以不如放弃不切实际的英雄梦，安于自己小人物的现实。而男主人公梦醒之后，不分场合粘在妻子身上的形象，可以理解为对现实的紧紧拥抱。这样概述似乎简单了点，但就是这么简单。尤其影片的结尾，简单得让人有才华不足草草了事之感。当然你可以说，影片植入了诸如青春、爱情、时尚、摇滚等等古典的和现代的元素，具有对过去时代的感伤和追怀，以及对浮华虚无的现代的批判和反讽，但当它们仅仅停留在元素的层面，便依然只是搞笑的噱头。

消费主义时代的电影，全民娱乐时代的电影，搞笑才是王道，搞笑才是票房。不搞笑不电影。生活在"囧"和"烦恼"中的人们，观看着荧幕上别人的"囧"和"烦恼"，或许真的会得到一些快乐。毕竟，快乐才是最重要的。

一场场捧腹大笑，一次次刷新的票房纪录。人前人后，都是快乐的表情。什么价值虚无主义，什么严肃认真的理性精神，且让路，让我开心笑一回，让我一次笑个够。

黑白盛开

——电影《黑天鹅》观感

打破传统舞剧的做法，达伦·阿伦诺夫斯基在他执导的影片《黑天鹅》中，由一个舞蹈演员同时饰演黑天鹅与白天鹅，于是我们看到了一个演员为创造一个完美的艺术形象而经历的灵与肉的分裂与重生。影片将心理、幻想、超现实等元素精妙地糅合于剧情，在堪称经典的背景音乐完美的起承转合配合之下，主演娜塔丽·波特以一个个精湛准确的动作和表情，完全将自己投入到了两个角色内心和情感的冲突之中，让观众在充满张力和幻象感的镜头中，看到了盛开在每个人体内的那朵黑白妖娆的恶之花。

性与艺术

影片中，妮娜的性意识的发展显然是她对饰演角色的理解和表达不断深入的缘由。

当妮娜在门外紧张地等待托马斯对她命运的裁判时，她拆散了一丝不苟的发髻（发髻象征禁欲与自律），对唇上鲜红的胭脂膏子还不大习惯，不由自主地抬手去擦拭。此刻她心中是矛盾的：为了得到梦寐以求的角色，她不得不打算启用长久以来忽略的、性别的魅力，做最后一搏——她其实早知道自己是美的，只是始终不屑于张扬和运用，这仍是某些女孩子在性别差异萌发时的心理：努力勒紧肿胀的胸部，为性征感到羞耻。当她面对托马斯时，随时准备哭出来的急促气息，目光中含有的焦虑，慌乱的躲闪，让我们仍然可以看到她内心的羞耻。她始终不敢亮出自己最原始的武器，将自己作为一个美丽优雅具有性别魅力的女人呈现在托马斯面前。

托马斯扳过她细巧的下巴，恶狠狠地吻了她。这个举动，会引人误解托马斯是个想把妮娜潜规则的上司。但事实并非如此。托马斯只是看出这个女孩如浑金璞玉，一方面是通过这个动作观察妮娜的反应，看她天性是否可造之才，另一方面希望通过爱欲的打磨，令她升华到更高境界。

所有艺术最高形式的魅力，其实都是模拟性快感。因此，不懂得爱与性爱的艺术家，永远无法到达最高境界。托马斯非常明确自己要做的，就是让这个对性事懵懂未开的女孩子去捉摸、领略那个神秘园中果实的异香与甜美，然后才可能在舞台上模拟一二，引领观者沉浸入相似的妙境。托马斯的理解是：舞者要散发出性的魅惑，要让观众爱上你。

他亲自与妮娜共舞，用手掌娴熟地抚摸她，成功地唤起她的迷狂。背景弦乐逐渐加强，危险而充满诱惑，黝黯的练功房恍如亚当夏娃的园子，托马斯反复说"open your mouth"，妮娜逐渐情动，扬起手反抚住托马斯的头颈，与他唇舌交缠。这是她的性意识被彻底唤醒的关键时刻。

但就在妮娜的情欲如即将喷发的火山时，托马斯却推开了她。托马斯深谙艺术之道，一切艺术家都不应当是欲望的放纵者，而是要留住欲望，藏匿欲望，因欲望在内心深处的悸动而更深地理解艺术，让禁锢的欲望在艺术创作中自由流动，成为艺术作品的灵魂。他成功地开启了妮娜的情欲之河，让妮娜怀着一腔无处泻落的饱胀的情欲，从对黑天鹅角色的不胜把握做到了精妙演绎，不可实现的情欲帮助她实现了舞者的梦想。

这个男人如此用心良苦。在妮娜赢得山呼海啸般的掌声后，他轻声说："你听到了吗？他们爱你。"

黑与白

在传统中，黑与白，颜色的寓意是明显的。黑天鹅与白天鹅泾渭分明，黑天鹅是邪恶、诱惑、破坏性的象征，白天鹅是善良、圣洁、高贵的象征。

影片设定的难度是，打破传统"善恶二元论"的思维，将黑与白统一于一人身上，让饰演白天鹅的演员同时饰演黑天鹅。这无疑是一个挑战。它意味着要将一个人分裂为两个人。她既是白天鹅，也是黑天鹅。白天鹅的身上，活跃着黑天鹅的野心和力量；黑天鹅的心中，隐藏着白天鹅的柔软和脆弱。黑与白的纠结，善与恶的胶着，既是自然的，又是矛盾的，交织成演员所要突破的困境。

要理解舞台上的双重角色，必须在现实中体验双重生活。现实生活中的妮娜，本性与白天鹅相近，对白天鹅的诠释她几乎不用费力，自然本真的表演已经非常到位。令她陷入困顿的，是她本能地对黑天鹅的恶的排斥。从托马斯的办公室出来后，妮娜盘坐在墙角（她总是独个儿坐在墙角，这也是白天鹅的胆怯与软弱的表现），狠狠地将散发绑起，这意味着她后悔方才的"放荡"，要迅速回到令自己感到安全的、清心寡欲的壳子去。这个细节生动地呈现了她心中对白天鹅的依赖和对黑天鹅的拒绝。

但艺术的梦想让她毫无选择，那些呈现在黑天鹅身上的令她厌恶的东西，必须成为根植在她心中的原初的欲望，她才可能准确地将它们演绎出来。她必须慢慢地接近和体验黑天鹅的激情。在影片45分钟时，妮娜第一次在练习舞蹈时拆散了发髻，随着她身体的旋转，长发在空中飘散出曼妙曲线，寓意她内心的"黑天鹅"的风情初露。第50分钟时，妮娜躺在浴缸中自慰，镜头中她闭目呻唤的面孔，与旁边一只盒子上白天鹅的图形相叠互映，妮娜甚至向白天鹅抛去一个妩媚的眼风，此时，她内心的"黑天鹅"已经破壳欲出。及至后来，她臆想出来的自己与莉莉在床上以同性方式欢好，她看见导演与别的女孩翻云覆雨，最后她在化妆室杀掉作为假想敌人的莉莉，影片以幻觉的形式表现了欲望与恶的力量在妮娜身上的成长。

白色妮娜一步步接近她内心的黑色妮娜，直到最终在舞台上完成对黑天鹅的激情演绎，黑色的羽毛覆盖她的全身，让我们看到了恶对善的侵占、黑对白的覆盖，看到了人性向深渊堕入的令人欢愉又惊恐的过程。影片的力度在于在善恶之间维持了一种平衡。因为真正的光彩不是黑天鹅，而是妮娜在跳完黑天鹅之后，更加完美地演绎了白天鹅这个角色。没有这只黑天鹅作为前提和条件，白天鹅可能是残缺、苍白、缺乏深度的。

正是因为深入到了黑天鹅的邪恶与激情，才促成与释放了白天鹅完美与完整的善。善恶原本一体，恶是善不可或缺的伴侣，正如日月轮回交替，天地共存于混沌之中。

导演阿伦诺夫斯基用他精心设计的魔幻镜头，以及他高超的叙事能力，试图告诉我们的是，那些恶的因素，不只是消极、无能和破坏性的力量，也可能是创造性的源泉，是黑格尔曾断言的"推动历史前进的动力"。

爱与自由

影片中的母亲对妮娜的爱，与其说是爱，不如说是一种控制欲。

曾经以舞蹈为梦想的母亲，在自己的舞蹈生涯因女儿的降临而不得不终止之后，只好将自己的梦想嫁与女儿妮娜。她严苛地控制着女儿的生活，一切为了舞蹈，任何有可能影响到舞蹈的行为，都是不允许的。尤其是由于怀上私生女断送舞蹈生涯的母亲，无法原谅由于性冲动所带来的后果，认为肉欲和性爱是毁灭性的，而成为一个禁欲主义者。于是我们看到一个二十多岁的女孩房间中依旧保持着少女时期的模样，妮娜永远只穿象征纯洁与童真的粉红色和白色的外衣，一切有关"性"的蛛丝马迹都不能出现在妮娜的生活中。

在母爱严格的控制下，妮娜的成长实际上处于一种压抑状态。这种被压抑的力量，在妮娜的内心表现上，就是在精神上对自我的戕害。为了不违抗母亲，她在镜像中自我惩罚。背上抓伤的伤口、断裂的指甲片、幻觉中的黑色羽毛要刺破皮肤冲出身体……这些都是精神伤口。这些以幻觉呈现出来的行为，实际上是妮娜心理的反映。整个压抑的状态在妮娜外在形体上的表现，则是一种坚硬的抵触性。舞蹈队休息时，妮娜永远都是一个人形单影只地坐在一个角落，远离队友，孤独又封闭。在自己的公司里，没有一位闺蜜或者同伴；在工作之外的生活，除了母亲之外没有一个朋友。作为一个舞蹈演员，她的"肌肉"不是柔软而灵动的，而是像石头般坚硬和抵抗。她的每一个舞蹈动作都来自于精准而严苛的"克制"，而非体内蠢蠢欲动的"激情"。她美得令人震惊，却缺乏让人产生激情的魅力。

黑天鹅的力量在妮娜身上的生发和成长，其中一部分是对母亲的反抗（另一部分是对假想敌莉莉的斗争）。从突破母亲对她严格要求的性的禁忌开始，反抗首先是一种自我愧疚的挣扎。自慰时看到母亲出现在卧室的椅子上，应该是她意识到自己的放纵是对母亲的叛逆。她去酒吧玩到很晚回家，以至于第二天迟到并且错过重要排练，也是对一个看重女儿职业的母亲的打击。

在黑天鹅的力量与母爱的对抗中，妮娜自身生命的激情与自由逐渐苏醒，她内在的、深处的自我逐渐成形，她重新找回了自己，完成了真正的蜕变，她的舞蹈也才成为了活的生命。当母亲大喊："You're not my Nina again！"此际的妮娜确已不再是母亲的女儿，不再是她的"sweet girl"。她真正成了自己，归属于自己，并且将她所体验到的自身生命的挣扎与悸动，她所有在停滞的休眠期里积蓄的力量，赋予了她的角色，为她捧得了最最耀眼的天鹅皇后的桂冠。

这本来就是母亲的梦想，但母亲差点以她严苛的母爱，扼杀了女儿的舞蹈生命和自己的梦想。阿伦诺夫斯基以那个永远一身黑衣、诡异的没有几句对白的母亲的存在，表达了他关于爱的理解：爱一个人，不是控制，而是给他自由。

完美与毁灭

影片的结尾惊心动魄。幻象与现实在镜头中迅捷而紧张地切换着。

妮娜心事重重，从舞伴手中跌落——她所见的莉莉与男舞伴"密谋"暗害她；当妮娜回到化妆间，"黑天鹅"在等她；妮娜把她猛推到镜子上，镜面破碎，白天鹅用一块镜子的碎片杀死了"黑天鹅"。

沉浸于恐惧、自责、无助的幻象之中，妮娜表演了登峰造极的一段独舞。她仿佛看到两臂滋生出天鹅的毛羽，在雪亮的灯光里，黑色羽翼应和着音乐疯长，旋转挥舞，越来越圆融，越来越忘我，越来越嚣狂，越来越恣肆，越来越美。最后，巨大的天鹅影子与昂首的舞者交相辉映，心魅、灵魂、肉体、渴求、欲望，均在这一刻得到最自在无碍的完满。这是黑天鹅最完美的段落，"天鹅之死"。

黑天鹅死在了舞台上，白天鹅也要在舞台上死去。

在经历灵与肉的双重磨难之后，黑天鹅与白天鹅在纠缠中合为一体，创造出完美的境地。妮娜在最后一段独舞中，表情丰富刻骨，恍然、惶然、悲凄、绝望、悔疚、无措、忍痛、坚忍……层次感极强的表演支撑起这个最后的高潮。而在最后一跃中，遍体雪白的妮娜终于带着黑天鹅的伤口，回归纯白世界（白色的海绵垫子）。

"完美。我得到了完美。"妮娜的腹中插着她刺向黑天鹅的玻璃碎片，微笑着向托马斯说了最后一句话。

妮娜用她的生命完美地演绎了她一生中最华彩的角色。

看着自己打磨成功的这件完美的艺术品，不知道托马斯是为这样的成功而喜悦，还是痛心。

没有比死亡更极致的美，没有比毁灭更完美的艺术。

资本创造的敌人

——电影《亲密敌人》观感

徐静蕾在《锵锵三人行》中和窦文涛、梁文道聊她的《亲密敌人》，她说，往往是我们身边最亲的人，最能伤害到自己，最容易成为我们的敌人。我想，这句话或可看作是她对自己所创作的"亲密敌人"的定义。

如果按照徐导演所下的定义去看电影，我们看到的无非是一个简单的爱情故事：两个相爱的人因误解而成为敌人，又在互相的争斗和伤害中因理解而复合。这样的言情叙事可能只适合我们打发无聊时光，转身出了影院就会被忘记。但实际上，电影所呈现给我们的丰富意味，所引发的思考层次，远远超出徐导演本人的预设。仿佛一个美女挑选衣服，她只是依着自己的眼光选了自己心仪的款式、色彩、质地、品牌，但欣赏她的人，却看到了隐藏在衣服中的美女本身的品质。所以徐导演被冠以素质美女，也算不虚此名。

这部定位为"爱情电影"的影片，其实只是玩玩爱情而已，没有提供给我们任何关于爱情的新的思辨，没有引起我们对于爱情的一点点纠结，刺痛，甚至连一丝感动和叹息都没有。男女主人公的爱情只是电影中的一个噱头而已，并非影片所要探索的主题。影片的聪明之处在于选择了投行商战作为故事内核，在后金融危机、欧债危机的时代背景下，使影片具有了对现实的关照。

影片中，男女主人公分别作为买家和卖家两家投行的顾问，为一桩收购战打得你死我活，他们不惜前情，不择手段，"商业利益是至高利益"是他们唯一的准则。Derek不惜把酒店的火警警报器弄响，让正在洗澡的Amy不得不走出酒店，使她错过与大股东见面的机会；在两人晚饭时Derek又以谎言欺骗饭店客人，好利用时机走失，和本该与Amy见面的大股东私下会面；受了打击的Amy利用网络传媒毁掉Derek的记者见面会，让对方股价大跌；他们二人先后收买因孩子生病而陷于困境的司机华叔……这些在商业利益面前不顾一的卑劣手段，这些因商业利益无限放大而毫无道德羞耻感的心灵，让人不由得想起那句掷地有声的名言：资本来到世间，从头到脚每一个毛孔都滴着血和肮脏的东西。

商业运作像一台巨大的机器，每一个置身其中的人，都身不由己地卷入它的运转而不能自己。Derek永远打不完的电话，让Amy一忍再忍，最终忍无可忍地扔掉他的手机，转身离开了他。资本时代，让Derek在创造丰厚资本的同时，将自己的情人创造成了敌人。不过我想Amy选择投行，并非为了打败Derek，而是为了了解他，了解资本如何剥夺了情人的温情，让Derek成为一架冷漠、空洞的机器。资本在成功将追随它的人牢牢套住的同时，实现了对人性的扭曲和异化，不仅让相爱的人彼此成为敌人，也让自己成为自己厌恶的敌人。一些投行的朋友都不喜欢这部影片，我想是因为荧幕上所呈现的他们在日常工作中所扮演的角色，稍稍刺痛了一下他们已经麻木的心灵。那些在利益的驱动下毫无道德感的心灵，被放大到荧幕上时，会让拥有它的人产生生理上的不舒服。

西方经济学家在研究市场、资本的同时，也在研究资本伦理、资本主义精神，从道德、信仰的层面，为人类寻求着拯救的道路，防止人因为贪婪的本性在资本的诱惑下堕落、迷失。而影片的最大缺陷就在于没有对主人公的行为进行道德的反思，Derek和Amy在使用一些低下手段甚至影响他人正常生活的卑劣手段时，内心居然没有一点不安，完全是胜者王、败者寇的怡然自得。这可能是美女徐导演将影片定位于爱情电影所限，让影片在可能探往的深处之前止步了。

爱在午夜飞行

——电影《午夜飞行》观感

　　《Midnight Fly》（《午夜飞行》）无疑是有着女性主义倾向的。导演张之亮是个男人，可见男人亦对男人失望了，最终把女人心中关于爱的理想，仍旧给了女人自己来实现。

　　香港女人Michele（梅艳芳饰）带着对爱情的失落离家出走，去法国旅行。她身在异国的风景中，其实她的心，一刻也没离开过她爱的那个男人。虽然那个男人早已背叛了她，对她只剩了电话里虚假的问候。载着她的大巴车向前驰行着，但她望向车窗外的目光，没有一次是真正进入到风景里的，她的目光总是回溯在时光深处，逡巡着那个男人给予她的伤痛。那些痛像无边的寒气包围着她，让她冷漠地回拒着身边的友好。她大概是以这种方式来更加清楚地认识那些痛，是的，只有居高临下地认识了疼痛，疼痛才会变得可以接受。旅程即将结束的时候，她和同行的日本女孩说，只要他还愿意回到她的身边，她将不计前嫌，依然好好地爱他。

　　转折从一瓶香水开始。《Midnight Fly》，"午夜飞行"，丈夫和别的女人约会后总是带着它的香味回家。她在同行的日本女孩身上闻到了它特殊的香。可爱的、友善的日本女孩，爱着一个不能娶自己为妻的香港男人，那个男人，正是Michele的丈夫，她们共同为之挣扎、痛苦的男人。发现这个秘密的时候，两个女人已经结束法国之旅，到了摩洛哥。因为法国没有完成对她们伤痛的修复，她们如此依赖从彼此身上得到的友情，她们选择让两个女人之间的爱在摩洛哥继续。香水的出现，使两个女人温暖的爱土崩瓦解。至此，影片平淡的叙事进入戏剧性的紧张情节。

从丈夫的电话里得到确证的Michele一下子变得激烈、冷酷，不知情的日本女孩为了讨好她，几经周折买回了Michele喜爱的手镯。回到酒店，在大堂询问处得到的那个电话，让日本女孩恍然大悟。

世界上大概是不存在没有痛苦的爱的。一旦爱了，就会有痛苦，包括女人对女人的爱。

如果日本女孩后来没有失踪，而是她们貌似平静地分手，然后各自回了家乡，我想，她们中的任何一个，都不会再属于那个男人。那样的话，故事也就过于简单。

爱的理想的火焰是必然要被导演点燃的。

得知真相的日本女孩，伤心迷乱地边哭边跑，最终迷了路，被人绑架，卖作妓女。

Michele不相信一个人怎么会突然人间蒸发。她决心找到她，当然不是由她自己来完成。她电话叫来了那个男人，她是要看看那个男人是怎样爱另外的女人的。她看着那个男人默默地收拾了女孩留在房间里的物件，她知道他其实在收拾着一段记忆。昏暗的房间里，男人在暗中的侧影，女孩留下来的物件，笼罩了浓厚的悲伤。她被那景象刺痛着。

　　她没有想到的是，男人为女孩做的，仅仅如此，而不是留下来，直到找到女孩。他说，好了，我们回去，重新开始吧。她惊异，那是你爱过的人啊。

　　爱一个人，不过如此。

　　她一定觉得女孩和她，两个女人的爱的不值。她们旅行中日夜交谈的爱情，她们为之痛苦、挣扎、视之为生命般的爱情，不过如此。

　　她觉得男人不仅玷污了他的爱情，而且玷污了自己的爱情。男人的爱大抵如此吧，李敖的"只爱一点点"，胡兰成的现世的爱，都是现实主义的。只有女人，才怀抱着爱的理想，为了爱，生死都是不重要的。

　　她一个人留在了摩洛哥。她最终找到了女孩。以她的生命换回了女孩的生命。她死在了女孩的怀里，死在女孩无助的、撕心裂肺的呼喊声中。

　　她用她的生命实现了她对于爱的理想。她只是不愿意让爱成为一件容易放弃的事情。

我希望从未遇见你

——电影《罗丹的情人》观感

卡蜜儿，卡蜜儿。我在梦中呼唤着那个女人的名字，寻找着她遗留下来的作品，看着报纸上有关她的介绍，那些文字透着一个世纪前的阴冷和黑暗。在梦中，我像她一样疯狂，恐惧，冷。在梦中我也知道夏天正在远去，秋的凉意在一点点渗进我的肌肤和血液。卡蜜儿，卡蜜儿。我叫着她的名字，挣扎着醒来。我呼唤她的声音长久地回响在唇间。这是一个阴沉的午后，空气仿佛凝固不动，岁月仿佛凝固不动。起身走到阳台，推开窗户，我是想看到，一个世纪前的巴黎的街头，那个骄傲的，因为得到一块大理石而满心喜悦昂首阔步的女孩，还是那个在黑夜的大雨中悲伤绝望的女人吗？天色灰蒙蒙的，要下雨的样子，一片小小的白色羽毛从我眼前飘过，缓缓地打着旋，远去了。它就像刚刚看过的那部影片的结尾，渐渐推远的长镜头。那个最后的镜头里，她安静地近乎绝望地坐在椅子上，她已经很老了，但她挺直着上身，顽固地葆有着她的神经质，她的倔强。

她的一生不为别的，只为艺术。她急着要为艺术献上自己的青春和生命。她离开艺术学院，与人共用一个工作室。她那么热衷于那些黑色的泥巴。她在黑夜里，把它们从施工的壕沟里挖掘回来，夜色中她坚决的动作，透着不顾一切的狠劲。然后在白天，它们在她的手中被赋予形体和生命。创作的冲动主宰了一切，她在对那些泥巴狂热的不懈的凝望、抚摩和塑型中，挥霍着自己的天才，创造着她自己的自由王国。除此之外，她拒绝任何事物的进入。

现在很难想象，如果她从未遇见他，她的人生会不会是另外一个样子。但命运为她安排的就是这样的一条路。让她在19岁的时候，和他相遇。那年，他已经43岁，已经雕出了《青铜时代》，他的名字被整个巴黎景仰。他的脚步在她的工作室外响起时，她紧张得不敢开门。她为得到他在自己作品上的签名而焦虑不安，为他对自己作品的漠视而伤心愤怒。那是一只大理石脚，是她在他的帮助下获取的一块大理石，是她的才华在他面前的第一次充分展示，一份献给他的特殊的礼物，后来几乎成为他们爱情的信物。但此时，它在他的身边，已被冷落了太长时间，这个时间长得超出了她的忍耐。终于，因他的一名雕刻工人的非礼，她在等待中积聚的所有情绪瞬间爆发。她愤然地，昂着她倔强的、不屈服的、傲然而美丽的脸，离开了《地狱之门》工地，步入巴黎街头的大雨中。就在她跨出大门的瞬间，那个在他当代就是传奇的人，她所期待的大师，抬起头来，她毫不妥协的背影以一种无以拒绝的美的力量攫住了他。他捧起了那只大理石脚。它因冷落后的注视而大放光芒，尽情尽致地呈现了她令人震慑的才华。他签上了自己的名字，把它放入展柜，然后冲向外面飘泼的大雨。他知道去哪里找她。他从圣坛走下，走进了她的生命。

在她的工作室，他用他敏锐的目光审视着她的作品，迅速发现了它们的缺陷。他说，只有在痛中才能表现生命。征服她这样一位被艺术蒙蔽双眼的姑娘的心，这一句话足够了。何止于她，我相信任何一位从事艺术创作的人，对于一个人在随便的谈吐中出现这样的一句话，都会因神明般的启迪而心生崇拜。这是爱的开始。她一定感知到了这颗伟大心灵对她的认可和欣赏。总是沉默的她，因为爱的照耀，开始了欢快的倾诉，那些不被人理解的对艺术的痴迷，唤起了他的相同的回忆。他们为此欣喜，两颗孤独的灵魂因为相近而得到安慰、观照和温暖。爱的发生总是这样无以阻挡。

他们相差了20岁，他们各自所拥有的正是彼此的缺失，他们在对方身上发现了那些缺失，它们是艺术家灵感的源泉。爱在熊熊燃烧，它添加为他们手中那些艺术品的光芒。一百年后的现在，我们在那些雕塑的面前，仍然可以感知到那光芒的不可一世，感知到那些涌动着的激情和幸福。那些流动的线条，纠缠的躯体，准确的不差分毫的起伏，坚硬的石头里透出的柔软和弹性，沉迷的眼神，都是他向她无休无止的抒情。他们在爱中几乎分不出彼此，仿佛合二为一。每一件新的作品问世，人们都难以区别究竟出自他的手，还是她的手。他们的作品，是他们的爱创造出的奇迹。

当他面对着已经制作好的17尊"巴尔扎克"，看着17个又肥又壮欠缺作家气质的身体，陷入不知如何表达才能深切地把作家的形象既真实又贴切身份地表现出来的困境时，她在身边一语惊醒了他："不如让他穿件袍子，把他肥大的躯体完全包起来。"不朽的"巴尔扎克"就此诞生了。

但他太伟大了。他的光芒足以遮盖她全部的才华。他们拥有共同的爱，拥有共同的艺术的创造，但在他的巨大的阴影之下，她还是不可避免地逐渐地感到了迷失和孤独。她需要抓住点实际的东西，才能有所慰藉。于是，成为他的妻子的愿望在她内心滋长起来。

当爱情与现实发生关系，它的脆弱和不堪一击马上显现无遗。无奈地在强悍的现实中触礁，这几乎是爱的宿命。他当然无法给她婚姻。她的自尊和倔强使他们的分手成为必然。爱的结束和爱的开始一样突然，一样地不可预料。这份爱，除了给我们留下了那些令人战栗的艺术珍品，那些绝世的美，一个不朽的传说，在美术馆里永恒散发着深刻感人的激情。这份爱，更给她的生命刻下了不可磨灭的伤痕。甚至可以说，这份爱，雕刻了她后来的人生。

她把自己雕刻好的罗丹胸像留下，悄悄地离开了他。

当他看到自己的胸像，他激动地把它抱到他的学生们面前，他要让所有的人都看到它，因为那是他最好的胸像，从没有人雕出过让他如此满意的自己。我在《罗丹艺术论》的插图里看到那个胸像的照片时，完全可以想象罗丹在它面前的惊讶，那几乎是一个活的罗丹。活的艺术作品是有灵魂的。他首先看到了艺术。冷静下来的时候，才看到了她对他的爱。而她已不在。空荡荡的房间里回响着他呼唤她的声音。他说，卡蜜尔，你是我一生中最想要的女人。

离开了他，她的生命只剩下了一件事情，就是雕塑。她把自己反锁在屋子里，拒绝任何人的进入。她一刻不停地揉捏着那些泥土，或者敲凿着大理石，灰尘荡漾在她的身边，却遮不住她美丽的湖蓝色的眼睛里的灵光。她把她的悲伤、疼痛、恐惧、骄傲、孤独、仇恨，把她全部的情感和思想，揉捏进了手中的泥土，雕刻出了无数的作品。它们中的每一个，都拥有了她的灵魂。她说，那个少女是我，那个老妇人是我，那个男人也是。但她面临的是更大的打击。她的作品被认为是对罗丹的抄袭，受到了野蛮顽固和不公正的评论，被拒绝参加当时体面的法国艺术家沙龙。她被她钟爱的艺术抛弃，陷入了完全的孤立、绝望，和疯狂。

她在阿尔及利亚满是灰尘的阳光下无望地踯躅。她把那只曾被他的目光无限爱抚的大理石脚投入了塞纳河。她在黑夜的大雨中幽灵一样窥视着自己情人的脚步，直到他被另一个女人接走。她在他的窗外，声嘶力竭地呼喊着他的名字。运河水涨，几乎淹没了她的阁楼。她醉倒其中，她惊人的美丽和那些浸注她全部艺术才华和灵思的作品，在漫溢着河水的房间里，像一朵朵飘零的花。

男人的天才和爱情给他们带来成功，而女人的天才和爱情只会毫不留情地毁灭她们。

她说，我希望从未遇见你。

她的生命结束了。虽然她还将在精神病院度过自己最后的30年时光。那个安静地坐在椅子上的苍白的老妇人，是她，又不是她。

卡蜜儿·克劳戴尔。一百年后，我呼唤着这个名字，这个被时代抛弃的女人，她离我那么远，又那么近。仿佛她就是我自己，我们共同是她手中的那些雕塑。是那个少女，那个老妇人，那个男人。空虚的三位一体。

房间里流淌着雅尔德的音乐，它以一种难以驯顺的柔情，暗暗流淌，直到恣肆横流。那音乐和即将到来的夜色一样温柔而危险。

在爱情的尽头守望

——电影《爱情的尽头》观感

爱情的开始大概都是这样吧：一个眼神落在另一个眼神里，只在刹那，却仿佛已沉积了千年万年。它们慌乱着，躲闪着，却再看不到此外的所有。酒会只是一个浪漫的背景。房子，身边的男人，一切无关的事物在言说的过程中使两颗心微妙地靠近。手中的酒，可供他们随时掩饰怦然的心动。

莫利斯的打字机，总是忠实地在每一个夜晚，嚓嚓地敲碎寂静。爱，于是成为一串串神秘的字符，铭刻于一个男人的记忆隧道。那个以刻画幽暗人性扬名的内尔·乔丹导演，注定要去解读这黑暗中的秘密诉说。它们在他的镜头里被沉默地演绎，精彩地剪接。电影院里暗暗滋生的激情，楼梯上迫不及待的缠绵，在朋友和丈夫面前若无其事的表演，窗外战火的硝烟。爱，沿着它既定的轨迹向前滑行，不知尽头是深渊还是天堂。他还没来得及去想呢。他只是在痛心地嫉妒一双袜子，因为它们可以终日无限温柔地体贴着她的肌肤；他嫉妒那个扣袢，因为它被她随身携带；他嫉妒那双鞋，因为它们可以带走她。

到底谁比谁更幸福呢，丈夫还是情人？一个拥有她的身体，一个霸占她的灵魂。丈夫的错误是把妻子介绍给了朋友，一个邻居，一位著名的作家。并且错上加错，让作家带上妻子去看由作家自己创作的小说改编而成的电影。这道大餐终于使爱情的发生成为无可避免。朋友和妻子，最亲密的人，往往是最可以伤害自己的人。亨利不愿意接受这个残酷的现实。他歇斯底里的吼声，淹没于滂沱的大雨和无限苍茫的夜色。而莫利斯，从亨利将莎拉介绍给他的那一瞬间，他的嫉妒和他的爱就开始一起升级。当莎拉每次和他在一起，不管外面德军空袭多么紧张，都坚持回到亨利身边的时候，莫利斯内心的妒火比窗外的战火更加猛烈。在那次空袭使他的身体受伤之前，他的心其实早已被妒火中伤。他甚至把大蒜作为武器，因为亨利不吃大蒜，就不会亲近吃过大蒜的莎拉。这个可爱的男人。

我总是幻想着爱的纯美，就像我希望人们脸上的微笑都出自内心的真诚和友善一样。但在蒙面布被撕下之后，我总会看到一些掩藏着的阴暗和丑恶，看到我的幻想和希望的可笑。莫利斯，我刚刚还说，这个可爱的男人。如果他只是嫉妒，嫉妒那些袜子、扣袢、鞋子，他的嫉妒多像一首诗，浪漫，抒情，美好；甚至他让大蒜表达他对亨利的嫉妒，那嫉妒也像一则黑色幽默，让人会心一笑。但当莫利斯请出私人侦探对莎拉的行踪进行跟踪时，所有的美好在一刹那遭到毁灭性的破坏。不断升级的爱，不断升级的嫉妒，以这两个变量为基形成了一个新的函数——恨。莫利斯对莎拉的恨，恨她每一次义无反顾的离开，恨她与除他之外的任何人的约会。尤其是莫利斯在空袭中受伤之后，莎拉与他正式分手。积聚已久的恨，开始全面爆发。恨，使他变成魔鬼。

看在爱的分上，一切都是可以原谅的吗？

　　永远理性的、做对每一件事的人是可怕的，有时更甚于遵循情感的自由去做错事的魔鬼。

　　那么我们说说莎拉吧，她怎样原谅了她的魔鬼情人。

　　美丽的女主角，此时才正式出场于我的文字，不是我的遗忘或疏忽。我必须做好足够的铺垫，就像影片精心准备了恢宏的二战背景、弥漫的硝烟、浪漫的酒会、漂亮的晚礼服，只为让莎拉迷人的身影一现，莫利斯的灵魂就被牢牢锁定一样，我必须让莎拉在她的情人变成魔鬼之后再出场，她就不会被简单地看作一个红杏出墙的女子，而应当是一个对爱具有坚忍、包容胸怀的女神。影片以一种象征的手法，插入了那个名叫拉治的有着一大块醒目的红胎记的小男孩，因跟踪莎拉在大街上睡着后，被莎拉看见，得了莎拉的吻和几个铜板，最后脸上的胎记竟然神奇消失的情节，对莎拉作为爱和浪漫的女神形象作了强调。当然，这个情节只是莎拉之爱的一个注脚。让我们真正懂得莎拉之爱的，是一本日记。日记总是帮我们建立秘密，并使秘密不成其为秘密。日记落入不同的人手里，带给主人的结果也会不同，或是雪中送炭，或会雪上加霜。

　　私人侦探送来莎拉的日记，这个途径有点龌龊。但我们毕竟从日记中了解了莎拉和她为爱情所承受的心灵的痛苦。就在莫利斯受伤的那次空袭后，看着昏迷的莫利斯，莎拉绝望之际诉诸信仰。她跟上帝发誓：只要莫利斯大难不死，莎拉愿意断绝与他的关系。莫利斯果真逃过生命之劫，莎拉履行承诺与他分手。这当然不是爱情的尽头，虽然他们都曾经绝望地误以为是。在莎拉心中，分手是为了爱的完美。然而，对爱的神圣的牺牲感，毕竟无法抵消不被所爱的人理解的巨大的难以言说的痛苦。她一次次地去教父利查德那里，让泪水畅快地流出。然后她又可以平静地和她的丈夫共进晚餐，一起做晚餐以后的事情。

这当然不是爱情的尽头。我再次说这句话的时候，忽然起了怀疑。也许把它改成"随时都是爱情的尽头"更为合适。爱情有时就像佛经里的"菩提树"，只取决于心里的一个念头，说它有就有，说它没就没了。莫利斯受伤后从昏迷中醒来，面对的是莎拉提出的分手，爱情轰然坍塌。而两年后，当他从日记中看到莎拉对自己真挚爱情的表白时，才知道爱情其实一直流在他的血液里，从未离开过他。

爱情和信仰使莎拉陷入天人交战。莫利斯的爱情让她难以抗拒，对上帝的誓言让她难以逾越。爱情的尽头，无非就是这样的两难境地。影片选择了让莎拉打破对上帝的誓言，然后病倒，莫利斯搬来和亨利住在一起，在痛苦的守望中，陪伴莎拉度过生命的最后时刻。而如果是另一个选择，莎拉坚守誓言，结果也无非是莫利斯和莎拉，这一对不能真正走到一起的情侣，在爱情的尽头，孤独守望。

爱情的尽头，没有第三种风景。

和疼痛比赛游渡

——读弗里达画作

1

"我喝酒是想淹没疼痛，可这该死的疼痛却学会了游泳。"

画布上总流着血——箭头优雅插入，钉子尖叫，女人艳丽的身躯从高处坠落。多么庆幸，上帝给了你画笔！那些奔涌的疼痛，可以自颜料中汩汩而出。

小儿麻痹、车祸、31次手术，这具破碎的身体，是你随时携带的一个巨大战场。这是上帝的恩赐！因为你赢得了内部的胜利，也就赢得了整个世界。

你在血腥弥漫中，和疼痛比赛游渡。从昏眩到战栗，从直视到冷眼旁观，从失衡到翩然起舞。疼痛的身体是艺术之母，其余的，只用来寻欢作乐。

是的，一定要快乐。因为跳完这支艳丽的舞，一旦飞走便永不再来。

2

"我一生遇到了两次灾难，一次是车祸，一次是遇见我的丈夫。"

我们有时会受神圣的伤。这一次，你是在石膏盒子里拼接起来的假娃娃。庄严的苦难，来自天上。没有人能够解释。你在石膏上画满蝴蝶。

另一些伤，是灵魂自己的选择。仿佛意外事故，又仿佛天意，那神奇的一击，仿佛太阳升起时一样难以觉察，而你已身受重创。

他用色彩将你带往远方，用爱，让你理解更多的真理。灵魂没有上升，就不是爱情；心中没有疼痛，就不是爱情。你的笔触硬如钢铁，又薄如蝉翼。惨烈的又是美好的，真理如此复杂。画布上展不开的部分，被你铺展眉间，像一双鸽子的羽翅。

3

"请注意，这是一具活着的尸体。"

你画了无数次的自画像，是为了将自己抛弃。你画了大象与鸽子，是为了将爱情抛弃。你画了那些破碎的梦，是为了能够安睡。你画了那个从未有过的儿子，是为了让他出生。

你画了别人眼中超现实的现实，是为了粉碎现实。你画了死亡，是为了免于恐惧。

　　所有的成长，都自疼痛开始。没有眼泪，只有更深刻的色彩。没有绝望，只有更彻底的自由。

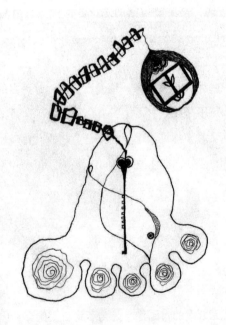

你的爱有多么辽阔，你的世界就有多么辽阔

——读安德鲁·怀斯画作《克里斯蒂娜的世界》

亲爱的克里斯蒂娜，当你匍匐前行，在荒凉的草坡上，汗水渗透在密密的发间，岁月消逝在天边。面对命运你从不恐慌。从山坡上的木板房，到山坡下的墓碑、野花，和教堂，这便是你的世界，供你每日用身体丈量，用目光亲吻，用呼吸问候。这是你爱这个世界的方式。沾满泥泞的双手，证明你爱的力量。你已将那副病弱的身躯遗忘。当你的内心安然无忧，你的世界便安然无忧。

亲爱的克里斯蒂娜，当你仰望着你的木板房，画家仰望着你。平静在每一个瞬间降临，肃穆和神圣升起，在辽阔的山坡上。你从容地前行、停顿，和遥望，多么像一只鸟熟练地展翅。你爬行过后，希望散落一地。荒草离离，季节更替，没有一种生活不是完美有序，没有一个世界被上帝忽视。

亲爱的克里斯蒂娜，当我看到你，我的心里便打开一块福地。孱弱的身躯支撑着你的坚定、信仰，和骄傲，让我知道没有人是上帝挑选后的废品，没有人不在自己的病中。阔大的天空，陌生的日子，人世不可测度。你是邻家女孩，是画家自己，也是我。你的爱有多么辽阔，你的世界就有多么辽阔。

让爱成为不朽

——读弗美尔画作《戴珍珠耳环的少女》

我和你的距离，是一幅画的距离，适合安放你不可命名的爱。

因为你的凝望，我的美被照亮。爱在光影流转中凝固。成为你的作品，是我走入你梦想的唯一道路。

那枚黑暗中石破天惊的珍珠耳环，它眼泪般的光芒，令三百年后看到我的每个人，驻足惊叹。但没有人知道，它和我一生的关系。没有人知道，那些穿过我身体时尖利的疼痛，以及抚慰那疼痛的，你的温存。

我爱上你，还不止这些。你为我打开一个新的世界，让我知道美，神圣，和永恒。你一定预知了一切，你的笔锋戛然而止。我刹那回眸时的欲语还休，在博物馆展览千年。让爱成为不朽，是你战胜现实的理想。

语言遁入黑暗。名贵的天青蓝在我的头巾上，闪耀永恒的色泽。

没有眸子的女人
——读莫迪里阿尼画作

她没有眸子，但她分明在看。她用一双没有眸子的目光，与后世的我们对望。

也许是他们的一个小小玩笑。某次坐他对面供他描摹。他说，你要藏起目光，以及，留在你目光里的我。

从此她隐去自己的眸子，不再看到除他之外的世界。画里画外，她的身上，只落满画家软软的情欲。

他的天才在于，天真又诡秘地完成她的变形，用温暖的色块，柔和的线条，让她冷漠而无望。

他的天才还在于，留下空白，但绝不空洞。他在她没有眸子的目光里，看到了我们看不见的内部。

从此，她被他的凝视杀死。在他精细的笔法中，她保留了身体高纯度的美。她的灵魂，被他附体。

她是碧萃丝，也是杨妮。是每一个爱他的女人。她的手指伸展得多么悠远，他的孤独就执着得多么幽深。

谁的江山

——读王希孟《千里江山图》

一生只需要做一件事，比如画一幅画，然后将名字题写在画上。王希孟这个年轻人恰巧做了这件事。当朝代不断更迭大浪淘尽多少英雄，王希孟这个名字稳稳当当在一片青绿山水间隐约，至今被故宫武英殿内的光柱与尘埃日日拂过。年代越久远，他和他的画越珍贵。这个死生年月不详的年轻人，迎接了多少渴望不朽之人的拜谒。

他太幸运了。他生下来，他画画，那个朝代为他准备好了一切。居然有朝廷专养的书画院，摹写造化的绘事技艺已至臻纯熟。居然有皇帝老儿不理奏折，偏爱指点他如何用绿松石和青金石，在绢纸上造就千里江山。

那年他只有18岁。18岁的心中会装着怎样的江山？怎样的江山在18岁的心中都是空的。我猜他胸有成竹落笔的刹那，一定自以为揣摩清楚了皇帝老师的心思，于是他满怀自信画出这群山。这群山，是拔地而起一呼百应的群山，是浩浩渺渺绵延千里的群山，是前辈们不曾画过的蓝宝石般的群山。可以想象，这群山在宋徽宗眼前打开时，这位被沉重江山压得不堪重负的艺术家皇帝，如何眼前一亮。梦里江山，到底是要美过真正的江山。横绢上不曾被经验污染的群山，尚未负载人生执念的群山，和一颗18岁的心一样纯洁。

当我看到这幅画，蓝宝石般的光芒，依然保存壮阔江山完好在梦中。我只能用宿命论去解释，18岁的王希孟为何在完成这幅画不久，便丢了小命，而他的皇帝老师则丢了江山。他的一生为一件事而来——让皇帝看到江山美得不可思议。宋徽宗为一件事而去——为葆江山之美，皇帝的宝座亦可不要。

于是画面上的小人儿便可永远安静地，穿行在青绿山水间。他们挑水打柴，捕鱼闲坐，头顶是蓝宝石般的光芒。此时徽宗已是庶人赵佶，或者艺术家赵佶，胜王败寇的历史让他背负遗臭万年的靖康耻，而他在心里，只是默念那个18岁的天才。王希孟用绿松石和青金石和18岁清纯的梦想，让他知道不被战争与杀戮蹂躏的江山有多么美，群山中的长桥小船村落有多么美。"家山回首三千里"，他用自己创造的瘦金体，写下对那片江山的深情。他深知那片江山，是画面里小人儿们的江山，是王希孟的梦里江山，是他的自家江山。

我们一起盼望好日子的到来

——读凡·高画作《纽恩附近有杨树的小路》

"起来，让我们同住。"

那灰色小教堂的尖塔，那黝黑的田野，金色的杨树叶，是上帝对我们深沉而严肃的爱。

看到美好的事物，我就容易冲动，生活的重负就会被忘记，就想告诉你，一直想告诉你的那古老古老的故事——谁在爱，谁就在活着。

我希望自己体会得深一些，比夜空的蓝更深，比黑色更深。我喜欢用深色画那些农民，他们在田间播种，挖土豆，我们一起盼望好日子的到来。

那天我站在街垒的一边，两旁的白杨挂满金色的秋叶，斑斑点点的阳光和枝干的阴影，让我听到来自天堂的声音。他们粗亚麻布的蓝色、灰色，与黑色，让我觉得自己不是孤零零的一个人。

为了老老实实地画画，困难是必需的，甚至疯癫也是必需的。真想疯掉，真想死去。在上帝之爱和自然之爱中，我不再想那份令人心碎的柔情。

正是那天空和大地

——读列维坦画作

有一天你爬上悬崖，俯览大海，放声哭泣。此刻，我正看着那片海水，它在你调制的颜色与奔放的泪水中汹涌，它竟然也让我泪盈眼眶。面对美景时的感动，你我大体相同。

还有夕阳，阴云，晴空，雪地，还有白桦，草垛，池塘里的睡莲，还有路边的小木房，墓园的十字架，它们是你寡欢的童年，早逝的父母，是你维持生存后剩余的温度，是你对家乡最惆怅的抒情。

它们至今仍然让我想到家乡。那不仅是索科尔尼克的小路，也是世界上每一条小路，在每一个秋日，走过一个满腹心事的少女。那不仅是俄罗斯的三月，也是岁月中每一个三月，冰雪正在消融，树叶正在长出，天空和大地遍布灿烂的空气。

正是那天空和大地，抚慰了你赤子的哀愁。如何将阳光洒满画布，如何让黎明清澈明净，如何在树的倒影和人的脚印之间，让轻与重，虚无与永恒，相互消解，是你为自己找到的一条救赎的道路。

　　所有的道路都通往远处，更远处。乡间土路，荒凉大道，你将忧郁铺展，直伸向天地尽头。

　　最后，你选择了你热爱的秋天，将你的天真，完好保存，在生命的盛年来到之前。

一颗水晶掉下来

——读图《水晶项链》

一颗水晶掉下来，仿佛情侣分手。

被分手的一方被系统抛弃。它却意外地呈现出一种个体的完整，无价值无意义的完整，致命的完整。悲伤浸透每一个毛孔，飘零者跌落未知的归宿。那一缕光芒，宛若来自绝望的深渊的最后回眸。

系统从此也有了缺陷。无可弥补的，永恒的缺陷。金色链子徒然拥有无上的权力，却无法挽回已经逝去的往昔的欢喜。

系统如何自缺失之痛中脱身而出，掉下来的水晶之眼已看不分明。因为它跌落飘零在结构之外。

你以既有的情感经验接纳它，仿佛凌空接住飘落的小纸片。这个破裂的结构，悲伤是它唯一的言语。

那串汩汩涌出的言语，掉落在已经张开的嘴里，喃喃地，在所谓的心灵上滚落。

但这块大地上没有骄傲的独语者，也没有不可汇入言语之流的矜持者。

没有任何言语可以永驻，包括悲伤、分裂，也包括欢喜、圆满。

语言是言语的大地，它吸纳吞噬所有言语。

多么清新，辽阔！只要抬眼就可望见一切。

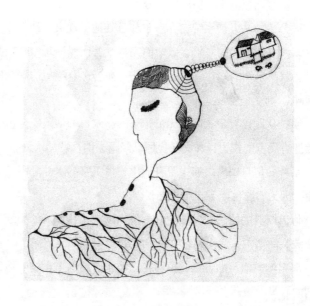

全世界所有的雨落在全世界所有的街道

——读卡耶博特画作《巴黎的街道·雨天》

那一场雨落在19世纪的巴黎。

那时候，巴黎的街头已经有了煤气路灯，便于我们看清黄昏时游荡在街头的每一张脸。

雨落下来时，黄昏尚未降临，煤气灯只是街道中央一个优雅的造型。它是画面的中心。作为巴黎街头众多游荡者中的一员，画家居斯塔夫·卡耶博特一定对它颇为满意。简洁，凝重，线条感强，工业时代的象征，在雨天到处反射着水光的清亮世界里，它墨黑的身躯对雨水和天光无动于衷，笔直的屹立仿佛一个超现实主义的存在。

而那些撑着雨伞，或低头或抬头行走的人们，每一步都走在他们自己的现实中。画面最近的一位，戴着礼帽，打着领结，右手插在风衣兜里，左手为自己和身边的妇人撑着雨伞，修剪整齐的髭须，以及一脸自得的神情，都不容置疑地告诉我们他是这个城市的主人。身边妇人右手挎着他的左臂，转脸望向他的目光所朝着的方向。他们应该是大革命后兴起的新型绅士阶层，一个衣着考究，一个裙袂飘飘，他们在那个雨天雍容华贵地穿过巴黎的一条街道，在画家卡耶博特的目光里，他们显然是代表时代精神的资本价值体系里的随波逐流者。我们通过画家的目光，窥探到了此刻他们生活中的某些细节，每一个细节都携带着他们对待生活的态度，让那个雨天的街道有了温度，有了气息，有了骚动的灵魂。而更多的细节，正在一个富有浪漫情调却又负债累累的作家笔下酝酿，他在书房中布置了一座拿破仑的小像，并写下了激励自己一生的座右铭："我要用笔完成他用剑所未能完成的事业。"他最终用91部小说绘尽了巴黎的人间喜剧。他叫巴尔扎克。

画面的中景有几位零散的行人走过，他们可能是本雅明所说的"人群中的人"，或者是波德莱尔笔下的游荡者、闲逛者、老小丑等，他们彼此从身边匆匆走过，甚至没有想到看对方一眼，他们是模糊的个体，巴黎为他们提供了隐匿的洞穴。这样一个雨天，或许会为他们无聊的日常生活增添些许情趣，撑着雨伞走在湿淋淋的天地间，会有那么一刻，内心被一些柔软的情愫和遐思拉得悠远些吧。他们是画面的过渡，笼罩在此刻空蒙的雨色之中，如同他们与巴黎这座城市的关系，是大时代里的灰色背景。

远景，也是街道的尽头分岔处，一座建筑物仿佛火车车头一般呼啸而来。虽然是远景，但它以绝对的力量拉着我们的目光将画面重心后移。不难看出画家所赋予它的象征，旧巴黎在19世纪经历了现代性的飞速发展，一个全新的巴黎崛起于废墟之上，凝固的建筑物仿佛一种新的统治秩序，在巴黎街头展开现代性的图景，更新着人们对时间和空间的感受与认知。淅沥的雨声中，迎面而来的那座火车车头一般的建筑物，让我们似乎听到了历史车轮滚滚前行的轰响。

　　实际上，那时候汽车还没有发明出来，公共马车系统承担着巴黎城新兴绅士阶层的交通。因此，画面是安静的，除了马车轮子碾过石板路面的吱呀声，就只有雨滴敲打雨伞的声音，雨水流过街面的声音，它们都是未被破坏的自然界的声音。信奉自然主义的年轻画家卡耶博特，一定是被这样的雨声、雨雾、雨气、雨色、打动了。他擅长在街道上漫游，无所事事却又洞察世事，作为城市里独立的评判者和观察者而存在。此刻，充满时代气息的街头景致因为添加了雨的节奏和韵律，而具有了某种精神性和审美性，适合他用果断遒劲的笔触在画布上挥洒。于是，那场落在19世纪巴黎街头的雨，便一路从泛着波光的石板路上流出画面，流到了一百多年后的这个雾霾深重的东方古都。

　　但我相信，被雾霾和汽车轰鸣覆盖的古都，即使也拥有那些在角落里追寻意外节奏的艺术家，那些艺术家们也拥有幻想的剑术，但落在街头的雨，将不会再构成这样安静的画面。

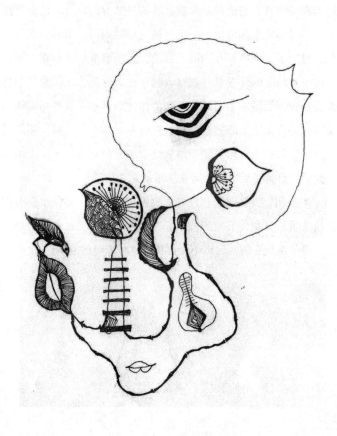

第四辑　断想

关于文学

1. 文学

对文学的认识过程，就是对道德、精神、美学的发现过程。

文学的一个功能是对痛苦的安慰和减缓。它给人活下去的力量，使人免于毁灭。

文学创作不是一种呈现，而是一种思想方式。现代文学就是对现代人行为的逻辑性或无逻辑性的思想过程。比如《耻》《金色笔记》，优秀的现代文学作品大都如此。它们是一种思考方式，而不是一种叙述或者描绘，至少本质不是。所以不应惧怕在作品中思想，而是要努力找到面对整体的思想方式，因为个体的神秘莫测的命运感实际已不存在，个性也已消亡。

2. 尼采

他表面上根本没有什么经历，他所有的经历都深藏于内心。看向内心，如同看向远方。

他的哲学，其实是他的自我信条和一种不情愿的隐秘的回忆。

他身上最突出的气质是痛苦和孤独。他的自我伤害实则是一种自卫，这样他才能反复坠入痛苦之中，然后再逃离痛苦。他在疼痛中追求一种美好的幸福表情——一个带着神秘笑容的欺骗人的表情。他在他哲学的神秘主义中逐渐陷入最终的孤独。

他身上最突出的能力是自我克制力和接受各种新知识的能力。因此他能够同时面对至深的痛苦和至高的希望。

他身上有一种常态的不和谐：一个才华横溢的音乐家，一个具有自由主义倾向的思想家，一个宗教主义者及一个天才诗人，他们互相渗透又彼此压制。

3. 张爱玲

读《倾城之恋》看到一句："他爱她，但他待她也不过如此。她不由得寒心。"不由得悲凉起来。

世俗男女的世俗情感，被张爱玲刀子一样尖利的语言，轻轻一挑，触目惊心。而她自己却是一个不牵愁惹恨的清明女子，用胡兰成的话说是"晴天落白雨"。也许正是这样，她才能冷冷地，通透地，俯视地，描写那些恻恻怨恨和刻骨铭心。

想起她那张微微扬起下巴，目中无物的，孤傲的脸。那是经典的她。情意亦即理性。看到悲凉，而不陷于悲凉。山不厌高，海不厌深，是需要磨炼的。

4. 写作者

写作是他唯一获得生命意义的活动。他把一切交给语言。在语言之外，别无其他。周围环境，以及个人身上所发生的，都必须以写作的眼光加以审视，最终在作品的语言内部得到安置。

他从生活出发，向着语言冒险。他把生活作为智性的抵押，把生命作为语言的借贷。

他把自己置于一种深深的乃至冷酷的观察、质疑之中，处于无所不在的语言的监控之下。

他坚定地拒绝现实的琐碎，高高地飞翔在生活的远处，或者隐匿在永不停歇的时光之河。

他在任何时候都是一个作家，如同上帝之眼。不像另一些人坐在电脑前才是作家，他任何时候都是，这是差别。即使他不写作品，也是卡夫卡说的不写作的作家。这样的人的存在本身就令人感动。世界在瞬间被他揭穿。

他不是一个普通的朋友。他是一座灯塔。

5. 周公度

周公度的短文，才子气的文字，轻而古，精巧而有意趣，仿佛一幅书法作品，从整体结构铺排，到一字一句一段，都经过精心酝酿，然后一气呵成。每一字都仿佛书法作品中的一笔一画，用力用气都恰到好处。

他的诗古典，优雅，透着微微的伤感，带着淡淡的情色。很多诗起句不凡，让人想起聂卫平，"前五十手，天下无敌"。

只是他写得真少，惜字如金。但见性情，不着文字。

他喜欢不俗气的肉欲美人，那可能是一种自然纯情的美色。

他还喜欢一只爱打架的猫。它有一个很土的名字，土豆。

6. 李安

在一个旅行的途中，看了《PI的奇幻漂流》。每一个人的体内，都有一只老虎。它对生命是一种危险，但生命与它相依相存。驯服它，是生命得以存在的道路。这让我想起卡夫卡的一句话：真正的道路是一根绳子，它不是绷紧在高处，而是贴近地面的；它与其说是供人行走的，毋宁说是用来绊人的。此前对这句话不甚理解，是李安的老虎让我理解了。

李安可能还有更多的表达，比如对信仰的疑问与理解，对外部世界的包容，以及人类聪明又愚蠢的自以为是。但我看到的最核心的表达，就是赋予老虎的深意。

7. 阅读

阅读往往先于写作。写作的冲动几乎是由阅读引发的。是阅读，使你有了成为作家的最初的梦想。

开始写作之后，阅读又会构成一种无法抗拒的分心，使你不能集中精神写作。这时候阅读成为一种分心、焦虑、折磨。

从容地享受阅读是失去自己的阅读，沉迷于那种完全消除自我的、仿佛昏睡的状态。正如伍尔夫所言：有时我想，天堂就是持续不断、毫无倦意的阅读。

身体之痛

1.身体之痛

身体内部的痛，带给我生活选择的矛盾，构成一道存在主义的命题。它使我的身体成为一门哲学，而不只是现实的身体。它指引我到黑暗的深渊。

而那些无痛的身体是主动地去投身哲学，没有指引，只有才智；没有腿脚，只有沉思。比如里尔克，完全像一个精灵，没有身体的特征。卡夫卡也是，尽管他有肺结核的痛。

我特别惧怕疼痛，其实可能只是惧怕对于身体的具体认知。

2.病

人在病中，仿佛投入一个新的境遇。

病一场，仿佛站到了一个新的高处。

人就是病人，这是同一个词。

病是人生的安慰，而非损坏。任何时候都不必惊慌，而是走进去，后面还有一个门。

3.孩子

孩子的成长不应该也无法成为一个可控制的过程。你只能尽量影响她（他），用你的行为，你的尽可能丰富的语言，以及其他一切。你若强制她（他），她（他）就会远离你，从心理上。

孩子有孩子的本质，其中之一就是他们不愿意感恩戴德。但他们模仿，尽管他们宣称决不模仿。未来他们一整套的道德和美学观念，都是小时候模仿来的。根子在这里，只能说会改头换面。

他们无法被抱怨。因为他们就是我们。从出生第三个月开始，就开始模仿母亲。她（他）认为母亲就是她（他）自己。长达十几年，她（他）主要地从家庭内部汲取了她（他）所有的本质性认识。这决定了她（他）的一生。

如果你觉得她（他）此时不像你，那么她（他）会像你的，不久之后，或很久之后。

4. 谎言

知道别人的话不一定是真话，是成年的标志。区分别人的话的真假，是成年的能力。

别人的话不一定是真话，这使这个世界让人厌倦。

别人的话不一定是真话，这使这个世界更加有趣。

索拉大姐早就说了，你别无选择。

那还是把谎言当有趣看，更加聪明务实一些，好听点的话，是境界更高一些。

5.愚蠢

愚蠢很像一个坚硬的、不可分的核。

在愚笨者的眼中，世界像他家的门槛石一样确切无疑，而且也像门槛石一样大小。

每一个人在愚笨者的眼中都只是一个影像而已，甚至是一个不活动的影像，因为他的活动都有固定的轨迹可寻。

我们身上最为自信的那部分，就是我们体内的那个愚笨者的眼光在起作用。

6.凝视

如果长久地凝视一个人，人我就会合一，会混淆。明知人是我的幻象，却仍激动不已。

因此，不能长久地凝视一个人。人们说，一般和一个人对视超过三秒，就可能发生爱情。

其实不是能不能的问题，也不是如何让激动平息的问题。

不是……而是……这就是海德格尔的命题。人一生征求自身所是。这个动荡不定的BE动词。

也许人终其所老，也不知其所是。

陷入生于无法言说。那一片无法言说的光明，正悬于前方，也许后方，谁知道呢?

7. 爱情

爱情是一场柔情的战争。

爱情也是政治。在这两个人的政治中，失败就是胜利，胜利就是失败。

爱情是人类的可能性，有待我们去探索。我们不要下定义。那样就固定了它的界限。爱情是双方建筑的。不能以一方的想象为主。

不仅要凝视爱情的对象，还要凝视爱情本身，才会不断有所发现。

到底爱情可以持续多久？有永恒的爱吗？

我还是要说我不能回答，而不说我不知道。就像我们看不见太阳以外的其他恒星一样，但是我们知道它们存在着。我们不能说不知道，只是看不清，所以不能回答。

8. 思念

思念是一种侵略性的力量，它占领每时每刻，占领灵魂的高地，也占领身体的低处。可是如果挣脱它，又将把自己抛弃在一片可怕的空旷之中。

思念是无助的，虽然它存在于自身的体内。所有能做的，只是感受思念的疼痛。

我在黑暗中思念，以一种最温柔，却又最不屈不挠的姿势。

思念是一些无法投递的语言，我保留它们在我的身体里繁殖的权利。

9. 味道

　　当你觉得无所依的时候，声音、味道都可以成为依赖。譬如音乐在空间里飘荡，似乎有一种温暖和关怀萦绕在你周围，可以稍稍地消减孤单。譬如突然喜欢上咖啡、茶、饮料，各种有味道的东西，弃绝了你以前对白开水的坚定选择，因为你不能忍受白开水给你的空空荡荡没心没肺的感觉。你需要各种浓烈的味道，让无可依赖的心感到有所安慰。

物　语

1. 地铁站

地铁站大张嘴巴，像冬天里的哮喘病患者喘着粗气，吞吐一群人又一群人。

他们拖着膨胀的城市，一同陷落，越来越深。城市的各种病毒，细菌，焦虑症，坏脾气，在没有阳光的阴暗之旅迅速繁殖，交织成他们沉重不支的痛苦。

在地铁轰轰摇晃的前进中，没有谁在期望开往春天，那只是青春导演的超现实虚构。他们闭着眼睛，是为了不窥透彼此的伪饰。他们熟练地交换位置，交换体臭和体香。他们任心灵黑灭着，通往悬挂在空中的毫无悬念的实地。

他们很轻，像风中的尘土，被地铁站一口呼入，又一口呼出。

2. 博物馆

艺术总是这样贴近和抚慰心灵。

在一件件精美的或者残损的玉器和瓷器前走过，那些几百年前甚至千年前的器物，那些造型、刻痕、纹路、釉色，携带着从时光深处穿透出来的光芒，向我们表达着曾经存在过的气息、情感和思想。因为具有了时光的厚度，每一件器物都显得那样非同凡响，它们仅仅安静地呈现在那里，沉默着没有言语，我们却已经看到了隐藏在时光里的秘密，那些宁静、高贵、激烈、挣扎、爱欲，甚至浓烈的血腥。

从博物馆出来，仿佛经历了一场隐秘的、丰富的、欣喜的会面。它充斥心间，急于向人倾诉。

3. 钢笔·铅笔

喜欢钢笔，因为钢笔可以有水从中流出，那么自然，仿佛思想的流出，仿佛情感的流出，仿佛它在向纸倾吐什么，仿佛它把自己纳藏的秘密交与了纸。还因为它不消耗自己，它是永生的。好像的确就有一种"永生牌"的钢笔。它同时也是笔中的贵族，可以作为一种象征性的赠予，甚至可以作为情人间的信物。

我也喜欢铅笔。有些柔软的它，可以更好地控制笔画的粗细轻重，使写出的字更加漂亮。如果用它素描，一个人物或者一片风景在它的涂抹中呈现出质感和光辉，甚至情感和性格，是多么令人激动。它就像一个人的一生，每走一步，生命就缩短一些，来不及后悔，也不能重新来过。它迅忽如烟，但烟燃烧后剩下的只有灰烬，它的生命却留在纸上成为另一种存在。它身价卑微，却能创造出伟大的作品。这样看一支铅笔，竟看出了一些悲壮。

4. 钢琴

琴行里，钢琴像待字闺中的少女，被一双双眼睛挑选着，等待一双合适的手领它回家。

偶然看到它的背面。温暖朴实的原木，仿佛少女不染铅华的本真，不似它的正面，俨然一个光华照人的贵妇人。

乐声在一个小女孩的手下响起，它的破碎如同真的现实。那两个重音猛然惊醒了我。它们不断重复，像一段不能忘却又难以承受的往事。我认真地看小女孩细细的胳臂和手指，和刚长出的新树枝一样嫩，不相信是它们敲出了那样轰然的震人心魄的重音。但的确是。它一遍遍强调着，毋庸置疑。小女孩脊背挺直，长长的眼睫毛向上翻卷着，有着矜持的美的侧影。

5. 灰尘

灰尘是洁净的。我正是要把握这世界的灰尘。

但是灰尘在事物表面，事物变得不再洁净。

它掩盖事物的光亮，却使得本质弥漫开来，或者凝结到时间和空间中。

它横亘在我们和事物之间，感觉是层障碍。如果你仅仅是对事物进行思维，可能不构成障碍，但要直接接触，亲密接触，就会成为障碍。

命　名

1. 滑雪

　　滑雪对人的诱惑，首先是一个清凉洁白的世界。置身那样一个白茫茫的世界，物我两忘，身心皆空，此时无声胜有声，无招胜有招，独与天地同在，这是精神层面的享受。

　　然后是速度。专注和感受着脚下一招一式的变化，从对速度的失控到自如控制，从对速度的恐惧到享受速度给予的自由，这是技术层面的享受。

　　再然后是与雪的调情。怀着一种征服的雄心和甜蜜的情感，在与雪的较量中缠绵，博弈中对话，抗衡中沉醉，这是情感层面的享受。

2. 交谈

　　交谈总是会让人产生一个方向，仿佛有光透过来。

　　因为在交谈中，你必须让自己清澈起来，否则就无法完成一次交流。即使你和一个糊涂虫交流，你也会变得清晰起来。他无法使你更混乱。

如果对方像一道墙壁一样顽固，你得使自己尖锐地穿越过去。有时你会觉得自己被挡在门外，很无力，那你至少可以转身，找别的门。

阅读也是一样，遇到晦涩和混乱的作品，会感觉无力。但如果你认定这是价值所在，你一定要穿越，变得尖锐如一道光。

3. 命名

这是一组鸟的飞翔的照片，摄影师让我给它们起名字。

摄影师用镜头记录了两只鸟的一次飞行之旅。镜头剔除了一切多余的过程，留住的是一个个美的瞬间。镜头以它默然而明亮的语言放大和袒露了鸟的内心，鸟在飞翔中的自由、和谐、力量、韵律、爱等生命之美，让我感动。我用优雅的文字和爱的哲学为两只鸟编织了一个飞的梦想。

摄影师看了那些文字，说太重了。摄影师以娱乐的态度，追求的是好玩，逗乐，他希望的文字是对形象的想象和夸张的表达。

当我按照摄影师的要求重新去看照片时，依然不可救药地掉入自己内心的陷阱。我无法用摄影师的眼睛，只看到鸟在飞翔中各种变换的美的形式，并用一种轻巧的调侃给它命名。我看到鸟的轻盈的飞翔之美，正在于鸟的生命的律动、飞的梦想和爱的重量之中，而不得不再一次被生命之美、爱之美弄得泪光盈盈。我也才讶然地发现，在这个娱乐至死的时代，我却是一个不会娱乐的人。

4. 商品社会

商品社会是一个在生产制造消费死亡的快速循环中停不下来的陀螺。

这个陀螺降临之前，人创造物质作为自身的替代品，作为人存在过的痕迹长留世间，希图一种精神的永恒。所以人创造物质时怀着神圣的感情，对于作品的膜拜是对于永恒的膜拜。

这个陀螺的降临，使一切永恒之物成为神话。消费主义赋予物质生产的目的就是为了物质的快速死亡。出版商的目的是让书在经过快餐式的阅读后死亡。制片人的目的是让一部电影荟萃各种流行元素给人一种视觉盛宴后死亡。饲养员的目的是让动物们在激素的催生作用下加快成熟然后死亡。理发师的目的是让头发在各种价格高昂的药水中死亡。

人在利欲和消费的快感中，看着自然的作品和人自身的作品比人更快地速朽。人最终将看着地球在人的手中死亡。

5. 过年

放了鞭炮，就算过年了。噼噼啪啪，又一道年轮开始在骨质上开掘。直到下一个年，放了鞭炮，噼噼啪啪的烟雾中，才可以看清它的锋刃。

赶在这个时候回家，是为了相爱。那些红的灯笼，高高地挂起。那些光，紧紧地捆住我们，相爱是一件不能伪装的事情。那些节奏，零乱或者规整地，敲打着我们的心灵。为了我们在夜里相爱，清晨我必须离开。

众声喧哗时，我总想噤声。祝福，忧愁，呼吸，语言，我怕它们汇入喧器就会死亡。我含着它们，在我的声带之下。在黑暗中，它们像星星般闪亮。

太阳和我小时候一样，快乐地睁开眼睛，快乐地在风中跑，又快乐地径自西沉，一年就过去了，一年一年就过去了。

我早已不想跑，却不能让太阳不要跑，不要没心没肺地对万物都不留恋。我真希望它是门廊下的那只猫，安详地卧着，气息均匀地呼吸着。

6. 分别

总有这样一些时刻，让我们突然看清了自己和周遭人群的关系。比如分别。

被俗常生活所遮蔽的真实情感，此时不得不浮出生活的水面，做最后的道白。于是，你知道了你对于谁是重要的，对于谁是无足轻重的。你将珍惜起那些关心你的人，将他们留在你未来的不断缩小的世界里。

如果分别的时候正好落雪，便会无端地增添伤感。尤其在这样的不该下雪的春天。送别的人和被送的人都在心里自问自答，为什么正好今天下雪？因为分别是件伤心的事！

漫天的雪花簌簌飘落，仿佛道不完的留恋，仿佛忆不尽的情谊，仿佛送不够的祝福。这不住飘落的美丽雪花，仿佛要足够多，才好代替彼此陪伴各自转身后孤独的旅程。

这一天，正好落雪。我们便可以不用说出那些不便说出的，因为雪花已替我们说出。

　　我们都知道，如果一开始就有了泪水，泪水必将我们淹没。我们小心地让所有的言语都绕道穿行，让水流不断迂回成欢乐的漩涡。直到最后一刻。

　　亲爱的，你最后转身时一闪而过的泪花，落在我的眼中。它们具有穿越历史的美。

爱是一种抽象的期待

人们不断地给爱下着定义。人们又不断地怀疑着爱。

人们享受着爱的甜蜜和浪漫。人们也不得不忍受爱的纠结和痛苦。

我刚刚看到的两句对白是：男人说，我爱你。爱就是一切。女人说，因为我是女人，我比你爱得还要多。爱就是受苦，爱就是不幸。

一个朋友痛苦地坚守着一份艰难的爱。问他为什么不放弃。他说，因为无法再和另外一个人一起经历那些时间。爱就是一起经历的时间。

爱是一种艺术的说法，是从伦理学角度对爱的定义。它使爱具有了一种可操作性，也使爱损失了心醉神迷的美。

我更相信爱是一条道路。由两个人建造的一条道路。它没有目的，也不被拥有。在未抵达之前，我们并不知它将通往何方。它永远处于"在创造"的状态，以幻梦般的"不可知"在时间中延伸。

女友问我，到底有没有爱？

　　我说，爱是一种信仰，是另一种宗教。你信它，就有；不信，就没有。如果你需要它，它就在那里。我不知在劝慰她，还是在劝慰我自己。

　　在永无尽头的黑暗的人生旅程中，爱是一种抽象的期待。

天真的善意是无力的

帕慕克说，第一次读陀思妥耶夫斯基，标志着他从此丧失了天真。因为与书中令人震惊的世界相比，自己的生活与烦扰过于渺小，太不重要，只能退居次席。人生旅程中一个重要时刻的标志，无非如此，与一本书相遇，或者与一个人相遇，从此获得某些令人震撼的启示。

意识到自己的天真，并且为此而感到羞耻，始于与某人的相遇。关心人类与社会，关心存在的本质，几乎是他全部的心灵和思想。与他聊天，若是谈及个人生活，那也是对个人生活作形而上的意义的探究，一旦具体到技术操作层面的生活，便有一层隔阂自然而然地升起，让人感觉到他的思想之门在悄然关闭。因此与女士们聊天时，他只好无奈地叹气：天真的女人啊！因为大多数女士们只会聊自己的生活、情感，离开自身，似乎不会再有深刻的关心和思考。当我理解了他所说的天真的含义之后，也标志着我从此丧失了天真。

但这个社会，依然是由天真的大多数组成的。即使在微博这样现代化的交流平台里，不乏各色先进思想，但也充满了令人担心的简单的热情，狭隘的国家主义、民族主义的情绪。即使对社会问题的关注，大多也只是从自身情感出发去表达，比如对长春盗车杀婴案的关注，微博里处处在表达痛心与同情，而由此生发的对人性、信仰、爱与责任的思考与诘难，则寥寥无几。还有对日本这个国家的态度，也是从情感出发的仇恨和愤怒居多，冷静理性的分析和有理有节的应对居少。这些天真的大多数，往往好心办坏事，越多越无益。

天真的小女人是可爱的，但天真的善意是无力的。

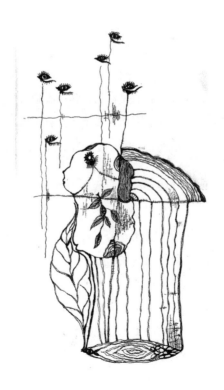

关于美

1

车到站时，我一眼望见了她。黑伞，黑裙，黑发，白白的小脸仿佛一枚新月，眉眼清晰如画。意识到她的美，我迅速移开目光，看看周遭的人群。我是想看看美是如何跳出本来混沌一体的世界，成为我们眼中独立的风景的。我再次确认，美没有目的，但是美本身自成目的。美人站在那里，没有表情、动作、言语，但她却完成了一篇动人的讲述，就是为了告诉我们，她是美。

2

恰好此时下着小雨，雨丝若有若无，为伞下的美人更添了一种扑朔迷离的美。她仅仅站在那里，甚至不用看我们一眼，就已经给了我们一个故事。是的，美人是不需要有目光的，意大利画家莫迪利阿尼曾经画了一系列没有眸子的女人。我可以想象她们在画家眼中是怎样纯粹的美。目光是会透露一个人的内心的，有了内心的美人就是一个具体的人。而美是抽象的。所以画家画出的是他感受到的美，而不是一个具体的人。他藏起了她的目光，其实是藏起了她的人，而只让我们看到她的美。这一点点自私，让我们对画家的爱会心一笑，知道这爱是真实的、可爱的，也因此最终成为打动我们的艺术。伞下的美人从车窗外一飘而过，美的形象在那一瞬间定格，没有具体的含义，却又仿佛含义清晰；没有具体的期待，却又仿佛期待亘古。而如果她恰好抬头看了你一眼，目光如露如电，恐怕你便不能止于欣赏美人的美，而要爱慕美人的人了，美也就从浪漫主义沦落为实用主义了。

3

如果我将审美停留在这个层次，相信一大堆人会跳出来指教我。历史上的大咖们谁没有两句关于美的名言？康德说，美是道德上的善的象征。别林斯基说，美是灵魂深处发出的。写诗的济慈说，美的事物是永恒的喜悦。就连发明电灯的爱迪生也说，最能直接打动心灵的是美。他们赋予了美太多道德的、心灵的、精神的、使命的、灵魂的内涵，让我想起前两天一个同事讲给我的"卓越悖论"。当你已经是卓越的时候，其他人就会把这种状态看成是常态，你只有更加卓越，否则就会让人不满意。也就是说，当你已经拥有了美的外表，你必须拥有美的心灵、美的道德、美的灵魂、美的能力，否则，美人便会被诟病，被嘲讽。所以，美人要对得起天赋的美，必须更加努力，一切的举止和语言，思想和灵魂，都要符合美的标准。否则，最好不要开口，像一尊美妙绝伦的雕塑，像公交站牌下撑伞的美人，做一支不语青莲，自有飘不尽的醉人暗香。

4

舞蹈家金星曾说，没有身材的东方男人一旦开口说话，灼灼文采会令其魅力大增。身边不乏这样的例子，其貌不扬的男子，透着智慧底蕴的言谈会使其神采斐然。所以讲台下的女孩，多会爱上讲台上的老师。而美人一旦开口，则有自损的风险。常见到美好的女孩，一接电话，口出秽语，美好的形象瞬间坍塌，不由为其对造物的糟蹋深深遗憾。亚里士多德说，美是上帝赐予的礼物。美貌者是上帝的宠儿，也应担负起美的使命。认识一位美貌的女诗人，她同时是一位充满爱的医生。她在辛苦地医治患者之余，写诗，弹琴，画画，能歌善舞，她将美作为一生的事业，令自己完美，也用美影响芸芸众生。每次看见她美丽的身影，看到她在这个浮躁芜杂的世界，认真、坚持、宁静地在诗句中对美的探索，我都会想，她在用心使自己不辜负上帝老人家这一份美的礼物。

5

拥有天赋的美貌，又有更多美的品质，便是可以寄托我们某种理想的女神了。瞿秋白在最后一次和妻子杨之华告别时说：其实你不必这样美丽，有智慧就够了；其实你不必这样智慧，有勇气就够了。拥有美貌的美人令人赏心悦目，拥有智慧和勇气的美人则令人肃然起敬。美是让人爱的，与美的别离令人痛心。美得越深刻，别离越痛彻心扉。瞿秋白步步后退的表白，貌似平淡，实则饱含了多少难舍的爱与痛。

6

公交车对面的座位上，一个女孩在腿上摊开笔记本，时而看看窗外，时而在本子上记下什么。这样的形象，也是美的，但与站牌下等待的那个美人相比，定然是不同的。美人的美，居高临下，摄人心魄。而女孩的美，是自平凡中迸发出的光芒，温暖，动人。她不是单纯的美，而是附带了价值观的美。

7

真，善，美，是各自独立的，又具有一种包含与被包含的关系。美的价值观，首先是真的。这就是为什么很多人对影星整容耿耿于怀。整容使美貌具有了欺骗性。美的品质可以后天学习修养而得，而美貌，必须是自然天成的。修饰的美，在舞台和荧幕上光彩熠熠，但经不起近距离的端详。

8

我依然在想站牌下的美人。她一定对自己的美是自知的。一袭黑色的简洁的长裙，一头黑色的直的长发，一柄黑色的伞，浑身上下没有任何装饰。美，就是这样，坦然呈现在那里，增一分则多，减一分则少。她显然没有打算让美有任何美以外的目的，因为她没有附加任何东西去强化自己的美。"清水出芙蓉，天然去雕饰"，这是中国古人的审美；"美必须干干净净，清清白白"，这是西方哲人的审美。我必须感谢她，在这场深秋的细雨中，她将自己天赋的原始的美保留在一部黑白默片里，给了我这样的无聊路人一段关于美的断想。

另一种芬芳

——谈女人之间的情谊

君子之交淡如水。无论男人之间还是女人之间，真水无香的友谊，才能恒久绵长。

但女人之间的友谊与男人之间的友谊还是有区别的。男人之间的友谊更重于"情义"，是建立在对某些事物的共同信仰和一致理解的基础上的，他们是彼此精神上的同盟；而女人之间更重于"情谊"，是建立在情感交流、分享、依恋的基础上的，她们是彼此情感上的补充。男人之间一般不会交谈个人感情，更多的是谈论政治、社会等宏大叙事，或者某个领域的具体话题，但他们会对彼此的情感保持一份会心和默契，他们从朋友那里得到的不是来自言语的安慰，而是一种无言的慰藉。女人们喜欢倾诉和分享情感的秘密，也就是所谓的"闺蜜"，当然除此之外，并不排除她们对共同兴趣和追求的交流，但相互间的启迪、欣赏在情谊中的分量不是最重要的，属于锦上添花的内容。女人间的情谊重要的是相互的理解、相通、信任，因为可以分享内心而在情感上彼此依恋。

　　两性的差异也决定了女人和男人对待情感的态度差异。因为女人是感性的，所以女人擅长用语言来表达感受；因为男人是理性的，所以男人更重视用行动来表达信念。男人认为做比说更重要，认为自己的行动足以表达自己的心思，说出来反而是虚伪的，对于"爱"往往难以启齿或者羞于启齿。而女人喜欢说出来，喜欢一遍一遍不厌其烦地说，也喜欢听，一遍一遍不厌其烦地听。一位男同事说他妻子总是要让他说"我爱你"，他觉得女人真是一种不可思议的动物，他不得不唱两句"我爱你，就像老鼠爱大米"蒙混过关。男人总是理性笃定地相信行动本身就是对情感的诠释，不需要借助于语言；而女人则对男人的行动充满了怀疑，更相信语言表达的情感才是确凿的。所以男人的行动成为困扰女人的一个永恒的问题，这是爱吗？他这样做究竟爱不爱我？任何一件小事都可能上升到这样的原则问题上，让女人痛苦纠结。而这样的痛苦是男人无法理解的，只有女人才能更好地理解女人。于是"闺蜜"们聊天的一个重要内容就是分析评判男人的行动，因为女友的帮助而做出爱的判断，对自己难以把握的爱重新树立信念。女人对语言的依赖，是因为女人缺乏理性的判断能力，不得不通过语言使情感得到认证，而实际上她们更容易受到语言的蒙蔽。

　　所以，"闺蜜"的存在，可以使女人的不良情绪得到有效的宣泄，使女人深陷情感的痛苦中不能自拔时有一只温柔的摇篮轻轻地摇落多余的烦恼，让女人更好地理解和接受生活，这对于女人的身体和心理都是有益的。男人们应该允许并宽容女朋友（妻子）有自己的"闺蜜"，不应该试图霸占她全部的感情。事实上没有同性朋友的女人，会对婚姻和爱情过度依恋，变得狭隘，反而不利于婚姻或者爱情的健康发展。

　　有人说，女人心，海底针，女人与女人之间没有真正的友情，再亲热的"闺蜜"也是容易分崩离析的。实际上，人类的每一种情感都不是单纯的，当然包括女人的友谊。王安忆有一篇小说《兄弟们》就是写女人的友谊的，多年的笃定的友谊有时也会像玻璃一样容易碎裂，会因一件小事发生微妙的嬗变。任何一种情感都是需要双方的珍惜和爱护的，女人间的情谊也不例外。女人们在相互理解、相通、欣赏、启迪、依恋中，培育着摇曳在彼此多维情感空间中的友谊之花，她们在语言中获得安慰，在情感上彼此温暖，在精神上相互照亮。这朵花的美丽与香气的品质，当然与女人们自身的素质有关，越是智慧、开明的女人，她们种植的友谊之花，越会盛开得楚楚动人，散发出隽永的香。

　　也有人说，历史上的一生至交，千古传颂的知音，百世流芳的情义，都是关于男人的，而女人之间的友谊，却少有留传下来的，所以女人之间没有友谊。是啊，历史上的女人足不出户，不涉社会，怎么会生发出友谊呢？顶多也就是同一个屋檐下的姑嫂之情，幔帐纱窗前小姐与丫鬟的惺惺相惜。但是进入现代社会，解放了的女性与男性一样接受教育，涉足社会，使她从幼年的玩伴开始，拥有了各个成长阶段的友谊。女人们在享受爱情玫瑰之香外，也享受着同性友谊的另一种芬芳。像林徽因与她的美国女友费慰梅，杜拉斯与芒梭，波伏瓦与纳塔莉，她们心神相通，相互吸引，彼此依恋，在精神与情感的相融之中，缔结着同性之间神秘而妩媚、月亮一般皎洁美好的友谊。

　　能够深刻理解女人的，其实还是女人自己。因此，女人们容易成为敌人，也容易成为朋友。男人欣赏女人的点，和女人欣赏女人的点，很有不同。当女人懂得欣赏女人，和女人建立起心怀默契的友谊，女人的世界才会宽广。

回到黑暗的初始

做作业做得手累的孩子和我说："妈妈，我好想回到幼儿园，好想回到你的肚子里，全部是黑暗，我只和你说话。我在那里和你说话，你能感觉到吗？"孩子要表达的应该是两个意思：其一，大概在她看来，初始的黑暗中是幸福的。她已经存在，但又可以自由地独享她的世界。其二，她需要我分享她的存在，分享才可能使幸福得到确证。

我们其实和孩子一样，既迷恋那个内部的黑暗世界给予我们的安全和温暖，又害怕孤独，害怕黑暗中的死一般的寂静，我们需要有所依赖，需要通过爱，来感知生命。我们在把自己孤立起来、享受自我的同时，又渴望着在与外部世界的沟通与分享中，建立自我，实现自我，证明我们的存在。否则存在就完全变得虚无。

一次旅程中，坐了一个反方向的位置。列车的行进成了倒退。仿佛要载着我退回到出发之前。一种奇妙的在时光隧道里回溯的感觉。但事实上，时光当然是不会倒流的，甚至是不会为谁而停止一秒的。人对时光的流逝总有一种恐惧，因为时光就是生命。相对于永恒的时间之河，生命何其短暂，渺小。所以我们才如此眷恋生命，执着人生，甚至希望生命能够不断地重新开始。我们在世间所有的努力，其实就是于绝望中不断地生发出希望，让有限的生命，创造出无限的丰富性。

而在实现希望和创造的过程中，难免会遭遇挫折，会受伤，甚至要与周遭强大的虚无对峙，才能维护在绝望中屹立的自尊。内心的柔弱与忧伤便会时时呈现出来，让我们在风中，在雨中，在面对彩虹和一棵树的蓊郁时，在一切阴郁和美好的事物面前，总会忍不住地满含泪水。因为我们不会像天真的孩子一样，企图回到黑暗的初始。虽然我们也会有瞬间的错觉，以为可供我们返回的时光隧道真的存在。

一切都是不可逆的。当我们离开那个黑暗的初始，那个可依赖的温暖的世界，降落成为一个独特的存在，危险已经开始。我们除了惊恐地看着它，还要全心全意地爱它。

存在于思想的狂喜之中

　　苏姗·桑塔格在乳腺癌治疗过程中开始《疾病的隐喻》这部重要著作的创作。当她毫无障碍地写下"死亡""痛苦""癌症"这些词语后，她笑着说："我赢了。"然后这位走过鬼门关的乳腺癌患者，带着她线条硬朗而极富感染力的笑容，带着人们从未断过对她的猜疑和赞誉，又走过了她后来的25年人生。在这被疾病的隐喻所笼罩的25年中，她完成了她一生中多部重要论著，《论摄影》《疾病的隐喻》《在土星的标志下》《重点所在》，以及《火山情人》《我，及其他》等文学作品。若在中国，她无疑会被塑造成一个身残志坚的励志典范，在全国做"感动中国"的巡回报告会。在美国，她也做报告会，大量的访谈和演讲，但报告的内容与她的疾病无关，与她的生活无关，她只是在畅所欲言地表达她对这个世界的认识，她的那些源源不绝的，向着世界深处努力探索的，总能激起争议的观点。在作家头衔之上，她拥有另一个更加耀眼的头衔——知识分子。在她的康复过程中，她的演讲更像一种治疗体操，一方面是她战胜疾病的方式，另一方面是她塑造公共知识分子形象的道路。她仿佛天生属于演讲台，无论讲什么都极有吸引力，听众都想记下来，带回家好好琢磨。和她的文字总是带给大家争议甚至激怒众人一样，她演讲中习惯的肯定的倨傲的口吻总是令听众震惊，激起巨大的敌意，引起一片嘘声与喝彩声交杂。她说，政治不美好，表明立场美好。因此她从不会迎合任何一种观点。她痴迷于将思维触角伸向每一个她感兴趣的领域，如饥似渴地感受这个世界的美妙与残酷、蒙蔽与真理，试图以她独创的思想还给我们一个真实的世界。

思想也是她解放自己的武器，是她拥有坚强意志的方式。她在《激进意志的样式》一文中，表明她拥抱的思想家是这样的：应该从家长里短的现实本身中解脱出来，以便将生活体验为放飞意识去探索自身迷宫的"系列情景"，保持一种精神上的不松懈，斩断自己的根，在形而上方面成为自己的陌生人。这不仅是她的思想，也是她的人生——拥有坚强意志及其改造世界的能力。

出租屋是个哲学家

1

夏天最热的时候，我住进出租屋。我在里面吃饭睡觉，偶尔写下闷而潮湿的诗句。

秋天叶落的时候，我的长发也到处飘零，从枕上到地上，从卧室到卫生间，一缕一缕，凌乱如记忆碎片。

冬天，我打扫干净每一个角落，用最清洁的心灵迎接新年。我真的忘了过往，像雪花一样轻盈。

现在是春天，我折回一大枝迎春花，阴暗的出租屋骤然被照亮。我看见我的一生，在出租屋里的光阴中流水而去。

我不是出租屋的主人，出租屋有它自己的主人。但他一天也没有在里面住过，出租屋里到处是我的影子。

2

出租屋是个哲学家。它教会我极简主义，不是审美的，而是生活的。赖于生活的物质，非必需不占有，少一些，再少一些。

它让我免于被物所累。它让我懂得了最本质的生活。摒弃多余的欲望，才能听到宇宙的呼吸。

3

出租屋是有期限的。那个期限时时提醒我，我是这座出租屋的过客。我大概患有一种过度想象的病，此时不免顺着逻辑过度想象一下，我也是这座城市的过客，是这个世界的过客，是另一个人生命中的过客。这样的想象总令人忧伤。

而我疗治忧伤的方法很简单，就是继续过度想象。想象自己是那个一生都在出租屋度过的哲学家萨特。他不知是多少个出租屋的过客，但他充满了自由的力量，和爱的能力。

他说："要与笑声相伴"。我权且把这句话当作那个可爱的人儿送给出租屋过客的一句祝福。

你的身体是个仙境

一些词语，比血淋淋的刀子，更让人心惊肉跳。猥亵女童，性侵幼女，小学校长带女生开房，中学女生援交，舞蹈学院女生陪客……古老优雅的汉语，被这个时代纵情蹂躏。

翟永明说："不能为这个写诗，不能把诗变成这样。"可我今天又和她一样，忍不住"把诗嚼得嘎嘣直响，把词敲成牙齿，反复啃咬。"

那些娇嫩的身体，是我们的宝贝。那些美丽的头脑，还不能明白她们的身体。在她们知道它是什么之前，它已经被一些词语捆绑，入侵，掠夺，变轻变空，变得面目全非。

可我们知道，它是我们的宝贝，是我们关于圣洁的象征。当一切都可以臣服于强权者的欢愉和消费者的交易，太阳不再升起，我们都是有罪的。

我的力量只够找出另一些词语：爱情，洁白的婚纱，生死相许，天堂的高度。人类关于美好的想象，不过如此。守护你的身体，也是守护汉语的神圣。或许一些"人"，如果他们，还愿意担当这个词的意义，会把那条遮羞的底线抬高一些。或许上帝还会伸出仁慈之手，宽恕这个族类，一抹而过，那些罪恶、伤痛、无知和悲哀。

而你终将知道，你的身体是要准备迎接你的灵魂入驻，迎接一个繁花盛开的仙境。穿越黑暗，你要有信心。

迎接一场雪

初三学生家长会，黑板上写着学校通知：明天下雪，停课一天。每一个字都暗含玄机，将一场雪置于极地之境。

临睡前，14岁的女孩趴到我枕边甜蜜地说："我希望明早起来，北京也是这个样子！"她用手指着手机屏幕上一幅雪景照片。它们将落入她的梦，和她一样顽皮。

一个诗人大早就发朋友圈："我以为会下雪，醒来跑到窗前，结果没下。"事情总是事与愿违。诗人将备好的诗放下，摁了摁自己的满腹情绪。

我的同事，一个电网公司经理，半夜几次扒窗户看。自从新闻播报要迎战暴雪，他一直担心那些电杆铁塔，今天他们全体加班应急。

一个作家朋友说："雪天可以做两件事：一、喝酒；二、做爱。"他与自己相对憩坐，朝圣的灵魂在幻想之中。

我在门前的小公园里排队买菜，前面的一对小夫妻买了蘑菇和鸡蛋，女孩揪揪男孩的帽檐为他遮住雨丝。一个老妇人买了芹菜，她戴的贝雷帽十分好看。另一个提了一大把菠菜，她的手指白皙虽然皮肤松弛。我买了萝卜，准备炖排骨。我看到一袋袋过秤的菜被一只只手拿走，仿佛一个个秘而不宣的生活秩序，并不为一场雪有所改变。

银杏叶子铺满了草坪，衰微的绿横陈金黄的蝶翼。看来它们准备好了，要在雪的掩蔽下，寂静相爱，相依赴死。

不知什么时候，雪落下来。冬天消瘦下来的城市披上盛装，她觉得仿佛要庆贺什么，实际却没什么可庆贺的。

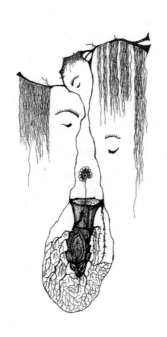

谁的规则

1

某市委书记在一所大学讲党课，举到自身的一个例子。他说有一次下去检查工作，看当地的一个湖时，一位游客向他打招呼，第一句是问书记好，第二句是问他买票了没有。书记赶紧让秘书把票补了。书记讲这个故事，本意是讲群众与社会监督。但我从书记的行为中，看到了另一个内容。书记检查工作，本是公务行为，并非游览风光，为什么要买票呢？而书记在群众的诘问下，赶紧补票，这当即的反应说明了书记心中对于公务与私务的界限是不清晰的，对于他应遵循什么规则的意识也是模糊的。书记的反应应该代表了我们大部分官员的普遍行为，或者说代表了一种常态，就是对自身角色的无意识，对公民身份与非公民身份、公务与私务的无意识，导致自身行为不自知地凌驾于规则之上。这让我想起几年前去香港，途经海底隧道收费处时的一件事。导游员专门说，这个隧道，公务员执行公务通过是不交费的，因此香港总督白天工作期间乘公车路过是不交费的，但晚上下班后驾私车通过就必须交费。规则的界限与执行都是清晰的。

2

与一位同事聊天，他说孩子在他的车上时，他从不闯红灯。这句话有两层意思，一是要在孩子面前树立自己遵守规则的好父亲形象，二是要通过身教让孩子懂得对规则的敬畏。这些当然无可厚非。但同时这句话还有一层言外之意，就是孩子不在身边时，则不必那么严格遵守规则。这反映了一种复杂的心理，就是说，他认为遵守规则是一种应该教给孩子的美好道德，而对于他自己，规则又是可以藐视和不遵守的。他不是不辨美丑，而是向往美好却又自甘丑恶。也许在这个污浊不清的社会，自己也抹一身淤泥才不吃亏。随波逐流是最简单、安全又实用的处世之道，而以一己之力激荡出一股清流则是需要信念和勇气的。在别人闯红灯时自己也跟着闯过去，只要不在自家孩子眼前做这样的事，就可以教给孩子美德，这样的美好愿望显然是虚妄的。因为自己的孩子看到的并不总是自己的行为，"别人"会让他接受真实的教育。因此每一个"自己"不光要做好"自己"，而且要做好"别人"，美好的愿望才可能成为美好的现实。

3

查建英女士对比美国，谈中国一高档社区游泳馆的状况。她说，美国的游泳馆里，人们按照速度选择不同泳道，一律靠右游，无论多少人都不会碰撞；中国的游泳馆里，应该也有这样的规则，但人们从没有遵守的习惯，只要超过三人就开始碰撞。我带孩子游泳时，真实地感受了查建英女士所言。孩子被大人撞了以后，气愤地和我说：他们为什么不靠右游？以后我也专门乱游，乱撞他们！孩子本来是有规则意识的，但在犯规被默认允许的环境里，规则在孩子的意识中必然成为虚设，他们将成长为游泳馆里乱游的新一代。所以自己没有做到的事情，不要寄希望于下一代。只有诚实地行动，才能培植起希望。

阅读无意义

　　毋庸置疑，网络技术如同任何一种科技一样，正在实现它与生俱来的野心——侵入和改变人们的生活习惯，尤其是阅读习惯。在电脑、手机、电子书上阅读，逐渐替代了捧一本书在手中的阅读。这种改变当然为我们带来了切实的好处，从个人角度看，节约了买书成本，节省了存放空间，携带方便，容量庞大，获取信息迅速和广泛；从社会角度看，节约了纸张和印刷资源，有利于环保。

　　但古往今来，人类得到的教训是，技术若不善加利用，它在为人提供便利的同时会造成对人的伤害。我们在手机上阅读久了，患眼疾的人便多了。但相比这种明处的伤害，更严重的伤害在暗处。我们会发现自己的阅读越来越功利性，只是为了获取信息；越来越浮光掠影，只是在海量的重复的碎片的甚至是虚假的信息的刷屏中浪费时间；越来越急躁，急于用鼠标或手指将那些文字一拉到底。这样快餐式的阅读，是不利于读艺术性强的文学书的。如果你打开一本纸质书，阅读你在手机或电脑上刚刚读过的诗句，你会发现你的心境变了，那些文字也变了。你的心安静了下来，而那些诗句在白纸上仿佛笼着面纱的神秘美人，你甚至能闻到她身上散发出来的暗香。因为艺术说到底是一种审美，审美是一种无意义的享受。功利性、目的性过于明确的网络阅读，是不适宜于审美活动的。

写到此处，我想起我所在单位的一件事。单位为员工提供品种丰富的早餐，但领导仍然本着持续改进的态度征求意见。我们在有着高大落地窗、晨光暖照的餐厅用着丰盛美味的早餐，不知该提什么意见。一位老同志说，唯一的意见是将早餐时间由10分钟改为半小时，我们才不辜负如此美味和晨光。而在这个高速运转的网络时代，这条建议当然是不被采纳的。电子阅读与书本阅读的区别，就仿佛匆忙填饱肚子的早餐与在晨光中慢慢享受早餐的区别。

即便从外在的形式看，手捧一本书的少女身上所具有的美感，岂是拿着手机盯着屏幕的形象所能比的。昆德拉在他新出版的书《庆祝无意义》中，以他惯常的目光，让我们看到生命无意义的本质，告诉我们安然度过生命就是要既认真又嘲讽地庆祝这个无意义。用一些时间，打开一本书，在其中慢慢享受，便是对阅读无意义的庆祝。

附录

弱之品格

——读弱水散文集《黑白盛开》

敬文东

自卡夫卡以来，对弱而不是对强的展现，似乎已经成为文学写作中一道隐蔽的律令。这显然跟现代社会的疯狂进程恰相吻合：技术愈加强大，人便愈加渺小，宛若庞大的建筑物最终起到的作用，最后达到的目的，乃是从人心上榨出一个"小"字来。人似乎一直在以其智力上的优势，千方百计让自己倍感渺小。这让康罗·洛伦兹据此认定：所谓现代人的历史，就是自己反对自己的历史。如果文学刻意对强进行展现，就显得既不诚实，又自不量力；而它对弱进行展现，却很有可能当得起希尼的赞语："文学是一种纠正。"

但1949年以来的中国当代文学却另有特色。它更倾向于在高音量中，展现绝对的强，展现铁拳，但主要是铁拳的力道，以便"扫除一切害人虫，全无敌"。这就好比在物质上和技术上甚是虚弱，就必须做出一副恶狠狠的样子以吓人；展现弱则被认为是错误的、反动的，至少也是小资产阶级的——后者小人得志般居然成为半个褒义词，是最近十多年的事情，虽然国民党元老吴稚晖很是不解地问：这小资产阶级的小不知是卵子小，还是肾囊小。而倾心于弱，并试图理解弱，以至于最终学会展示弱，乃是中国当代作家的必修功课，虽然至今都很难说已经成功。

在这个大背景下，去观察弱水女士的散文集《黑白盛开》，就很可能别有一番意思。弱水宣称："我不喜欢我的生活中一切过于明显的女性特征，除了我的相貌和衣着，我喜欢在自己能够发挥的方面将自己打造得粗粝、坚强、豪放、有力。"（《与我们的性别和谐相处》）这里似乎有两点特别值得注意：第一，这个自我宣称乃是弱水在洞悉到女性的弱者地位后的刻意之举；第二，她意在强大起来的自我宣称在语调上却明显是弱的。但这一点都不矛盾：难道哭泣着鼓励自己一定要坚强起来的那个孩子，真的是矛盾的孩子吗？弱小的事物看待万物的眼光自然要低一些，也要谦逊一些，但又不是孔子所谓的"危行言孙"。一个颇为有趣的人生三段论存乎于弱水的人生：她似乎在无师自通中，学会了对弱的体察与遵从；然后，在体察与遵从中爱上了写作；最后，才在写作中展现弱，就像那个一点都不矛盾的孩子。

秉承这种样态的人生三段论，弱水有意把散文理解为对琐碎生活的细心感受，对日常事务的用心体察。她对自己因工作原因，长住外地宾馆的状态有过描述："我不用计算时间赶路回去给孩子做饭，不用一边走路一边筹划买什么菜，甚至连铺床叠被擦桌拖地这类细致的活都由服务员做了。我只是必须回到那个房间而已，而不是它需要我。所以走在路上的我，显得像一个真正的局外人，这个世界的旁观者。怀着一种被遗弃般的空落落的心情，我忽然明白，被人需要有多重要，它几乎就是我们活着的理由。"（《异地的房间》）正如她在自我宣称中暗示的那样，她的文字在质地上，只有很弱的性别特征，不娇气，不柔弱，不妩媚，但也没有被伟大领袖所称道的那种"飒爽英姿"，却仍然有着个性鲜明的语言指纹，容不得被假冒、被张冠李戴。理解了弱之品德的弱水女士做得相当彻底、相当坚决，一点都不"弱水"：她让自己的文字屈尊于家长里短的市井生活，甚至将散文降低到"嚼"东家萝卜西家糠的"舌头"境地。但这并不是说弱水认同市井生活，以及市井生活中令人难以忍受的俗气，也不意味着弱水热衷于从"舌头"境地提取启示。前者是沦陷于生活的俗物才喜欢干的事情，后者则是"心灵鸡汤"的熬制者的惯常动作——说经典动作可能更庄重，也更郑重。处于散文状态的弱水自有其目的：将市井生活与东家萝卜西家糠写下即可，因为东家萝卜西家糠与市井生活自有其深意。弱水于此之间暗中遵循的戒条，也许早已被保尔·瓦莱里一语道破："最深的是皮肤。"也被奥斯卡·王尔德一眼洞穿："唯浅薄之人才不以外表来判断。世界之秘密是可见之物。"

得自弱之品格给予的教诲，也为了更好地对弱进行展现，弱水暗中拥有一套沾染了她体温的词语库存，以及这套词语库存支持的句式和句型。一个成熟的作家，必有专属于自己的词汇，尤其是打磨和驱遣词汇的方式，以及对句式和句型的操控，让它和需要表达的主题仅仅绑在一起，并且环环相扣，不得有任何错位和松动：

苏州的一切，都和一个旷世美女有关。无论多远，总要与她牵扯点故事。

这个叫木渎的小镇，是因为木材堵塞了航道，是为了让我们

知道，为美人而建的宫殿，需要多么庞大的木料，以及，比木料
更庞大的，男人的爱。

虽然爱得有些盲目，但爱，哪有不盲目的。

在木棣小镇，想象木材拥堵河流的壮观，如同美人心中的忧
伤，流淌在每一条河流——脂粉香染寂寞的河，鱼儿羞煞沉底的
河。南方的河流太多，尽可以放纵想象，建构无穷的关系，任美
人的美和忧伤，以及那最终砌成的宫殿，陷落的城池，在安静的
河水中一淌而过（《南方日记》）。

词语素朴、平常，像村姑，既水灵又有力，一看就是干农
活或操持家务的好把式，每一个词语都有春风拂面而来的那种体
温感，安逸、舒适，沁人心脾。句子短小、端庄、灵活，并且错
落有致，有女人腰间迷人的曲线，一看就是一副守身如玉的好气
度。而市井生活本身的意义，东家萝卜西家糠自身的品相，不仅
溢出了自身的外表，并且自在弱水动用的词语、句子、句型之
中。但这一切，都跟个人心性的坚韧有关：散文呼应现代社会之
真相去展现弱，恰好是为了获取散文自身的强。《黑白盛开》就
是对这个坚韧心性的坚韧实施。

2017年7月15日，北京魏公村

敬文东，文学博士，作家，文艺批评家，现执教于中央民族
大学文学与新闻传播学院。学术著作有《指引与注视》《流氓世
界的诞生》《被委以重任的方言》《写在学术边上》，另有小说
集《网上别墅》。

永不坠落的优雅

——弱水和她的散文集《黑白盛开》

聂尔

弱水即将出版的这部新的散文集，《黑白盛开》，是她近年文章的集合。此前她已出版过一本散文集《如果你叩我的门》和一本诗集《在时间里》。

对于在大都市里负有繁重的工作和家庭任务的一个女性来说，这已经够多的了。

弱水是一个讲求效率的人，否则她不会写出这么多。每天她用她快速的双手安排好一切之后，把剩余不多的时间用于了写作和阅读；她以她高度近视的双眼（这是她常常要加以强调的）将模糊的日常性事物过滤为清晰的内心图像；她将她白天的精力用于为稻粮谋的所谓工作，在下班后的地铁、天桥和人行道上构思文章；她是一个有爱的人，她的爱如同一块大的蛋糕，她将这仿佛可以切割的爱，分别给予了女儿、父母和多年前去世、在坟茔里永葆青春容颜的姐姐；她把这爱的蛋糕最小的一块留给了她自己的爱情，其中包括她的抽象的爱的观念（这一观念似乎从未发生过变化），对过往爱的回忆，和对自我的怜惜。

她是一个走出了自己清楚的人生轨迹的人，这是因为她始终没有丧失目标，并始终在走向着那个目标。现代文化中各种各样的迷宫和疯颠没有对她造成致命的吸引力和破坏力，因而她始终未曾陷入到迷乱之中。她是一只白天鹅，一直在小心翼翼地走她的路，她只是知道人的生命中也有黑天鹅，但她从未变成过一只黑天鹅。她的近十年的人生轨道更是清楚得仿佛是经过了规划而成。由故乡山西小城晋城，至省会城市太原，再至囊括一切的首都北京。愈来愈远的孤独的足迹，衬之以愈来愈恢弘的生存背景，于她而言却并非一种飘零，而是一种安排和一个实现。把孩子带入一个最好的教育环境中，这是目标之首要。这一目标居然能够得以实现，在外人看来显有不可思议的一面，但在她自己却是波澜不惊，并无多少戏剧性可言。人生到底不如戏，到处的舞台都一样，人并不能设定自身的角色，存在是被规好了的。

从这里到了那里，从此处到了彼处，从毗邻乡村的小城到了整体否定乡土社会的超级大都市，弱水却能够保持不变，弱水还是原来的弱水。她做出了一些重大的决定，改变了自身的境遇，但她去往不同的境遇里，却仍旧是为了做一只白天鹅。无论在哪里，白毛浮绿水，红掌拨清波。对于白天鹅来说，人生处在一条不变的航道上，不会偏离，不会坠落，不会迷失，因为她是一只白天鹅。"黑天鹅是邪恶、诱惑、破坏性的象征，白天鹅是善良、圣洁、高贵的象征。"（《黑白盛开》）黑白之分，自始而然，只有在电影里才会发生突然的角色互换和人生转变。更为普遍的状况则是，人们带着我们的自我，带着对过往生活的全部记忆，带着他们的身体——灵魂所寄寓的躯壳上路。

每一天，人都在路上，在高速公路上、铁路上、飞机上，在背景不断的转换之中，被抛来抛去。每一天，她从原本买不起却已经不惜一切代价买了的小而荒唐的住屋里走出来，走进了眼花缭乱莫名其妙的所谓公共空间，这是个迷宫般的象征体系，它像一条巨大的、弯弯曲曲的、无限折叠的肠道，它总是立刻就把每一粒渺小的微生物，亦即那个被称为你我他的人，吸附了进去。在这里，没有了白天鹅和黑天鹅之分，没有了爱情和回忆，没有了属于人的视野，有的只是机器的无声的轰鸣和不紧不慢的无情的运转。这是一个美丽新世界，是华丽的现代荒原，是一只新生的利维坦，它的甲壳和内脏、灵魂和外貌、它自身和它所缠绕之物，统统板结在一起，已经成为一体，所以它将停滞和运动，前进和后退，兽首和人面，蛇和鱼，爱情和仇恨，嫉妒和吸纳，过去和未来，混合在了一起。

在利维坦的皱褶里，人们谈论爱情和谈论历史是同样可笑的事情，因为爱情只存在于早已消失的记忆的山顶上，无论那是一个日出的辉煌的早晨，还是一个被雨水淋湿的夜晚，无论是学生时代的青涩的浪漫，还是中年邂逅相遇的冷艳激情，都已经不再可能被《追忆似水年华》般的笔触所把捉；而历史则是被历史的搅屎棍搅成了一笔糊涂账，历史不可能"黑白盛开"，历史也不再记忆苦难，因为苦难已经失去了价值，包括它的美学价值和历史价值，历史的理性已经神经错乱。在这样的情况下，却仍然要写作，仍然要以文字来排列自己眼中的世界，仍然要回忆爱情，回望爱的山顶和历史山头上的尼采，等等，这需要怎样的情怀和怎样的绝望呵！

弱水确实在不停地写着，这本新的散文集就是一个新的证据。这个平铺于纸面上的证据映照出了她固执而优雅的姿态。她写了她的"记忆"，关于爱情，关于女性的成长和痛苦，以及对于性别的审视和辩护；她写了她的"阅读"，对他者的进入和思考；她记录下了她的"观看"的痕迹，其中能显示其"观看之道"；她还写下了她在每一个可能的时间片断里的遐思妙想，她名之为"断想"，她试图建立属于自己的时间刻度。

她的所有写作都发生于现实而非想象之中。她在过于匆忙的马路上驻足聆听，既不无危险，又显得孤独无依。她却只能只愿如此。我们所有人的写作都是在利维坦的皱褶处的一种渺小的自我挺立，弱水仿佛更是。她处身于一台更大的机器中，她在大都市，更孤单，更柔弱，负担更重，加之她更优雅，也就是说她缺乏如她所赞赏的弗丽达那样的野性的力量，她也做不了一只黑天鹅，只能穿着白天鹅的紧身衣，穿梭于固定的甬道。

她太不容易了。而她之所以能够克服一切，写下了她想写的，是因为无论多么艰难，她固守自己的轨道，从不偏离，无论多么混乱，她相信自身的角色，从未产生根本的怀疑，在哪怕是非常巨大的变动之下，她都可以振动纯白的羽翼，飞离于泥淖之上。就这样，她将生活与写作结合在了一起。写作是她应付生活的羽翼。因此她总能找到可以栖落的树巅，在低声的吟唱中疗治疲惫和忧伤，并且想象更高的理想。

2017年8月5日

聂尔，作家，《太行文学》主编。著有散文随笔集《隐居者的收藏》《最后一班地铁》《路上的春天》《道路》等。

图书在版编目（ＣＩＰ）数据

黑白盛开 / 弱水著. -- 武汉：长江文艺出版社，
2017.12
　ISBN 978-7-5354-9911-0

　Ⅰ. ①黑… Ⅱ. ①弱… Ⅲ. ①散文集－中国－当代
Ⅳ. ①I227

　中国版本图书馆 CIP 数据核字(2017)第 193864 号

策　　划：大　卫
责任编辑：何性松　胡　璇　　　　　　责任校对：陈　琪
装帧设计：大卫书装　　　　　　　　　责任印制：邱　莉　　王光兴

出版：　长江出版传媒　　长江文艺出版社
地址：武汉市雄楚大街 268 号　　　　邮编：430070
发行：长江文艺出版社
电话：027—87679360
http://www.cjlap.com
印刷：三河市宏顺兴印刷有限公司

开本：880 毫米×1230 毫米　　　1/32　　印张：8.75　　插页：2 页
版次：2017 年 12 月第 1 版　　　　2017 年 12 月第 1 次印刷
字数：174 千字

定价：46.00 元